完璧御曹司の結婚命令

Risa & Koutaro

栢野すばる

Subaru Kayano

Eternity

EB

エタニティ文庫

JN045109

目次

完璧御曹司の結婚命令

プロローグ

里沙《りさ》が目を覚ますと、背中に人のぬくもりを感じた。ふり向くと裸の男の身体が見えた。

もちろん自分も、一糸まとわぬ姿。

胸に、二の腕に……服に隠れる部分には、いくつもの口づけの痕《あと》が散っている。

こんな痕《あと》を付けたのは、里沙を抱いたまま眠っている青年である。

彼は、横たわる姿すらも完璧だ。やや淡い色合いの艶《つや》やかな髪に、引き締まった身体と長い手足。整った顔は、ぐっすり眠っている今も非の打ちどころなく美しい。

彼の名は山凪光太郎《やまなぎこうたろう》。

里沙の実家である須郷《すごう》家が、先祖代々お仕えしてきた名門、山凪家の若き当主様である。

時代劇風に言えば、光太郎と里沙の関係は『お殿様と使用人』だ。

里沙は幼い頃から、両親に『光太郎様に精一杯お尽くしするように』と言われて育った。

そして、お尽くししすぎた結果、身体まで捧《ささ》げてしまったのだ。

今、里沙は、彼に腕枕をされた状況になっている。

――どうしよう、こんな体勢で眠ってしまって……。光太郎様の腕が痺《しび》れてしまう。

慌てて腕枕から頭をずらそうとした里沙は、身動きできずに戸惑う。光太郎のもう一方の腕が、里沙のお腹に回されていたからだ。眠っているとはいえ、男性の腕にしっかり捕まっていては、なかなか抜けられない。

お腹の手をそっと引きはがそうとしたとき、低い声がした。

「どこに行くんだ？」

どうやら光太郎を起こしてしまったようだ。

「光太郎様の腕が痺《しび》れてしまいますから、少し離れようかと」

命令し慣れた男の声に、里沙はかすかに身を縮めつつ小声で答える。

次の瞬間、里沙の身体は圧倒的な力で後ろから抱きすくめられた。

そして光太郎の手が、里沙の黒いまっすぐな髪を指先で梳《す》く。

「里沙は軽いから大丈夫。このくらいなんでもない」

髪に触れていた光太郎の手が、下に下りてきた。肋骨《ろっこつ》の辺りを撫でた指は、次に胸の膨らみに伸びる。彼の手が、感触を楽しむように、幾度も胸を揺らす。

一糸まとわぬ姿で、里沙は小さく息を呑んだ。

ベッド脇のライトが、室内を淡く照らし出している。

スプリングの軋《きし》む音がして、光太郎の腕が再び里沙を抱きすくめた。

「……なんか、また里沙としたくなった」

「あ、あの……光太郎様……さっきもしまし……、あ……っ」

身体の前に回った指が、胸の先端を突《つつ》く。里沙は思わず声を漏らし、身をくねらせて悪戯《いたずら》な指に抵抗した。

大きな手が、里沙の乳房を優しく、けれど執拗《しつよう》に揉みしだく。

いつしか、腕枕していたもう片方の手が、脚の間に伸びていた。

「……っ、あ、だめ……ッ……」

背中から抱きしめられたまま、里沙は不埒《ふらち》な腕から逃れようともがく。

胸を弄《もてあそ》ぶ手が、異様な熱を帯び始めたのを感じる。

下肢に伸ばされた手が、閉じた腿《もも》の間に忍び込んだ。

後ろ頭に、キスの感触を感じる。からかうような軽いキスが、次第に執着を帯びた激しいものに変わってゆく。

髪に、耳に……何度も繰り返しキスをしながら、光太郎は里沙の茂みの奥をまさぐった。

「だめなのか？　俺に愛されて抱かれるのは、まだ『お仕事』だとでも？」

乳房を揺らしていた手に、胸の先端を軽く突《つつ》かれる。凝《しこ》った乳嘴《にゅうし》に触れられた刹那《せつな》、下腹部の奥に痺《しび》れが走った。

里沙の反応に気をよくしたのか、光太郎の手がゆっくりと和毛《にこげ》をかき分ける。

懸命に脚を閉じても、指の侵入を防げない。大きな手に割り込まれ、蜜口が暴《あば》かれた。

「あ、あぁ……っ、そこ、触っては……んっ……」

触れられた泉がひくんと震え、思わず甘い声が漏れる。

「どこもかしこも、全身可愛《うず》いな。抱くたびにどんどん可愛くなる。怖いくらいだ」

光太郎が里沙の髪に顔を埋め、低い声で呟く。

触れられてますます鋭敏《えいびん》になった乳嘴《にゅうし》を、今度は指で挟まれた。身体が強ばる。

脚の間を攻める指が、ぬかるんだ秘裂にずぶりと沈み込んだ。

「……っ……う……っ」

もう、手を振り払うだけの力もない。

悪戯《いたずら》されるがまま、里沙は懸命に喘《あえ》ぎ声を呑み込む。

背後に感じる光太郎の身体は、いつしか焼けるように熱くなっていた。

ぐちゅぐちゅという水音が、次第に強くなる。身体の奥から、ぬるい何かがあふれ出すのを感じた。

不意に光太郎が胸から手を離し、枕元の小箱を手に取る。そして中から避妊具を取り出した。

「見て、里沙。もう最後の一個だった」

からかうような口調に、獣《けもの》じみた情欲がにじんでいる。

「俺たち、今まで何回セックスした？」

「あ……っ……光太郎様、この、手……っ……あぁん……っ」

そんなことを問われても、この状態で答えるなど無理だ。光太郎のもう一方の手は、変わらず里沙の中を弄《もてあそ》んでいる。閉じた身体を開こうとする指から解放されたくて、里沙は必死で身をよじった。

だが、光太郎はやめてくれない。

長い指が、淫《みだ》らな音を立てて花襞のあわいを行き来する。

息が弾み、身体中がゾクゾクして何も考えられない。

「俺の健康管理のために、回数をカウントしてくれるんじゃなかったのか」

「ん……っ……」

唇を噛み、里沙は必死に考える。

そういえば、毎晩遅くまで起きているのはよくないと思って、そんなことを言った気がする。もちろん不埒《ふらち》な指に弄《もてあそ》ばれ、泣かされながら、うわごとのように口走った言

しめる。

葉だけれど……

「教えてくれ。俺は数えてないんだ」

蜜口から、とろりと雫《しずく》がしたたり落ちた。里沙は息を弾ませ、手元のシーツを握りしめる。

光太郎の指をぎゅっと締め付けながら、半泣きの声で答えた。

「っ……あ……もう、分からな……っ……」

何度も抱き潰された記憶が生々しく蘇《よみがえ》り、恥ずかしさに涙がにじむ。

痛いくらい火照《ほて》った里沙の耳を、光太郎がかぷっと噛んだ。

「やぁっ！」

たったそれだけの刺激で、里沙の身体は激しく反応した。視界が涙の膜《まく》で曇る。

「もう数えられなくなったか……俺もだ。里沙に夢中になりすぎて分からない」

光太郎が満足げに喉《のど》を鳴らして続けた。

「俺とセックスするのは慣れたか？」

赤裸々《せきらら》な質問に、身体がかっと火照《ほて》る。恥ずかしさのあまり、里沙は唇を噛んだ。

からかうような口調ではあるが、里沙が答えるまで、光太郎はひく気がないようだ。

里沙は諦めて、声を出さずに小さく頷いた。

どうやらその態度に、光太郎は満足したらしい。

「……ならいい。はい、これ持ってて」

光太郎に何かを差し出され、里沙はシーツを掴んでいた手を緩《ゆる》めた。受け取ったのは、最後の一個の避妊具だ。

同時にずるりと音を立てて、指が抜かれる。ほっと身体の力を抜いた刹那《せつな》、里沙の身体が軽々と反転させられた。

背中から抱きしめられていたのが、正面から抱き合う格好になる。

光太郎の汗ばんだ胸で、里沙の乳房が押し潰された。

里沙の肌を味わうように、光太郎の掌《てのひら》が背中やお尻を撫でまわす。

「柔らかいな、気持ちがいい。ずっと触っていたい」

「あ……」

光太郎はしばらく身体に手を這わせていたが、やがて名残惜しげに手を止め、そっと身体を離した。

里沙の腰骨に手を掛け、光太郎が耳元で囁《ささや》く。

「挿《い》れていい？」

光太郎の言葉に、里沙は小さく息を呑んだ。光太郎恋しさに、身体中が熱くなる。

「挿《い》れていいなら、里沙がそれを付けて」

手に、避妊具を握らされたままだったことを思い出す。誘惑に満ちた声に、里沙の身体の奥が疼《うず》いた。

「で、でも……光太郎様……」

「嫌か？」

渇《かわ》きをにじませた声で、光太郎が尋ねる。

昂《たかぶ》る肉槍が、下腹部に触れた。

今日まで、何回も光太郎を受け入れてきた。初めのうちは葛藤《かっとう》しながら、そして今では愛おしさで何も考えられなくなりながら……

そしてこの瞬間もまた、里沙は熱に浮かされたように彼の言葉に従おうとしていた。

「……い、いいえ。嫌じゃ、ない……です……」

息を呑み、お腹の辺りまで反り返っている肉杭に、そっと触れる。

彼に教えてもらったとおりに、避妊具を被せた。不器用な手つきで作業を終えると、光太郎の唇が里沙の唇を塞《ふさ》いだ。

光太郎の舌が里沙の口内をまさぐる。それだけで、脚の間の疼《うず》きが耐えがたいものに変わった。

舌に舌を絡められ、里沙は懸命に同じ仕草で応える。

ぴったりと肌を合わせて抱き合っていると、光太郎の鼓動がダイレクトに伝わってくる。この前まで遠い人だった彼が、今、信じられないくらい側にいる。

夢を見ているようだ。

彼の体温を感じると、もっと肌を重ねていたくなる。

「ああ、なんでこんなに可愛いんだ、里沙は……」

唇を離し、かすれた声で光太郎が言った。

仰向けに倒された里沙の身体に、光太郎が覆い被さる。彼は淡い笑みを浮かべて、里沙を優しく組み伏せた。

熱い手が里沙の脚を持ち上げ、大きく開かせる。露《あら》わになったそこに、昂《たかぶ》った杭の先端が押し付けられた。

これまでどんな風に抱かれたか、どんな風に啼《な》かされたかを思い出し、里沙の恥じらいは頂点に達した。

「里沙は一生、俺だけ知っていればいい。俺に抱かれて、俺のことだけ考えていればいい」

光太郎の薄い色の目には、焼け付くような光が浮かんでいた。

『山凪家の若きご当主様』のこんな顔は、今まで知らなかった。もしかしたら里沙以外、誰も知らない顔かもしれない。

そう思うと、恥ずかしさと嬉しさがこみ上げてきた。里沙は小さく頷き、光太郎の貪《むさぼ》るようなキスを受け止める。その瞬間、濡れそぼった蜜口を、肉の楔《くさび》が貫《つらぬ》いた。

「あ……あぁ……っ」

ただ繋がっただけなのに、身体が震える。

強い快感をやり過ごそうと、里沙はのけぞって顔を傾けた。その拍子に、視界の端に避妊具の空き箱が映った。

初めてそれを使ったときは、怖くてひたすら震えていた。

でも、最後の一個を使っている今、怖くも痛くもない。むしろ、もっと乱して、めちゃくちゃにしてほしいとすら思う。

人間はあっという間に変わるのだな、と思ったとき、光太郎が里沙の顔を己《おのれ》の方に向けさせた。

俺に抱かれているのに別のことを考えるな、という意味だろう。

何度目か分からないキスに唇を塞《ふさ》がれながら、里沙は光太郎のさらさらした髪を指で梳《す》いた。

そのまま、汗ばんだ背中に手を回す。滑《なめ》らかでしっとりした広い背中を抱いていると、愛しさがこみ上げてくる。

幼い頃から、里沙は光太郎のことが世界一大好きだった。ずっと片思いで、叶《かな》うはずのない恋心を抱き続けていたのだ。だから、こうして彼に求められるのなら、何をされても構わないと思えた。

「あ、あん……っ」

貫《つらぬ》かれながら繰り返し首筋にキスをされ、甘ったるい声が漏れる。身体中全部、美味《おい》しく食べられているようだ。そう思うと、里沙の受け取る快感はますます強くなった。

「ん……く……っ……」

身体の中をいっぱいに満たす剛直を、ぎゅうっと締め上げる。光太郎が小さな声を上げ、里沙の耳に歯を立てた。

抽送が激しさを増していく。

突き上げられ、揺さぶられながら、里沙は必死で光太郎の背にしがみついた。

「里沙がこんなにエロいなんて知らなかった」

からかうような口調に、里沙は涙ぐんで首を振る。

「やっ……違……っ、あぁっ……！」

焦《じ》らすためか、杭が半分ほど引き抜かれた。

「いや、光太郎様、やめないで……」

思わず縋《すが》り付く里沙に、光太郎が嬉しそうに言う。

「里沙も俺がほしいのか？」

肩にしがみついたまま、里沙はこくこくと頷いた。

「っ……ほしい……です」

光太郎の手が里沙の膝裏にかかる。ますます大きく脚が開かれ、半ば以上まで抜かれていた楔《くさび》が、じゅぷじゅぷと音を立てて里沙の中に入れられた。

圧倒的な質量が体内を満たす。奥深いところを押し上げられて、里沙の唇から喘《あえ》ぎ声がこぼれた。

「光太郎様……あ、あ……っ……」

「里沙、可愛い……里沙……」

力一杯里沙を抱きしめ、光太郎が繰り返し名前を呼ぶ。彼の滑《すべ》らかな額《ひたい》には、いくつもの汗の玉が浮いている。

息もできないほどの力で、里沙の身体がシーツに押し付けられた。

今までにない激しさで、繰り返し下腹部を貫《つらぬ》かれる。

里沙は熱い蜜をしたたらせながら、快感に身を任せた。

「は……っ……ぁあ……っ……」

与えられる刺激に、身体中が震え出す。

淫《みだ》らな蜜音が強まり、咥《くわ》え込んだ楔《くさび》が硬さを増す。蜜道をますます押し広げられ、里沙は思わず腰を揺らした。

「気持ちいいか？」

心なしか光太郎の声が嬉しそうだ。だが、里沙には、頷く余裕もない。

与えられる刺激が強すぎて、ともすれば気が遠くなりそうなのだ。

薄い皮膜越しに熱い光太郎の身体を感じて、下腹部がわななく。

かすかな汗の匂いが、里沙の鼻先をくすぐった。

激しく上下している胸板に、半ば理性を失ったように、繰り返し押し付けられる滑《すべ》らかな唇。

光太郎の激しい興奮を感じ、里沙もまた、抑えがたい昂《たかぶ》りを覚える。愛しさと快感が止めどなくあふれ、彼自身を呑み込んでいる隘路《あいろ》がひくひくと震えた。

「や、あ……光太郎様の、硬くなって……っ……ん！」

里沙の唇が激しく塞《ふさ》がれる。汗の味がするキスだ。

光太郎は背中に回った里沙の片手を外し、その手をぎゅっと握った。

指と指を絡め合い、お互いに力一杯手を繋ぐ。

「好きだ、里沙。俺には里沙しかいないんだ……いい加減、諦めて、理解しろ」

光太郎の声が、艶《なま》めかしくかすれた。腰の動きがこれまでになく激しくなる。

奥深くを、思いきり抉《えぐ》られた。

同時に、隘路《あいろ》を満たしていたそれがびくびくと弾けて熱を散らしたのを感じる。

情欲を吐き尽くしながら、光太郎が繋ぎ合わせた手に力を込める。

里沙は開いた両脚を震わせ、果てた彼の耳の辺りに、頭を擦《こす》り付けた。

やはり、好きな人にこんな風に抱かれたら、冷静でなんていられない。

里沙は目を閉じ、光太郎の形のいい耳に囁《ささや》きかけた。

「私も……」

先を続けようとして、泣きたくなる。そんな短い言葉で表しきれるような感情ではないのに……

荒い息を繰り返していた光太郎が、里沙と繋がったまま、真面目な口調で尋ねる。

「俺が無理強《じ》いしているから、そう言ってくれてるわけじゃない……よな？」

その問いに、里沙は素直に頷いた。

「違います、好きです……」

「そうか、よかった。……俺は里沙が好きすぎて、つい暴走するからな」

冗談めかした口調に、里沙は目を瞑《つむ》ったまま、ちょっと笑う。

好きな人に毎日好きと言ってもらえるこの状況に、嬉しいと思う反面、恐怖も感じる。

うとうとしている里沙の傍《かたわ》らに、光太郎が滑《すべ》り込んできた。

「明日の朝、俺が風呂で洗ってやる」

「な……っ、自分で洗います。俺が洗うって、どうしていつもそんな……だめ……」

小声で抵抗すると、光太郎が優しくクスッと笑った。

「俺は里沙と風呂に入るのが好きなんだ、そのくらい許せ」

里沙を抱き寄せながら、光太郎が最高に機嫌のいい声で言う。

幸せそうな声だ。

光太郎のこんな声を聞いているとほっとする。

彼が笑顔を見せてくれると嬉しい。

なぜなら里沙にとって一番大事なのは、光太郎だからだ。

もう、光太郎様さえ幸せならそれでいいんじゃないかな……と考えそうになる。

だが長年刻み込まれてきた『使用人の娘とお仕えすべき御曹司様』という感覚はなかなか消えないわけで……

思い出すのはあのパーティの日の光景。輝くシャンデリアの下で光太郎の強引な「命令」を受けた瞬間、里沙の運命は変わったのだ。一体これからどうなるのだろう。

——今後のことは、今はいい。光太郎様のことだけ考えていたい……

里沙の頭のブレーカーは、そこで落ちた。

第一章

須郷里沙、二十四歳。彼氏なし、男性と手をつないだこともない。真面目がとりえの大人しいOLだ。

日本有数の企業グループである『山凪グループ』を統括する、『山凪ホールディングス』の秘書室で働いている。

入社二年目の新米なので、先輩秘書たちの雑用をこなす日々だ。

その日は、いつもと変わらない平和な木曜日だった。

山凪ホールディングスがあるのは、都内の一等地。立派なオフィスビルだ。

ビルの中層階には、様々な樹や花を植えた広いガーデンテラスがある。里沙は昼休み、一人でそこで息抜きしていることが多かった。

だが今日は、珍しい人が一緒だ。

「光太郎様、どうなさったんですか？　お昼休みに会いに来られるなんて」

「里沙と喋りに来ただけだ。たまにはいいだろう？　寂しいから、あまり俺を避けるな」

傍《かたわ》らの青年が形のいい口元を緩《ゆる》ませ、里沙をじっと見据える。

山凪光太郎――『山凪グループ』の創業者一族の御曹司である。セレブとかリッチとかいう次元を超えた、正真正銘《しょうしんしょうめい》、本物の貴公子だ。

――相変わらず……光太郎様の笑顔はまぶしすぎる……

光太郎は、名前のとおり光を集めたような、非の打ち所のない容姿をしている。若干強面《こわもて》だが完璧に整った顔立ち、淡い色の目と髪に、滑《なめ》らかな肌。長身の鍛え上げられた身体は、高級なスーツを着ても全く負けない。街を歩くと、道行く人が思わず振り返ってしまうほどだ。今も、ベンチに座っているだけで、周囲の目を惹きつけている。

――光太郎様がいらっしゃると、おまけの私まで目立ってしまう。

内心落ち着かない気持ちを抱えつつ、里沙はつとめて明るく答えた。

「避けてないです」

本当は避けている。里沙は、会社ではなるべく光太郎の側にいないように距離を置いて、顔を合わせないようにしていた。

社会に出て痛感したからだ。光太郎は見えない線の向こう側にいる、里沙とは違う世界の、本物の王子様なのだ……と。

「ならいいんだが。社会人になってから、妙に冷たいから気になって」

光太郎が形のいい唇に、涼やかな笑みを浮かべた。

闊達《かったつ》な気質の彼は、言葉遣いも歯切れがいい。

だが、その歯切れのよさが、里沙の後ろめたさに拍車を掛ける。

「私……仕事を覚えるので精一杯で……」

言い訳がましい口調になり、里沙は悟られないよう唇の内側を噛む。

里沙の実家、須郷家は、百年以上も前から山凪家の筆頭侍従を務《つと》める家柄だ。

身分制度が撤廃された現在でも、須郷家の人間は山凪グループの重要な役職に就き、山凪家に仕え続けている。

里沙も幼い頃から、主君の光太郎に仕えるように育てられた。現在も山凪グループの企業で働きつつ、光太郎の役に立つべく頑張っている最中だ。

――それにしても、今日はなんのご用かしら。光太郎様は、確か午後から会議のご予定なのに。

光太郎は今、『山凪ホールディングス』の経営企画部にいる。

役職は常務取締役で、いずれ『山凪グループ』の総帥となるために、研鑽《けんさん》を積んでいるところだ。

そんな多忙な光太郎が、昼休みとはいえ『使用人』の里沙相手に油を売っていていいのだろうか。

里沙は戸惑いつつ、隣に腰を下ろした光太郎を見つめた。

「光太郎様、お昼は召し上がりましたか?」

「ん? ああ……さっき何か食べた。大丈夫だ、ありがとう」

曖昧《あいまい》な答えが返ってくる。仕事に夢中の光太郎のことだ。秘書に渡されたものをそのまま囓《かじ》ったに違いない。

――光太郎様、ちゃんと食べたのかな? 兄さんが側についているから大丈夫だと思うけど……

里沙の八つ年上の兄、雄一《ゆういち》は、光太郎の第一秘書だ。冷徹な見た目で、性格もその外見どおりクールだが、仕事ぶりは完璧である。あの兄なら、光太郎が昼食を抜くなどというネガティブな行動をとれば、絶対に見逃さないだろう。

――でも光太郎様、なんだかご様子が……。どうなさったんだろう、思いつめた顔をなさって。

首をかしげた里沙と目を合わせず、光太郎はまっすぐ前を見たままだ。整いすぎた顔に、かすかに緊張が浮かんでいるように見えた。

やはりちょっと様子がおかしい。訝《いぶか》しく思っていると、光太郎が口を開いた。

「……里沙は、俺のこと好きだよな」

「……はい?」

里沙の目が点になる。

唐突に何を言い出すのだろう。

「いや、……里沙は、……里沙は、俺のこと好きだよな。昔から俺のこと大好きって言ってたけど、今も好きだよな？」

光太郎が真剣な顔で里沙を振り返る。鳥肌が立つほど整った顔は、全く笑っていない。

――い、一体、どうなさったの……って、いけない、ちゃんと答えなくては。

我に返って、里沙は張り付けたような笑みを浮かべた。

「はい、好きです。小さな頃から、ずっと光太郎様と一緒でしたから……当たり前です」

答えて、胸がちくりと痛くなる。

『私はずっと前から、貴方《あなた》に恋していました』

そう言いたい気持ちを呑み込む。

何を聞かれても、答えのテンプレートは決まっている。

正しく距離を取った上で『大好きです』と言う以外の選択肢を、里沙は与えられていない。

里沙の母が山凪家の本家屋敷で働いていた関係で、里沙は幼い頃から光太郎と過ごすことが多かった。

光太郎は公明正大《こうめいせいだい》な性格で、使用人の娘である里沙のことも、妹のように可愛がってくれた。

里沙は、優秀な光太郎から勉強を教えてもらい、習い事にもちょこちょことついていき……と、いつも彼にくっついていた。

『お兄ちゃんみたいだけど、お兄ちゃんと違う』

無邪気な好意は、いつしか恋心に変わっていた。こんな素敵な本物の王子様が側にいて、恋しないわけがないのだ。

だがそれは子供の頃の話で、今は違う。

大人になって、自分の立場もわきまえた。光太郎は、里沙が恋していい相手ではないのだ。

慣れきった『いい子の表情』を浮かべる里沙の前で、光太郎が唐突に立ち上がる。

「分かった、ならいいんだ。じゃあ週末のパーティ準備、よろしくな」

「はい、お任せください」

里沙は頷いた。

今週の土曜日に、山凪グループの創立記念パーティがある。

里沙はパーティ運営の裏方に徹する予定だ。

——今年こそ、光太郎様の婚約発表があるかもしれないって……。仕方ないよね。光太郎様はもう二十八歳だし、早く身を固めろって皆に言われているんだもの……

無意識に拳《こぶし》を握りながら、それでも里沙はニコニコと空虚な笑みを浮かべる。

自分には関係ない。光太郎がどんなお嬢様と結ばれても、祝福するのみだ。

――落ち込むから、考えちゃだめ。

懸命に笑みを作る里沙に、光太郎が真剣な顔で言う。

「土曜出勤になってしまって申し訳ないな。パーティが終わったあとも、里沙にはいろいろ、頼む……と思うけど、いいか？」

今、不自然に言葉が切れたのは気のせいだろうか……。

パーティが終わったあとに一体何を頼まれるのだろう。不思議に思いつつも、里沙は頷いた。

「残業ですか？　はい、かしこまりました。なんでもお任せください」

後片付けやお礼状送付なら得意分野だ。胸を張る里沙に、光太郎がようやくいつもの明るい笑みを見せてくれる。

「里沙が驚くようなことを頼むかもしれないけど」

初夏の光に光太郎の色の薄い目が透けて、色硝子《ガラス》のようにキラキラと輝く。綺麗な目だなと見とれながらも、里沙は頷いた。

「はい、どんなお仕事でもお任せください。光太郎様はどうかご心配なく」

里沙は、周囲の人から何度もやんわりと『光太郎様と必要以上に仲良くしてはいけない』と釘を刺されてきた。

使用人の娘は分をわきまえ、いつか迎えられる奥様を不快にしないよう、光太郎様から距離を置きなさい……と。

もちろんその言いつけは厳守している。だから今の里沙は、光太郎にどんなに優しくされても社交辞令として受け取り、従順な『他人』として振る舞っているのだ。あんなに可愛がってもらったけれど、その記憶はもう捨てた。

残されたのは、使用人としての矜持《きょうじ》だけだ。

――私、光太郎様のお役に立ちたい。だから『仕事』だけは頑張ります。

急ぎ足で去って行く光太郎の背中を見送りながら、里沙は心の中で呟いた。

そのとき、ふらりと近づいてきた人の気配に里沙は顔を上げる。

――九藤《くどう》様……

『山凪ホールディングス』の総務部で働く九藤周吾《しゅうご》の顔を見上げ、里沙は鉄壁の愛想笑いを浮かべ直した。

「お疲れ、須郷さん。今、光太郎君と何話してたの」

――また困った方に声を掛けられたわ。

ひょろっと痩《や》せた男だが、一六〇センチの里沙よりも十五センチ以上は背が高い。近づいて来た彼の威圧感に、里沙は自然に距離を取る。

「土曜日の創立記念パーティについて、手伝いをよろしく頼むと声を掛けていただきました」

里沙の答えに、九藤が皮肉な笑みを浮かべる。

「へぇ……山凪家の御曹司ともなると、下々の者にも気が利くんだね」

彼は山凪家と古い付き合いのある『九藤グループ』の御曹司だ。優秀な兄が四人いて、現在二十七歳の彼は一人歳の離れた末っ子である。九藤周吾はグループの要職に就く兄たちと違って、『親の知り合いの会社で働かされている』現状が気にくわないらしい。

「……いろいろな方面に気を使われる方なので」

里沙は愛想笑いを浮かべ、更に無難な答えを口にする。

「だから俺なんかもクビにせず雇ってくれてるんだろうな」

——そのとおりです、九藤様。『九藤グループとの取引を有利にする』という理由だけで、雇用され続けているご自覚はおありなんですね。

彼の皮肉な言葉に、里沙は心の中だけで答えた。

九藤は素行《そこう》が悪い。彼を「お預かり」する決定打になったのは、どこぞの芸能人がホームパーティの際に違法薬物で摘発されたとき、そこに彼も同席していたという事件だ。

九藤本人が薬を使用していたわけではなかったものの、結構な醜聞《しゅうぶん》だ。九藤家の両親はスキャンダルを恐れ『ほとぼりが冷めるまで山凪の会社で預かってくれ』と息子を光太郎の親戚に押し付けたらしいのだ。

その親戚からねじ込まれた光太郎が、いやいやながらも九藤を預かり、山凪ホールディングスの総務部で働かせているという経緯がある。

だが、九藤本人はそれを面白く思っていないようだ。

山凪グループの未来の総帥として着々とキャリアを積む光太郎が目障《めざわ》りらしく、折に触れて『須郷』の娘である里沙に嫌味を言ってくる。

――そういえば、九藤様の従姉《いとこ》の麗子《れいこ》様が、光太郎様とのご縁談に熱心だとか……

彼女は何度光太郎が断っても、親族のコネや仕事関係での脅しのようなことを匂わせつつ、『再検討』を依頼してくると聞いている。

光太郎の縁談は、里沙には関係のない話だ。だから批判する権利も、不快に思う権利もない。だが、もっと光太郎のことを考え、彼を幸せにしてくれるような人はいないのだろうか、とどうしても思ってしまう。

「すみません、私、飲み物を買うので先に失礼しますね」

これ以上気まずい状況はたくさんだと、里沙は立ち上がる。

「総務の男性陣が、須郷さんと合コンしたいって言ってたよ。美人だって皆目を付けてる」

里沙は目を伏せ、曖昧《あいまい》な笑みを浮かべた。

痩《や》せ型で大人しい容貌《ようぼう》の里沙は『御しやすい』と思われるのか、男性に言い寄られることが多い。それが嫌で極力化粧もせず、服装も『もっと可愛いの着れば?』と同僚に呆れられるくらい地味にしているのに。

「兄から『社内に出会いを求めるな』と釘を刺されていますので」

雄一は、若手社員の中では『鬼秘書』として知れ渡っている。とにかく仕事ができて、自分にも他人にもめちゃくちゃ厳しい人物だ……と。

——まあ事実だけど……

社内で色恋絡みのトラブルを起こしたら、兄がなあなあで見逃してくれるわけがない。容赦なくコンプライアンス調査室に持ち込むだろう。もし、嫌がる女性社員に合コンを強要しているなんて話を兄が知ったら……

兄のことを出した途端、九藤が唇を歪《ゆが》めた。

「須郷室長の名前出されちゃ無理は言えないな。またの機会にするよ。あ、そうだ。週末の創立記念パーティ、うちの親とか親戚も、何人か呼ばれてるんだよね」

まだ終わらないのか、と思いつつ、里沙は平静を保って頷く。

「光太郎君のおじいさんも変わった人だよね。さっさと光太郎君の結婚相手を指名して、決めてあげればいいのに。おじいさんに言われたら、光太郎君も逆らえないでしょ。引退したとはいえ、山凪一族のドンだもんね。……里沙ちゃんは何か聞いてる？」

里沙は、九藤の言葉に眉をひそめた。急に名前にちゃん付けなど、一体どうしたのか。馴れなれしくて困惑するし、気持ち悪い。けれど、相手が相手なだけにやめてくれとも言えない。

おそらく九藤は、従姉《いとこ》の縁談がなかなかまとまらないため、里沙に探りを入れているのだ。妙に距離をつめてきたのも里沙から話を聞き出そうとしてのことかもしれない。

だが、そもそも里沙は光太郎の縁談がどうなっているか知らない。そしてたとえ知っていても、部外者に話すわけがない。

「いいえ。きっと孫である光太郎様の自由意志に任されているのではないかと」

そう言って、里沙は深々と頭を下げた。

「失礼します」


翌々日の土曜日。

里沙は朝早くから、都心にある老舗《しにせ》高級ホテルに赴《おもむ》いていた。

今日は『山凪グループ』の創立記念パーティ、当日。

――入社前からお手伝いしてきたから、慣れているけど……。

須郷家の人間として、山凪家の行事には社会人になる前から一通り関わってきた。

里沙は作業項目のチェックリストを見直し、やり忘れたことがないかを確認する。

——あとはお客様がいらっしゃるのを待つだけね。

見回せば、花が飾られ、テーブルセッティングも済んで、会場は華やかな雰囲気に包まれている。

グループ関連企業や取引先を集めたパーティが始まるまで、あと一時間ほどだ。

パーティ準備は順調だが、里沙は重いため息を抑えきれなかった。

——今日、光太郎様の婚約者が発表されるかも……

直接里沙に何かが告げられたわけではない。だが、今回のパーティは今までのそれとは雰囲気が違う気がする。

ここのところ、光太郎のことを考えるたびに心がチクチクしていた。

光太郎は年頃の御曹司で、キャリアも人格も問題ない。しかも相当の美男子だ。当然、縁談は引きも切らず、名だたる名家のお嬢様が光太郎の妻にと名乗りを上げているのは知っている。

それに彼は、周囲から強く結婚を望まれている。十年前に山凪家の当主夫妻が、大学一年生の光太郎を残して飛行機事故で亡くなったからだ。

亡きご両親のためにも、光太郎には早く身を固めてほしい、そして山凪家の地盤をより盤石《ばんじゃく》にしてほしいと、親戚や取引先は願っているのだ。

――これまで何十回もお見合いしてきたみたいだけど、どれもまとまらなかったんだよね。でも……光太郎様も、ついにお相手を決められたのかも。

重苦しい気持ちを隠し、里沙はことさらにキビキビと歩き回った。

視界のはしに、九藤グループの総帥夫妻の姿が見えた。会社でお預かりしている問題児、九藤周吾の両親だ。

二人とも、かなりの高齢である。周吾は、歳の離れた末息子だから、余計に甘やかされて育ったのかもしれない。

――今日はご両親だけで、九藤様ご本人は来てないのね。一応うちの会社では平社員だから呼ばれなかったんだろうな。

平社員扱いが周吾のプライドを傷つけていることに、里沙とて気付いている。けれど、実家から腫《は》れ物扱いされ、かといって山凪グループでもまるで成果を出せず……では、誰も優遇のしようがないのだ。

――九藤様のこと考えるのはやめよう。仕事仕事……っと。

仕事の忙しさのお陰で、余計なことを考えずにいられる。

このまま光太郎の婚約発表があったとしても、忙しくしていれば心の痛みを誤魔化せるだろう……

「里沙」

兄の雄一が、里沙を呼び止めた。『鬼上司』である雄一の声に、反射的に背筋が伸びる。

「来客リストをくれ。光太郎様が会場内で直々にご挨拶《あいさつ》する方には、蛍光ペンでチェックをしてあるな？」

「はい、大丈夫です。どうぞ」

里沙は手にしたリストをざっと見直してから、雄一に手渡した。

「頂戴したお花の確認は大丈夫か」

「お花をくださった方のリストと現物を突き合わせました。お礼状で、お花の件に触れるようにします」

雄一が無言で頷いて、リストを手に立ち去る。よく見れば、小脇にノートパソコンを抱えていた。相変わらず仕事に追われているようだ。

——乾杯のドリンクは大丈夫かな……。お任せしてるけど、一応確認しておこう。

里沙は、厨房《ちゅうぼう》へと足を向けた。

そろそろお客様が会場入りする時間だ。

取引先の偉い人や、山凪家の親戚の方々がみえるので、失礼があってはならない。里沙の両親も、朝から会場入りして走り回っている。

山凪グループの企業重役を務める父は、早くに到着した遠方のお客様の対応中だ。山凪家の裏方を取り仕切る母は、お客様を迎えるにあたり粗相《そそう》がないか、パーティ会場の従業員と最終打ち合わせをしている。

ドリンクのチェックを終え、里沙は一度足を止めた。

——受付開始前に、ちょっとメイクを直さなきゃ……。

化粧室へ行き、身だしなみの最終確認をする。

——さて、私は隅っこでお客様のご様子を注視しつつ、何かあったら参じる、と。

そうして里沙は、エントランスロビーの片隅に立った。

三々五々、華やかな格好の来客が集まってくる。グループの役員たちが来客を出迎え、談笑を始めた。

里沙は、荷物を手に立っているお客様にはクロークを案内し、ラウンジに着席されたお客様にはすぐに飲み物が運ばれるよう目を配り——と、黒衣《くろご》に徹して会場内を歩き回った。

時間となり、メイン会場が開く。来賓が続々と会場へ吸い込まれていく。

あとはトラブルがない限り、進行を見守るだけだ。

——これから社長と来賓と、それから山凪家代表として光太郎様のスピーチがあって……。多分、光太郎様のスピーチで、アレがあるんだろうな。

里沙はかすかに表情を翳《かげ》らせる。

今日のパーティには、日本でも指折りの名家が揃っている。古くから山凪家が取引していたり、家同士の交流があったりという、いわゆる『上流階級』の人々がたくさん来ているのだ。

彼らにとっては、『山凪グループ』オーナー一族の御曹司の動向は、とても気になるものだろう。

光太郎の打ち出した方針で、自分たちの今後が変わる可能性があるからだ。

それゆえ光太郎の縁談も、当然注目の的である。

なんとなく、会場全体がそわそわしている気がする。誰もが、光太郎の婚約発表が今日行《おこな》われることを期待しているかのようだ。

でも里沙は、光太郎の口から『婚約のご報告』なんて聞きたくなかった。

さりげない仕草で、腕時計に目を落とす。この時間、里沙のスケジュールは『空き』となっている。パーティ当日でも交代で休めるようにと、雄一が組んだものだ。

――今から一時間休憩ね。おにぎりでも食べておこうかな。今日はこのあともずっと忙しいし……

そう思いながらそっと会場をあとにし、運営側の控え室へ向かった。

――何を話すんだろう……スピーチ……

誰もいない場所で黙々と持参したおにぎりを食べていたら、目に涙がにじんだ。

今ごろ、婚約発表が行《おこな》われているのだろうか。胸が痛くてたまらない。

現実逃避するように、里沙は一度ぎゅっと目をつぶった。

――五時起きだったから、ちょっとだけ仮眠しようかな。十五分だけ……

おにぎりを食べ終えて一息ついた里沙は、パイプ椅子の背もたれに寄りかかった。

昨日はあまり眠れなかった。今日も朝からずっと気を張っていたため、とても疲れている。スマートフォンのタイマーをバイブレーションでセットし、目を瞑《つむ》った。

あっという間に意識が途切れる。

そして、寝苦しい格好のせいか、変な夢を見てしまった。

――ああ、これって……あの日の夢だ……

里沙は中学校の制服姿だ。

十四歳の里沙は、光太郎を探して、山凪家の屋敷を必死に走り回っていた。

悲しみに沈む広い館《やかた》は、空気が淀《よど》んでいる。

先日、飛行機事故で亡くなった光太郎の両親の、葬儀が終わった。もうこの家に、二人の明るい笑い声が響くことはない。

――あ、もしかして！　あっちにいるかも。

里沙は光太郎がいそうな場所を思い付いて、慌てて二階に走った。廊下の突き当たりの広いバルコニーに向かう。

そこは、光太郎の母が鉢植えの薔薇《ばら》を育てていた場所だ。日差しの管理が難しい種類だからと、庭に植えずに、ここで日々大事に手入れしていた。

そっと様子をうかがうと、光太郎の背中が見えた。

鉢の前にかがみ込んでいる。

しばし躊躇《ためら》ったあと、里沙は後ろ手に袋を隠し、足を進めた。

「光太郎様……」

薔薇《ばら》のつぼみを摘《つ》んでいた光太郎が振り返る。

整った顔はやつれ、青ざめていたが、それでも彼は里沙を見て優しく笑ってくれた。

「どうした、里沙」

笑顔を見せてくれたことにほっとして、里沙はおずおずと彼に近づき、傍《かたわ》らにしゃがみ込む。

「何をなさってるんですか?」

「新芽のつぼみを取ってる。まだ株が若くて、全部咲かせると弱るんだ。母さんが旅行に出る前に家政婦さんに頼んでいったんだけど……。こんなことになって、皆、花の世話どころじゃないみたいだから」

里沙の胸がずきんと痛む。

涙をにじませた里沙は、慌てて目元を拭《ぬぐ》って立ち上がり、光太郎の目の前に袋を差し出した。

「あの……おやつを買ってきました」

里沙の言葉に、光太郎が形のいい目を見開き、ゆっくりと立ち上がる。

二十センチ以上背の高い彼を、里沙は思わず見上げる。アッシュブラウンのほんのり明るい髪色に、同じ色の水晶のような瞳。悲しみに沈んでいるときですら、光太郎はキラキラと輝いて見える。

つい見入ってしまったが、里沙は光太郎の美しい顔に疲れがにじんでいることに気付く。

いつも活力にあふれ明るい光太郎が、こんなに青い顔をしているのは見たことがない。

「何か召し上がってください。えっと……コーヒーと、オレンジジュースと、お茶と、水と……」

里沙は慌てて袋から飲み物を出した。

次から次へと、バルコニーのテーブルセットの上に買ってきたものを並べる。たくさん買い物をして、今月のお小遣いの半分くらい使ってしまった。光太郎が何なら口にしてくれるか分からず、ついいろいろと買ったのだ。

「どうしてこんなに買ってきたんだ」

そう言って、光太郎が笑う。里沙は袋から続けていろいろな食べ物を取り出しながら、できるだけ明るい笑顔で答えた。

「お腹空いていらっしゃるかなって」

里沙の答えに、光太郎が笑ったままかすかに目を伏せる。しなやかな腕が伸び、里沙の頭をポンポンと叩いた。

「ありがとう」

澄んだ茶色の目には、隠しようのない苦しみがはっきりと浮かんでいる。

当たり前だ。ついこの間まで元気だった両親が、今はもうこの世にいないのだから。

親孝行な光太郎は、いま、どれだけ傷ついているのだろう。

さっき頑張って引っ込めた涙が再びあふれそうになる。

――私は泣いちゃだめ……。泣きたいのは光太郎様なんだから。

突然、光太郎が里沙の頭を引き寄せた。

里沙の頭が、光太郎の胸に抱え込まれる。

耳に、光太郎の声が届いた。

「俺の代わりに泣いてくれるのか?」

――ごめんなさい、私が泣いたりして。光太郎様、私はずっと光太郎様のお側にいます。光太郎様がまた笑顔になれるようにお仕えします……

声にならない忠誠の気持ちは、光太郎には伝わったようだ。

「ありがとう。いつも心配してくれて……。俺のことをこんなに気に掛けてくれるの、里沙だけだ。俺の方が年上で、里沙を心配してやらなきゃだめな立場なのにな」

光太郎の腕の中で里沙は小さく首を振る。

——どんなときも、いつも光太郎様のお側にいる。あの頃はその願いが叶《かな》うと思っていた……馬鹿だな、私。

不意に自嘲的な気持ちがわき上がる。

そのとき、兄の声が頭の上から降ってきた。

「里沙」

仕事の指示かな？　と思った瞬間、パチッと目が覚めた。膝の上でスマートフォンが震えている。

「大丈夫か？　疲れたのか」

瞬《まばた》きすると、隙のないスーツ姿の雄一が目に飛び込んできた。

短い時間だが、ぐっすり寝ていたようだ。

「あっ……ごめんなさい。大丈夫。うとうとしてただけ」

里沙はアラームを止め、目を擦《こす》って雄一に笑いかけた。里沙の様子を一瞥《いちべつ》し、雄一は頷いた。

「大丈夫なら、会場に来てくれ。もうすぐ光太郎様のスピーチが始まる」

その言葉に、里沙の身体がわずかに強ばる。

「それって、私も聞かなきゃだめ？」

もしかして、光太郎の婚約発表が始まるのだろうか。

怯《ひる》む里沙に、雄一がはっきりと頷いた。

「ああ、だめだ。顔を出してもらわないと」

「どうして？　私に関係ないでしょう……今日は忙しいから、今のうちにもう少しここで休んでようかなって……」

思わず反論する里沙の肩に、兄の大きな手がのせられた。

「里沙」

真剣な声に、里沙は雄一を見上げる。

「これから、何も逆らわず、光太郎様の言うとおりにしろ」

その真面目な声に、里沙の心臓がどくんと音を立てる。

「兄さん……何を……」

顔を強ばらせた里沙に、雄一が微笑みかけた。滅多に見られない兄の笑顔に、里沙は目を丸くする。

「本当ならもっと綺麗な格好をさせたかったんだが……すまん。さ、行くぞ」

なぜ雄一は謝るのだろう。

事態についていけないまま、引きずられるようにして歩き出す。

雄一は里沙の腕を引き、足早に大広間に向かった。

不安でたまらない。今から何が起きるのだろう。思わず胸を押さえた里沙の前で、雄一が大広間の扉を開ける。

「光太郎様、連れて参りました」

雄一の声と同時に、会場に集まっていた人々の視線が、一斉に里沙の方を向く。

――光太郎様……！

目に飛び込んできた光太郎の姿に、里沙の心臓が大きく跳ねる。

艶《つや》やかな髪をきっちり整え、上質なスーツに鍛え上げた身体を包んだ彼は、いつにも増して男らしかった。

自分の状況も忘れ、里沙は彼の姿に見入ってしまった。

どんなにたくさんの人がいても、光太郎だけが輝いて見える。

それは、彼の美しさゆえなのか、里沙が彼に惹かれているからなのか――

吸い寄せられるように光太郎を見つめていた里沙だったが、次の瞬間身体を硬くした。

光太郎が、自分の方にまっすぐ歩いてきたからだ。

――え、なぜこちらに？

光太郎はもう目の前に迫っている。

反射的に後ずさった里沙は、目の前に立った光太郎に手を取られた。至近距離で、光太郎が微笑む。

息が止まるくらい、華やかな笑みだ。

ドキドキいっていた里沙の心臓が、ますます早鐘を打つ。

「里沙、姿勢を正せ。お前の振る舞いで光太郎様に恥をかかせるな」

背後から雄一の小声の叱責が飛んできた。里沙の足の震えが止まる。

――そ、そうだ、光太郎様のお側にいるときは、きちんとしなければ……

幼い頃から叩き込まれている『人前で恥ずかしくない振る舞い』が、里沙の中に蘇《よみがえ》る。

慌てて姿勢を正し、可能な限り顔から動揺を消した。

光太郎に手を取られたまま、里沙は必死で意識を全身にもっていき、堂々と見えるように歩く。

何が起きているのだろう。

戸惑う里沙の肩を、光太郎の手が抱き寄せる。

――光太郎様、何を……

驚いて彼の顔を見上げたとき、光太郎が晴れやかな顔で、そしてはっきりとした口調で宣言した。

「ご紹介します。彼女が私の婚約者の、須郷里沙です。今日から一緒に暮らして、近いうちに籍を入れる予定です」

光太郎と身を寄せ合ったまま、里沙は凍りつく。

――待って、これはどういうことなの……！

頭の中が真っ白になっている里沙の耳元で、光太郎が囁《ささや》く。

「いいよな、里沙。頼むぞ」

甘く、低く響く声に、里沙は反射的に頷いた。そのまま声を潜《ひそ》め、尋ねる。

「は、はい、かしこまりました。ですが、私は何をすれば……？」

「今言ったとおり、今日から里沙は俺の婚約者だ」

光太郎の幸福そうな笑顔は、愛する恋人を見る若い男性の表情そのものだ。困惑が抑えられない。いつから光太郎は、こんなに演技派になったのだろう？

だがさすがに、『婚約者』は……。あまりに突拍子もない発言に、今度は頷くことはできなかった。

当惑する里沙に、光太郎が再び囁《ささや》きかける。

「今から俺の婚約者になってくれ。頼みたいことはそれだけだ」

艶《つや》やかな声が里沙の肌を震わせる。こんな場面なのに、里沙の胸が一瞬高鳴った。

だがこの状況で余計なことは言えない。周囲から不審に思われる仕草はだめだ。光太郎にだけ分かるようにかすかに眉をひそめると、それに気付いた彼が視線で立ち並ぶ人々を示した。

「客の面子《メンツ》を見てみろ」

里沙は礼儀正しい笑みを浮かべつつ、辺りに目を走らせる。

――古くからお付き合いのあるお家に、山凪グループに投資している銀行の方……。

あちらは京都から見えた山凪グループの大株主で……

胸の谷間を、つうっと汗が伝った。

どの来賓をとっても、超ＶＩＰばかりだ。彼らの前で冗談で婚約発表するなんて、許されるものではない。

「彼らは、お前を俺の婚約者と認識した。これは決定事項だ。分かったな？」

光太郎の色の薄い瞳が、里沙を見据える。訳が分からないまま、里沙は慌てて頷いた。

ここで里沙が騒げば、光太郎の顔に泥を塗《ぬ》ることになる。いくら焦っていても、それだけははっきりと理解できた。

周囲は、未《いま》だに驚いたように里沙と光太郎を見つめている。

来賓だけではない、会社の上司も里沙の両親も……兄以外の人は、ぽかんと口を開けて里沙を見ていた。

何が起きたのだろうという顔だ。

彼らと同様に状況が理解できず、とにかく懸命に平静を装《よそお》う努力をし続ける里沙の耳に、ほどなくしてまばらな拍手が届いた。やがてその拍手は大きくなり、会場中に響き渡っていく。山凪家の御曹司自《みずか》らの婚約発表に、表立って異を唱える人間はいないようだ。

里沙は必死で張り付けたような笑みを浮かべ、精一杯上品な動作を心がける。

光太郎に恥をかかせてはいけない。突然のこととはいえ、彼の選んだ『婚約者』としてしっかりと振る舞わなければ……

——このままでは、私、本物の婚約者になってしまう……のでは……？

不安を覚えつつ、里沙は心の動揺を必死に押し隠し、社交的な笑顔を保ち続けた。

パーティが終わり、自宅に戻った里沙の前で、父が苦虫を噛み潰したような顔で言った。

「公的な場であのような宣言をされては仕方がない……。今更『違います、間違いです』と騒いだところで、光太郎様の立場が悪くなるだけだ。お前は当面は光太郎様と同居して婚約者として振る舞い、話のつじつまを合わせてくれ」

常に『山凪家の体面保持が絶対、山凪家に降りかかるトラブルは全力で阻止』がモットーの父が、朝会ったときよりやつれて見える。

無理もない。娘が、なぜか『御曹司様』の婚約者として勝手に紹介されたのだから。

光太郎は、里沙の両親に婚約の許可すら取っていなかったらしい。

否《いな》、許可を取ったところで、忠義の塊《かたまり》のような父が、身分違いの結婚に『YES』と言うわけがないのだが。

光太郎のこの結婚話は、どこまで本気なのか……

とにかく、訳が分からない。

「あの、お父さん」

光太郎様と同居しろって言われても困るんだけど。そう言いかけた里沙に、父が沈痛な面持ちで告げる。

「状況が落ち着くまでは、お前がすべきことは婚約者として振る舞うということのみ。あとは……父さんがなんとかする……できる……と思う……多分……」

「後半微妙に頼りないんだけど!?」

「と、とにかく、表向きは光太郎様に合わせてくれ。ああ、なんでこんなことになったんだ。雄一に連絡を取らなければ……」

普段淡々としている父が、動揺を隠せない様子で家の奥へ入っていく。

あんな正式な席で発表した婚約を『嘘でした。冗談です』なんて即日撤回したら、山凪光太郎は頭がおかしいのでは、と周囲に思われてしまう。

そんな事態は絶対に避けなくてはならない。

父は『勝手な婚約発表事件』をフォローしつつ、現実を修正するために頑張ってくれるらしい。

——そ、そうよね、須郷家《うち》は山凪家の第一の忠臣として代々お仕えしていたわけだし。だから厚待遇を受けて、山凪家の皆様からの信頼も得ていて……だからといって、主人が使用人の娘を勝手に嫁にしていいのだろうか。分からない。頭がぐるぐるしてきた。

とりあえず光太郎が言い放った『今日から同居する』発言のつじつま合わせのために、光太郎が最近購入したというマンションに向かわねばならない。

そこで婚約者と同居する……という設定らしいからだ。

山凪本家のお屋敷は、都内の高級住宅街にある。塀の外からはお屋敷が見えないほどに敷地が広い、大邸宅だ。幼い頃から何度も通ったけれど、里沙はあれ以上に広い個人の家を見たことがない。

だが光太郎はその広いお屋敷ではなく、新しく購入したマンションで暮らす気らしいのだ。

——お手伝いさんもいないのに、大丈夫なのかな……

里沙は出張用のカートの中に、最低限の着替えと身の回りの品を詰め込んだ。普段の出張に行くのと変わらない荷物だ。

――傍《はた》から見て、同居しているようであればいいんだものね。それなら、光太郎様には今までどおり本家屋敷に住んでいただいて、私だけ新居で暮らして、二人で住んでいる風を装《よそお》えばいいかな。というか、今、光太郎様はどこにいるんだろう？　お電話も通じないし。

何度もスマートフォンを確認しつつ、里沙は準備のできたカートを引きずって家を出た。

須郷家の娘として今回の尻拭《しりぬぐ》いには参加するが、もっと詳しく今回の件を説明してもらわねば困る。

とぼとぼ歩く里沙のバッグの中で、スマートフォンが鳴った。ディスプレイには『兄』と表示されている。

慌てて電話を取ると、雄一の落ち着き払った声が聞こえた。

『ああ、里沙か。光太郎様の購入されたマンションの住所は分かるか』

「兄さん……あの……なんなの、これ……私どうすればいいの？」

恨めしげな声の里沙に、兄が淡々と答える。

『婚約者として振る舞えばいい。そう指示されたはずだ』

「そ、そんなの困る……」

『……お前にしかできない仕事だぞ』

雄一の発した『仕事』という言葉に、里沙の頭がスッと冷える。

「えっ……これ、仕事……なの？」

『うちは昔から、山凪家のためにいろいろな仕事を引き受けている。それが会社の仕事だけでないことは知っているだろう。他家とのトラブル解決や、スキャンダルの防止、山凪家の方々のご相談に乗ること……。全部俺たち須郷家の人間の仕事のはずだが』

兄のクールな物言いに、里沙もどんどん冷静になっていく。

「そう……だね。でも、急でびっくりしたの。事前に説明もなかったし」

『光太郎様はしつこい求婚に悩んでおられる。縁談をこれ以上打診されると、精神的に参ってしまいそうとのことだ。だから、お前がお助けしろ』

雄一の声から、『余計なことは一切言わず、素直にハイと言え』というオーラがびしびしと伝わってくる。困惑しつつ、それでも里沙は尋ねた。

「あ、じゃあ光太郎様、お見合いが多すぎてお嫌になったってこと？」

『ああ。だからお前が光太郎様の相手として、婚約者の席に座っていろ。そうすれば、光太郎様は落ち着かれる』

なんとなく分かった。

里沙が婚約者のフリをすることで、光太郎はわずらわしい縁談にこれ以上振り回されずに済むのだ。そうして落ち着かせた状況下で、光太郎にお見合い疲れを癒《い》やしてもらおうという算段らしい。

「分かったけど……いいのかな、そんな嘘ついて」

『光太郎様に聞け。俺が須郷家の人間としてお前に言えるのは……光太郎様の利益になるのだから、真面目に務《つと》めろということだけだ』

兄の厳しい口調に、里沙は思わず姿勢を正した。

「わ、分かりました」

時代錯誤《さくご》と言われるかもしれないが、須郷家の人間は、山凪家のために危ない橋を渡ることもある。

そういった忠誠を尽くすことで、破格の厚遇と社会的地位を得ているのだ。それが『侍従長』の家柄というものだと、里沙は理解している。

だから里沙も、山凪家のためであればなりふり構わず働かねばならない。

『分かったなら、新居のマンションに向かい、掃除をして光太郎様をお迎えする準備をしておくように』

「はい。……婚約者役を頑張って務《つと》め上げろということよね？」

『先ほども言ったが、詳細は光太郎様に聞け』

兄の答えは、相変わらずにべもない。里沙はため息をついた。

「分かりました。光太郎様がご安心できるように、婚約者役を務《つと》めます！　詳細は光太郎様にうかがいますね」

電話を切ってしばらくすると、じわじわと不思議なやる気がわいてきた。

突然の婚約者指名にびっくりして思考停止していたが……これは、須郷家の娘にしかできない仕事だ。

──だったら頑張るしかない。他ならぬ光太郎様のお願いなんだし。

気を引き締めた里沙がカートを引きずりながら歩いていると、再び電話が鳴る。

慌てて電話を取り出すと、親戚のおばさんからメールが来ていた。

『光太郎様のお嫁さんになるんだって？　こっちの親戚は皆びっくりしています！　すごいね、玉の輿《こし》おめでとう』

一瞬意識が遠のきそうになる。

あれだけ派手に発表されれば、電光石火《でんこうせっか》で周囲に伝わることを忘れていた。というより考えたくなかった。

そもそも、光太郎の電撃婚約発表は、見方によってはド派手なシンデレラストーリーだ。

使用人の娘が、美貌の御曹司の妻になる、身分差ときめき恋物語……に見えなくもないからだ。噂とテレビドラマが大好きな親戚のおばさんたちが騒がないわけがない。

──うーん……大きな話になってしまったような……

この仕事が終わったら、自分はどうなるのだろう。『御曹司に捨てられた女』というレッテルを貼られて一生終わるのだろうか。

一瞬不安になったが、里沙はすぐにそれを打ち消した。

光太郎が、里沙をそんな立場で放り出すはずがない。きっと、うまい手立てを考えてくれるはずだ。

そんな心配より、まずは仕事を頑張ろう。光太郎の役に立てるなら里沙も嬉しい。

幼い頃から『山凪家のために努力しなさい』と教えられて育ったせいか、光太郎の力になれると思うと胸が弾む。

――大丈夫よ、ちゃんとできる。私が頑張れば、光太郎様が助かるみたいだし。

里沙は気合を入れて、教えられた住所に向かった。

たどり着いた先は、都心の超高級エリアだった。瀟洒《しょうしゃ》な七階建てのマンションを見つめ、里沙は思わず開けてしまった口を慌てて閉じる。

――すごい家……。さすが山凪家の御曹司様のセカンドハウス。

外側からは建物内の様子がうかがえないよう、巧《たく》みに設計されている。

駐車場には高級外車ばかり。エントランスの扉には汚れ一つなく、天井も高くて、まるで海外の高級ホテルのようだ。

里沙は父から預かった鍵で、エントランスのロックを解除する。

あまりに豪華なマンションなので、入るだけで緊張してしまう。フロントのコンシェルジュに頭を下げ、エレベーターで六階に向かった。

公園に面した角部屋が光太郎の家だという。

「失礼いたします」

誰もいないのは分かっていたが、里沙は挨拶《あいさつ》をして、そっと家に上がる。

脱いだ里沙の靴は、美しい大理石の上でみすぼらしく見えた。

目立たない場所に靴を揃え直し、廊下を歩いて中へ進む。どうやらその先が居間のようだ。

──広い……。家具も何もかも新しくて、モデルルームみたい。

どの家具も、山凪家のお屋敷で見かけたような重厚感ある上質なものばかりだ。

里沙からすれば別世界だが、極上の品に囲まれて育った光太郎にとっては「なじみのある落ち着く雰囲気」に違いない。

里沙は腕まくりをして辺りを見回す。今のところ掃除の必要はなさそうだが、この先はそうではない。まずは掃除用具を確認しなくては。

──あっ……懐かしい……！

いろいろ考えつつ周囲を見ていた里沙は、リビングボードに飾られたトロフィーに気付いた。高校の空手の大会で、光太郎が優勝したときのものだ。里沙と雄一と光太郎、三人で空手を習っていた。ちなみに里沙は、須郷家の人間はいざというときに山凪家の方々を護れるようにと、幼い頃から続けてきたので、それなりの腕前だ。

光太郎は、高校を卒業するまで空手を続けていた。

トロフィーの下に置かれた写真立てには、空手着でトロフィーを掲げている光太郎の姿が収まっている。

隣に立っているのは里沙だ。応援に行き、一緒に写真を撮ってもらったのを覚えている。

写真の中の光太郎は、確か高校二年生。かすかに幼さが残っているけれど、やはり今と変わらずにずば抜けて格好いい。傍《かたわ》らの里沙は中学生だ。無邪気な笑顔でピースサインをしている。

——なんで私と写ってる写真……？

一瞬動揺したが、トロフィーと写っているのがこれしかなかったのだろうと思い至る。

——光太郎様は、今でも空手がお好きなのかな。

光太郎は、大学生活が勉強にインターンにと忙しく、空手を辞めてしまった。

——すごく強くて格好よかったのに……勿体ない。でも仕方ないか、忙しすぎる方だし。

そのまま部屋の中を確認し、掃除道具がないことをチェックした里沙は、まずは一通り買ってくることにした。

きびすを返そうとしたとき、不意に玄関に人の気配を感じる。

誰だろう……と思った里沙の耳に、大きな言い合いの声が飛び込んできて、思わず飛び上がりそうになった。

「勝手をしおって馬鹿もんが！　須郷に聞いたぞ。今回の婚約の件、須郷の許可を得ていないとはどういうことだっ！」

聞き慣れた山凪家の大旦那……光太郎の祖父、隆太郎《りゅうたろう》の声だ。

――嘘……大旦那様がお見えなの……？

その迫力の怒声に、里沙は凍りつく。

「おじいさまには関係ありません。これしか方法がなかっただけです。俺と里沙はうまくやりますから、どうぞご心配なく」

隆太郎に負けず劣らずな迫力の、光太郎の大声も聞こえてくる。

――大旦那様と光太郎様が、また喧嘩《けんか》していらっしゃる！

里沙は慌てて玄関に走った。

玄関には、光太郎と雄一、それから光太郎の祖父である隆太郎と、その従者らしきスーツの男性たちがいた。

隆太郎は杖を光太郎に突きつけ、鬼の形相《ぎょうそう》をしている。

一方の光太郎は、祖父の怒りにもまるで怯《ひる》まず、彫像のように佇《たたず》んだままだ。

屋敷では何度も見かけた祖父と孫の大喧嘩《げんか》だが、今日はひときわ激しい。

隆太郎が、反抗的な顔の光太郎を厳しい声で叱責する。

「結婚をなんだと思ってるんだ、この馬鹿もんが！　青二才に偉そうな口を利かれる覚えは……おお里沙か、こんばんは」

だが里沙に気付いた途端、仁王のような顔をしていた隆太郎は、別人のような笑みを浮かべた。

「こ、こんばんは……大旦那様、それから、お帰りなさいませ、光太郎様……」

「ただいま、里沙」

スーツ姿の光太郎が腕組みをしたまま低い声で答えた。

相変わらずどこにいても華やかで目を引くが、全身に不機嫌のオーラをまとった光太郎は、正直怖い。怒っている美形は迫力がありすぎる。

「いやいや、すまなかった、里沙。ちょっとこの阿呆《あほう》を説教していたもんで、大声を出してしまってな」

困惑する里沙をフォローするように、隆太郎が優しい声で言った。

「いいえ。大旦那様、お身体の方は大丈夫ですか？」

この興奮が障っては、と里沙は慌てて尋ねる。

十年前、光太郎の両親の葬儀が終わってすぐ、隆太郎は心筋梗塞《しんきんこうそく》の発作を起こした。後を任せるはずの息子夫婦を突然失ったショックのせいだろう。

一命は取り留めたものの、回復には長い時間がかかり、それを機に彼は経営の一線から退《しりぞ》いた。そして、今日のパーティも欠席していた。

心臓が、現在もあまりよくないのは事実だ。

興奮しすぎて体調を崩されては……と心配する里沙に、隆太郎は笑顔を向ける。

「里沙はいくつになった？」

「に、二十四です」

「そうか……私が結婚したのも二十四のときだ。懐かしい、……里沙は、うちのばあさんの次にべっぴんだな」

機嫌のいい表情だ。どうやら、里沙の顔を見て怒りが少し収まったらしい。

「小さい頃と変わらず目がぱっちりしていていいな。賢そうで、うん。里沙、お前はばあさんの次に可愛らしい」

隆太郎は、ことあるごとに亡き愛妻の話をする。彼が『ばあさんの次に美人』というのは、実は相当な褒め言葉なのだ。

「ありがとうございます、大奥様の次だなんて……恐縮です」

里沙の言葉に、隆太郎が嬉しそうな顔になる。

光太郎の亡き祖母……佳世子《かよこ》は、隆太郎より七つ年上だった。

隆太郎のお見合い相手の姉で、離縁されて家に戻っていたところを隆太郎が見初《みそ》め、熱烈にアプローチした末に妻に迎えたのだという。

思えば、隆太郎も光太郎も情熱的で何事にも一途で、非常にパワフルな男性だ。二人は気性も顔立ちも、面白いくらいよく似ている。亡き光太郎の父は、温厚な大奥様に生き写しだったのに……代を超えて、隆太郎の熱く男らしい血は、光太郎に受け継がれたのだろう。

隆太郎は里沙の頭を大きな手で撫で、不意に表情を険しくして、光太郎に視線を向けた。

「……で、お前は今回の茶番で、里沙になんの無理強《じ》いをするつもりだ」

かつて山凪グループの鬼と呼ばれていた隆太郎は、老いて弱ったとはいえ、今でも相当な迫力だ。玄関に立つ人たちの間に緊張が走る。

「光太郎にもいろいろな考えがあるだろうことは、一応分かった。だが、そのために里沙を利用するとはどういうことだ」

隆太郎の声に、光太郎は眉根を寄せる。

「俺は里沙を利用するわけではありません」

「利用しとるじゃないか。里沙は、お前の無理難題を断れん立場だぞ。こんな若い娘が、いいように使われて可哀相《かわいそう》に」

どうやら隆太郎は、今日のパーティの婚約報告を受け、ひと言もの申しに顔を出したらしい。

もしかしたら、里沙の父が『娘が光太郎様の妙な企《たくら》みに巻き込まれて……』と泣きついたのかもしれない。

困り果て、里沙は無言で光太郎の顔を見つめる。

「いいえ。利用するつもりはありません」

頑固な口調で光太郎が繰り返す。

「お前は結婚をなめている。こんな勝手なやり方で話を進めるなど言語道断《ごんごどうだん》だ」

――光太郎様、婚約の件は『フリ』です、って早めに申し上げた方が……

申し訳なくなって俯《うつむ》いた里沙の耳に、光太郎のきっぱりした声が届く。

「いいえ、甘く見ていません。適当に選んだわけでもありません。少なくとも俺の方には、愛はあります」

光太郎は一歩も譲らぬ構えだ。だが『愛はある』なんて大見得を切ってしまって大丈夫なのだろうか。

「……ほう。ならば、里沙と二人、私が認めるような夫婦になってみせると申すか？」

「はい」

す……

　——だめです光太郎様、その論理展開だと、本当に結婚することになってしまいま
　売り言葉に買い言葉ではないか、とハラハラする里沙の前で、隆太郎が杖を持ち上げ、その先を光太郎に向けた。

「大きく出たな。あとから破綻《はたん》しましたと泣きついてきても知らんからな。おなごの人生を背負うことを甘く見るな」

「ですから、甘く見てなんかいません。俺は本気です。里沙に『一緒になってよかった』と言わせてみせます」

　光太郎の言葉を、隆太郎が鼻で笑う。

「お前のような青二才の本気など、片腹痛いわ」

「なんとでも仰《おっしゃ》ってください。里沙と俺は、ちゃんと、仲良くやっていきますので」

　光太郎は何を言っているのだろう。里沙は不安で胸が苦しくなる。

　——嘘はよくないです、光太郎様。初めから『婚約はフリです』と言っておくべき……です……

　しかし里沙に、にらみ合う二人の間に割って入る勇気はない。

「ふん。そこまで言うなら、いったんは耳を貸してやる。半年後、お前たちが本当の夫婦となっていたら、今回の話を認めてやろう。もちろん、籍を入れたら本当の夫婦だな

どと、くだらぬことを申すなよ。二人で本当の夫婦となっておれば、私に報告にこい。ただし何をもって本当の夫婦というのか、きちんと考えてこい。生半可《なまはんか》な答えではだめだ。……あまり私を甘く見るなよ」

容赦のない、厳しい声だった。

里沙の背中に汗がにじむ。

——どうしよう……大旦那様にご納得いただく……って……大変なことに……

だが、里沙の戸惑いをよそに、光太郎は力強く頷いている。

「はい。半年後には鴛鴦《えんおう》の契《ちぎ》りを交わした夫婦になっておりますので、ご心配なく」

光太郎は一歩も譲る気がないようだ。

里沙の不安が恐怖に変わっていく。

——どうしよう……大旦那様に今ここで謝罪した方がいいんじゃないかな。大ごとになる前に……

そのとき、不意に光太郎が腕を伸ばし、里沙の肩を力強く抱き寄せた。

人前で寄り添う格好になり、里沙の顔と耳がぱっと熱くなる。

男の人と、こんなにくっついたことなどない。しかも相手が光太郎だなんて、恥ずかしくてどうしていいか分からない。

「あ、あ、あの……光太郎様……あの……」

押しのけようとするが、彼は離れない。隆太郎は真っ赤になっているであろう里沙を一瞥《いちべつ》し、はぁ、とため息をついた。

「……私の孫が、純粋な女心を踏みにじる阿呆《あほう》でないことを祈る」

「里沙、おじいさまがお帰りだ」

隆太郎の嫌味など完全無視で、光太郎が言った。

頭の中が真っ白になったまま、里沙はこくりと頷く。

「かしこまりました。お見送りいたします」

「……あのな、今日からはそんな敬語いらないぞ？」

光太郎に不思議そうに言われ、里沙はきょとんとする。だが、隆太郎が、従者の開けたドアから出て行こうとしているのに気付き、慌てて光太郎の腕から抜け出した。

「あの、大旦那様、お気を付けて」

里沙の言葉に、隆太郎が笑顔で振り返った。

「ありがとうな、里沙」

光太郎と言い合いしていたときとは別人のような、好々爺《こうこうや》の笑みだ。

だが、里沙の背後に立つ光太郎には視線もくれない。孫のことを本気で怒っているのだろう。

里沙は光太郎と並んで、隆太郎を追って歩く。共にエレベーターに乗り込むと、隆太郎が里沙に優しい声で言った。

「何か困ったことがあったら、すぐに私のところに相談に来なさい」

余計な心配を掛けてしまったことを申し訳なく思いつつ、里沙は笑顔で首を振った。

「何もなくても、大旦那様には会いにうかがいます」

その答えに、隆太郎が嬉しそうに里沙の頭を撫でた。

やはり彼の中では、里沙はまだ幼い子供なのだ。そう思うと、隆太郎の心配がより深く納得できる。

子供同士が勝手な真似をして、と彼は怒っているのだ。

――大旦那様に、あまりご心配を掛けたくないな……

マンションの車寄せで隆太郎の乗った車を見送りながら、里沙はため息をついた。

「里沙、すまない。おじいさまが突然怒鳴《どな》り込んできて」

車が見えなくなったところで、ようやく落ち着いて、里沙は光太郎の顔を見上げた。

端整な顔に、申し訳なさそうな表情が浮かんでいる。いつも自信に満ちあふれているのに、今は少し元気がないようだ。

たしかに、パーティに婚約発表に、更には隆太郎に『本当の夫婦になった証明』をせねばならないなんて、今日は一日いろいろありすぎた。

――でもこういうときこそ、私がしっかりしなきゃ。

里沙は気を取り直して微笑む。

「大丈夫です、半年後に向けて打ち合わせしましょうか。えっと……大旦那様に夫婦として評価いただくには、実績が必要ですよね。同居した期間とか、二人で奉仕活動に参加するとか……他に何かあるでしょうか？」

つとめて明るく言った里沙に対して、光太郎が複雑そうな表情を向けた。

「いや、里沙、俺は……本当にお前と結婚したいんだが」

「本当に、結婚？」

理解不可能な発言に、里沙は眉をひそめた。更に難しいオーダーをされたような気がする。

首をかしげた里沙の両手を握り、言い聞かせるように光太郎が言う。

「あのな、やり方はまずかった。それは認める。だが俺は、お前と……」

光太郎はどうしてしまったのだろう。なぜ普段クールな彼が、かすかに耳を赤くしているのだろう。

つられて里沙の顔まで熱くなってきた。

呆然としつつ、手をとられたまま見つめ合っていると、不意に兄の声が響いた。

「私も失礼してよろしいでしょうか」

里沙と光太郎は、同時にびくんと肩を揺らした。

光太郎が慌てた様子で振り返る。

「あ、ああ……すまん。家まで付き合わせて悪かった。おじいさまが出てこられるとは思わなくて」

「ご心配なさったのでは？　大旦那様にすら断りもなく婚約発表なさったのですから」

雄一が肩をすくめ、里沙と光太郎を見比べた。そして、ため息と共に慇懃《いんぎん》な仕草で頭を下げる。

「では、失礼いたします」

そして雄一は里沙に何も言い残さず、スタスタと去ってしまった。

取り残された里沙は、戸惑いつつも腕時計を確認する。もう二十時半近い。買い物に行くなら、急がなくては。

「光太郎様、お夜食の準備をいたしましょうか？　ついでに掃除用具も最低限購入して参りたいのですが」

「今日はいい」

光太郎が里沙の肩を強く抱き寄せた。広い胸に身を寄せる格好になり、目の前が真っ白になる。

――さ、さっきから、私たち、接触しすぎでは……？

息を呑み当惑する里沙の耳に、光太郎の声が届く。

「里沙、いろいろ無理を押し付けてごめん」

申し訳なさそうな光太郎に、里沙は慌てて首を振った。

「大丈夫です。あの……縁談を避けるための婚約者役であると、分かっておりますので」

光太郎からの答えはない。それに少し当惑しつつ、里沙は言葉を続けた。

「私、光太郎様のお心が休まるまで、婚約者役はちゃんと務《つと》めます。ですが……大旦那様の誤解は解かないといけませんね」

「おじいさまは何も誤解してない。あの人の要望に応えるべく、半年後に二人で報告に行くだけだ」

里沙の肩を抱く光太郎の手に、力がこもった。熱い手の感触に、戸惑いが強くなる。

光太郎の言葉も、うまく理解できない。

——どうなさったの……やめてほしい……こういうの……

光太郎は、妹同然の里沙を気軽にハグしても何も感じないのだろう。

だが里沙は苦しい。忘れよう、なかったことにしようとしている恋心がいつ暴れ出すか分からないからだ。

里沙は動じていないフリをして、やんわりと光太郎の腕を振り払う。彼は何も言わなかった。

妙な沈黙が、二人の間を支配する。

「光太郎様……？」

沈黙に耐えられず名を呼んだ瞬間、光太郎が不意に顔を近づけてきた。

里沙の額《ひたい》に、キスが落ちる。

——え……何……あ、あれ……？

もしかしなくても、今、光太郎にキスされているのだ。

いつも身近にいたとはいえ、光太郎にキスされたことなどなかった。

否《いな》、この世の異性、誰からもキスなんてされたことがない。

里沙はずっと光太郎に一途で、学校や職場の男子の告白は全部断ってきた。だからといって、想い人である光太郎とキスをする日は永遠にこないことも知っていた。それなのに……

あまりのことに身体が震え出す。

「だから里沙、俺は、本当にお前と結婚したいんだ」

「本当に、結婚……？」

さっきから、同じことを繰り返している気がする。それでも理解できず、鸚鵡《おうむ》返しの答えしか出てこない。

頭の中が煮えたぎって、真っ白だ。

──ど、どうしよう……光太郎様……どうなさったの……

光太郎が里沙の腕を掴み、マンションのエレベーターへ向かう。

里沙は衝撃でふらつく足で、彼に従った。

顔が焼けるように熱い。今、里沙の顔は、林檎《りんご》もかくやという赤に染まっているのではないだろうか。空いている方の手で頬を押さえ、里沙は必死に自分に言い聞かせた。

──お、落ち着いて、落ち着くのよ、里沙……

～光太郎　Ⅰ～

電撃婚約発表から遡《さかのぼ》ること一年。

二十七歳の光太郎は過酷な日々を送っていた。

周囲の人間は、山凪家の嫡子《ちゃくし》である光太郎には逆らえない。だからこそ、わがままを言ってはいけない。強く正しく、弱い人間を守れる男であれ。

それが、亡き父母の教えだった。

だから光太郎は、自分よりも弱い立場の、須郷家の人たちに言えなかったのだ。

『里沙が好きだから嫁にほしい』と……

しかしそんな我慢に我慢を重ねた生活も限界がきた。

——俺としてはまず。八十回見合いをしている時点で頭がおかしいと思われたいのだが……

これだけ縁談を断りまくっているのに、周囲は諦めない。

山凪家当主の妻の座は、絶対獲得したいと願う金メダルのようなものらしいのだ。

光太郎とて、初めのうちは、妥協できるだろうと思っていた。しかし時を重ねるにつれ『お見合いで相手を見つけるのは無理だ』という気持ちが強くなっていった。

光太郎の気持ちをそれとなく汲《く》んだまともな人々は、見合いを打診してこなくなった。

現在残っている相手は『とにかく山凪家当主の妻の座に座れさえすればいい』という女性ばかりだ。

今日の見合いなど、同じ相手と三回目である。

断ったはずなのに、他の仲人《なこうど》を通して様々な手段でねじ込んできたのだ。

これまでの二回同様、今回も、相手の九藤麗子嬢はやる気満々だった。喉笛《のどぶえ》に食らいついてでも光太郎を放さない、という意気込みにあふれている。

麗子は、九藤グループの分家筋のお嬢様だ。

九藤家は昔ながらの食品会社や化粧品会社を抱えた名門である。麗子は九藤本家の子息の、従姉妹《いとこ》に当たるらしい。

毎度化粧は完璧で、明らかに高級品とおぼしき服や靴で頭からつま先まで固めている。歳は光太郎より二つ上の二十九歳。今まで結婚しなかった理由は『私にふさわしい相手がいないから』らしい。光太郎としては『俺も貴方《あなた》にはふさわしくないので忘れてください』と頼み込みたいタイプだ。

「私たちなら家同士の釣り合いもちょうどいいですし、いいご縁だと思いますの」

ワイングラスを傾ける麗子に死んだ目で相づちを打ちながら、光太郎は思った。

――縁談はお断りします、という日本語を理解しない。宇宙人なのか？

「私も光太郎様なら堂々と親族やお友だちに紹介できますし」

――だからなぜ、俺がＯＫする前提で喋るんだろう……話が通じない。

光太郎は無意識に胃の辺りをさすっていた。

なんだか今日はひときわ体調が悪い。最近はずっと冴えない体調だったが、今日は特に、身体が重く感じる。

麗子との空疎《くうそ》な会話に相づちを打ちながら、光太郎は美しく盛り付けられた料理をぼんやりと眺めていた。やはり、身体がだるくて、息苦しい。

なんとか見合いを終え、麗子と家族を見送り雄一と二人になった瞬間、吐き気と寒気でうずくまる。

珍しく仰天した様子の雄一に引きずられて病院に運び込まれ、診断された結果は『過労とストレスが原因の胃炎』だった。

胃炎といっても状況はかなり悪く、『このまま自己管理しないと死にますよ』と、医者に怒られた。そこまできて、光太郎はようやく認めた。

このままでは、自分の人生に何も残らない、と。せっかく生きているのに、我慢だけで人生が終わる、と……

「救急車騒ぎにならなくてよかったですね、光太郎様」

冷え冷えとした雄一の言葉に、光太郎は点滴を受けながらため息をついた。

「少しは心配しろ……」

「しておりますが？」

相変わらず絶対零度級に冷たい男だ。だがたしかに、山凪《やまい》家の『御曹司』が倒れて救急車で運ばれたら、そしてそれが周囲に知られたら、重い病なのか、病弱なのかなど、いろいろ勘ぐられる。だから、雄一に病院に引きずってきてもらってよかった。

心の中で感謝しつつ、光太郎は言った。

「里沙と結婚したい」

違った。まずは礼を言うべきだった。だが、口から出た言葉はもう取り消せない。それに、間違った言葉ではない。重要な交渉に余計な前置きは不要だ。一番伝えたい話はこれなのだから。

「え？　なんですか？」

雄一が、聞き間違いかと言わんばかりに聞き返す。

光太郎は腹を決め、もう一度繰り返した。

「……里沙と結婚したい」

「はあ」

気の抜けた返事が返ってきた。だが、眼光は鋭く、じっと光太郎を見据えている。

雄一は、光太郎の気持ちにずっと前から気付いている。そして、光太郎に『里沙は貴方《あなた》のものにはなりません』と釘を刺し続けていた。

理由は『妹が可哀相《かわいそう》だから』だ。

里沙が光太郎に迎えられても、閉鎖的な上流階級の人々からは『使用人の娘』と蔑《さげす》まれ、まともに扱われないことは目に見えている。

それに、御曹司をたぶらかした女だと、悪い噂も立てられるに違いない。

里沙個人だけでなく、須郷家も、身の程をわきまえないと批判に晒《さら》されるだろう。

雄一にとって『御曹司の恋』は、実家にデメリットしかもたらさない災厄《さいやく》なのだ。

だが、光太郎も引くわけにはいかない。

光太郎の脳裏《のうり》に、父母の事故死のときの弔問客の態度が蘇《よみがえ》る。取引先のオーナー一族に、政治家の知り合いに……葬儀に来たのは名だたる『名家』の人々だった。

彼らは、光太郎を値踏みするだけだった。

おそらく、憔悴《しょうすい》しきった十八歳のガキに、ひそひそ話など聞こえないと高をくっていたのだろう。

彼らが話す内容は、判で押したようだった。

老いた祖父とまだ十八の光太郎が、山凪グループを支えていけるのか。これからの山凪家との付き合いに『旨《うま》み』はあるのか……

周囲の冷たさに潰れそうになっていた光太郎を救ってくれたのは、里沙だ。彼女の、純粋に光太郎の心身を案じてくれる優しさに、どれだけ支えられたか。

「もういいだろう？　俺は父さんたちの葬儀の日から今日まで、愛想笑いしながら頑張った」

病《やまい》に倒れた祖父の分も必死に走った。小僧と侮《あなど》られても、力のある部下には頭を下げ、教えを請うてきた。

里沙にお仕事を休んでくださいと泣かれても、ひたすら働き続けたのだ。

一つくらい、褒美が欲しい。

「そろそろ要らないものは切り捨てたい。里沙が好きなんだ。一緒になれたら俺が守る。里沙を認めない相手は、俺の方から縁切りする」

光太郎の言葉に、雄一が大きくため息をついた。

「……里沙が大泣きしそうなお言葉ですね」

泣くとはどういう意味だ、と光太郎は眉をひそめる。

「いきなり求婚したら、里沙には嫌がられるだろうか」

里沙が、自分を兄のように慕《した》ってくれているのは知っていた。だが光太郎は違う。里沙を妹と思ったことはない。

これまではなんの約束もできない立場だったから、『俺の方を向いてほしい』と言えなかった。でもこれからは違う。

「さぁ。喜ぶんじゃないですかね。光太郎様のお役に立てるなら」

雄一の答えは素っ気ない。そして、意味もよく分からない。

嫌がられるのか、受け入れてもらえる可能性があるのか……

だが、それは雄一に聞くことではない。自分の口で里沙に尋ねるべきだ。愛しているなら、自分と結婚することを検討してもらえないかと、交渉しなければ。

「そうか。じゃあ……プロポーズして断られたら食い下がって、それでも死ぬほど拒絶されたら諦める」

口にしてみて、ぼんやりと思う。

諦めるのは無理だろうな……と。

里沙が他の男に微笑みかけたり、小鳥のように可愛らしく世話を焼いたりしている姿を想像すると、胸の中が真っ黒になる。里沙を誰かに奪われたくない。振られるなら、回復不能なまでに砕け散りたい。

「間違いなくうちの父が錯乱《さくらん》しますね。可愛い娘に苦労させたくないって」

「殴られるかな？」

尋ねると、雄一が鼻で笑った。

「他人の目がない場所で、見えない部分に一発くらいは」

雄一と里沙の父は、陰日向になって光太郎を支えてくれた恩人だ。光太郎とて、彼らを怒らせたいわけではない。

光太郎はため息をつく。

「……やっぱりだめか。里沙や須郷さんたちを苦しませたいわけじゃないんだ」

思わず弱音を漏らすと、雄一が言った。

「いいんじゃないですか。やれば。ついでに、同時に不要な縁故を切り離しつつ。山凪家にぶら下がるだけの旧体制な方々を切り捨てれば、山凪グループにとっても益になりますからね。明日から早速、動いてみては」

身も蓋もないひどい言いようだが、雄一の言うとおりだ。

今の山凪家は『あの家とは長いお付き合いだから』だの『取引先の格に釣り合いを求めなくては』だの、昔ながらの因習に囚《とら》われて、新しいことに何一つ挑戦できていない。

「ただ、死ぬほど苦労しそうですね。既得権益《きとくけんえき》を守りたい集団は手強《てごわ》い。光太郎様が負けるかもしれません。ですが、俺は儲《もう》かる話が大好きですから、縁故を切って増収増益が見込めるならば全力でお手伝いしますよ。……光太郎様の能力が足りなかったら、俺が見切りを付ける可能性もありますがね」

未《いま》だ点滴に繋がれて起き上がる元気もない『弟分』に、ずいぶん酷なことを言う。だが、雄一に発破《はっぱ》をかけられたお陰で、気力がわいてきた。

「じゃあ俺は、負けたら家を捨てて新天地に行く。俺と里沙くらいなら、どこに行っても食えるさ」

「……里沙と一緒なのは、確定なんですね。敗戦処理を考えるのは、確実に負けが見えてからにしてください」

雄一が冷ややかな声で言い、ちょっとだけ笑った。

自分の傍《かたわ》らで、里沙が幸せそうに過ごしている未来。

もしそんな未来が来るなら、どんな面倒にも苦労にも耐えられる。

本当に欲しいものなんて多くないのだ。生きているうちに手に入れないでどうするのか。

「あ、そうだ、光太郎様。うちの父は、里沙が二十五になったら見合いさせるつもりなので、急いだ方がいいですよ」

ぐったりしていた光太郎は、その言葉に飛び起きる。点滴をしていることも一瞬忘れた。

「あと二年しかないんだが？」

「ええ、あと二年です。父は里沙を心がけのいい青年に嫁がせ、夫婦で光太郎様にお仕えしてほしいと考えていますので。兄の俺が言うのもなんですが、うちの妹、美人で性格いいですから。結婚なんて速攻で決まるんじゃないでしょうか」

挑発的な笑みを浮かべた雄一を、光太郎はにらみ据えた。

「急ぐ」

「その方がよろしいかと」

眼鏡の奥の鋭い目に浮かぶ『光太郎様を苛《いじ》めているときが一番楽しい』と言わんばかりの光。

雄一はいつもそうだ。

光太郎を煽《あお》り、尻を蹴飛ばして、実力を示せと追い込む。

今回も同じだ。妹と幸せになりたいというなら、実力で俺を納得させてみろと言っているのだ。

光太郎はため息をつき、点滴の残量を確認する。これが終わったら無理矢理にでも家に戻り、早速行動開始だ。まずは、散々世話になった須郷夫妻に頭を下げ、一生に一度のわがままを通させてほしいと頼まなければならない。

――だけど里沙は、俺を受け入れてくれるだろうか……

不安がよぎった。里沙は可愛くて優しくて、昔はいつも、自分の側でニコニコしていた。

けれどこの数年、距離をおかれている感じがする……

胸の底に、じりっとした痛みが広がった。

――たとえ嫌われても、俺は里沙を奪いたい。

正面から見つめた己《おのれ》の執着は、思いのほか深くて、どろどろと暗かった。

こんな気持ちを抱えたまま、これ以上里沙の前で『よき兄代わり』『お手本のようなお坊ちゃま』でいられるわけがない。

口をつぐんだ光太郎を、雄一はほんのりと笑いながら面白そうに見つめていた。


一年後。

里沙の父親は未《いま》だに『光太郎様と里沙を結婚させるなんてあり得ません！　ですが、お取引先の見直しには賛成です。光太郎様の仰《おお》せのとおり、コストに見合わない昔ながらのお相手もいらっしゃいますので』という立場を崩さない。

それどころか、『須郷の仕事をきっちりこなせそうな人を里沙の相手に迎えて、今後は二人で光太郎様に仕えさせていただければ理想的ですね』と、里沙を他の男に嫁がせる気満々だ。

里沙の不在を見計らって何度も頭を下げに行ったが、だめだった。

――もうこの頑固な親父さんは後回しだ……とにかく会社の改革、それとプロポーズ……

残された時間は多くはない。里沙がお見合い結婚を決める前になんとかしなければ。そのためにはどうすればいいだろう。

――パーティの席で、里沙を婚約者として紹介したらどうだろう？

光太郎は『我ながらとんでもないことを思い付いてしまった』と思った。

――うちのグループのお偉いさんと、主要な取引先と、付き合いのある家の人たちが皆出席する場だ。そこで婚約者が里沙だと言いきってしまえば、既成事実《きせいじじつ》になる。

光太郎は息を呑む。

そんな真似をしていいはずがない。

本来であれば、里沙のもとに赴《おもむ》き、彼女の前に膝をついて愛を乞《こ》うべきなのだ。

里沙は断じて仕事の道具などではない。

光太郎にとっては、大切な初恋の相手だ。求婚するからには最上の扱いをしたいに決まっている。

だが他に、いい方法はあるだろうか。

──もう、やるしかない。

光太郎はスマートフォンを手に、雄一にメールを送った。

『今度の創立記念パーティで、里沙を俺の婚約者として紹介する。強引で申し訳ないが、あとのことは俺たちで話し合う』

『ついに強行突破ですか！　なるほど、かしこまりました。里沙を当日、光太郎様のところへお連れします』

雄一からはすぐに返信がきた。お手並み拝見、ということだろう。

──本当にお前は、昔から俺を鍛えるだけ鍛えて、一切甘やかしてくれないな！

光太郎は、腹立ち紛れにスマートフォンを投げ出す。

そしてため息をついて、頭を抱えた。

──里沙は、こんな方法で求婚を受け入れてくれるだろうか……

けれど、普通にプロポーズしたのではだめだ。どう考えても『無理です。身分差が』などと言われ、逃げられるのは目に見えている。だから、里沙には申し訳ないが奇襲を掛けなくては……

お先真っ暗だが、やるしかない。

光太郎はガシガシと髪をかきむしり、大きく息を吸った。

――サイは投げられたんだ。突き進むしかない。

光太郎は頭を無理矢理に切り替えて、山積みの仕事に手をつけ始めた。


五日後、無事にパーティは終わった。

いや、無事ではないが、とにかく、里沙を『婚約者』として紹介することはできた。

パーティの間、里沙のつぶらな目は、点になったままだった。けれど『訳が分かりません』という顔をなんとか周囲に悟られないようにしつつ、光太郎に話を合わせて凛《りん》とした知的な女性として振る舞ってくれた。

光太郎に恥をかかせないために、自分が不安なのに明るい幸せそうな笑顔を作って。

終始、意地悪な『名家のご当主様』たちの相手をしてくれたのだ。

――お陰で、誰もあの場で里沙を悪く言えなかった。あれだけ萎縮《いしゅく》せず、かつ控えめに振る舞ってくれれば当然だが……なんで里沙はあんなにいい女なんだ。

里沙は可愛くて機転も利く。彼女の利発なところがたまらなく好きだ。

パーティ後、突如乱入してきた祖父にも、里沙は上手に対応してくれた。

昔から里沙にめろめろの祖父は、今回の件を光太郎の暴虐《ぼうぎゃく》だと怒っていた。だから、半年後にまともな夫婦になっていなければ、結婚は認めないとまで言い出した。

だが光太郎は、祖父に言われたことになんの文句もない。なぜなら光太郎は、里沙と本当の夫婦になること、それしか考えていないのだから。里沙には真実、自分の『奥さん』になってほしいのだ。

ただ、そう思っているのは光太郎だけだ。だからこそ、里沙にちゃんと伝えねばならない。

これは『仕事』ではない、と。

自分は昔から里沙が好きで、本当に里沙と結婚したいのだ、と。

だから、勇気を振り絞り光太郎は言った。

「俺は、本当にお前と結婚したいんだ」

「本当に、結婚……？」

それに対して、案の定里沙は、訳が分かりません、という顔のままだ。

ぼんやりと不思議そうな顔をしている里沙を見つめ、光太郎はため息を殺した。

おそらく、だがほぼ間違いなく、里沙の父親は、光太郎が何度も求婚に赴《おもむ》いた話を里沙にしていないのだろう。

——里沙を手放したくないのは分かる。須郷さんは里沙をとても可愛がっているからな。俺の側で余計な苦労をさせたくないんだ。

だが、こっちも必死だ。

一生に一度の何より大事な選択において、なりふり構ってはいられない。

——これから頑張って口説《くど》いて、里沙に俺の気持ちを分かってもらうしかない。

光太郎は『山凪家のお役に立つのが幸せなのです』と言い張る里沙の額《ひたい》に、キスをした。

里沙がみるみるうちに真っ赤になる。

——く……っ……可愛すぎるんだ、お前は……ッ……！

理性のぐらつく音がする。こんなに可愛い相手と同棲して大丈夫だろうか。多分だめだ。だめな自信がある。

「帰ろう」

そう言うと、里沙が林檎《りんご》のように赤くなったままこくんと頷いた。

どうやら逃げないでくれるようだ。光太郎はほっとして、里沙の手を引いて歩き出した。

——ごめん、里沙。俺は多分、どうかしてる。

第二章

再度光太郎のマンションに戻った里沙は、途方に暮れて居間の真ん中で正座していた。

——まずは今後の方針を考えないと。さっきのキスはよく分からない……けど、光太郎様には何かお考えがあるはず。だからきっと大丈夫。

本音を言えば全く大丈夫ではないし、気まぐれだろう、と流せるものでもない。でも、納得するしかないのだ。

正座したまましばらく待っていると、光太郎が部屋に戻ってきた。服装をスーツから普段着に着替えたようだ。

「どうした、里沙」

「えっと……光太郎様にお屋敷に戻っていただいて、新居は私が管理しようと考えていたんですが。うまくやれば同居中の婚約者同士……という体裁は整えられるかと」

「なんのためにだ?」

「な、なんのためって、いくら婚約者役を務《つと》めるとはいえ、私と光太郎様が同居なんて……恐れ多いというか……」

光太郎にとってはなんでも頼める妹代わりかもしれないが、さすがに同棲は厳しい。

里沙も一応、二十四歳の女性なわけで。

しかし、光太郎は何も答えない。二人の間に妙な沈黙が満ちた。

「冷蔵庫にビールが入っているから取ってくれるか」

不意に光太郎が言う。

「ビールですか?」

脈絡のない注文に、パニック寸前だった里沙の頭が反応した。

難しい課題よりも、今すぐ対応できる簡単なオーダーに応えようと、身体が勝手に動き出す。

「いえ、まずはお水を召し上がってくださいませ。お酒の前は水分をとらないと……」

里沙は立ち上がり、台所を覗き込む。グラスを見つけ、里沙はそのグラスに冷蔵庫のミネラルウォーターを注いだ。

「お待たせしました。こちらをお飲みになったらご用意いたします。お酒の飲みすぎにはお気を付けくださいませ」

「ありがとう」

ソファにいた光太郎の前に正座してグラスを差し出すと、彼は素直に受け取ってくれた。

喉《のど》を反らして水を飲む姿まで美しい。思わず見とれかけ、里沙は慌てて目をそらす。

水を飲み干した光太郎が、明るい声で里沙に言った。

「そうだ里沙、今日は疲れただろう、先に風呂に入ってきたらどうだ？　その間に俺が何か食べ物を買ってきておくから」

「えっ？」

耳がおかしくなったのだろうか。光太郎が使用人のために働く……という、信じられない提案をしてきた気がするのだが……

「いえ、私……あの……？　え？」

訳が分からないまま、里沙は言葉を続けた。

「光太郎様がお屋敷に戻られたら、私がこの家をお預かりします。そのときに、失礼ですがお風呂もお借りしますので……」

「いや、俺は屋敷には戻らない。……里沙には今日から、ここで俺と一緒に暮らしてもらう」

一体、光太郎は何を言っているのだろう。

「な、なる……ほど……」

混乱が頂点に達し、里沙の口から妙な返事が飛び出した。

――ちょっと待って、何がなるほどなの？　落ち着いて、私……

懸命に何かを考えようとしたが、何も浮かんでこない。驚くほど言葉が出てこなかった。

固まったままの里沙に、光太郎が言う。

「人生は一度きりだから、好きな相手と結婚しないとな。そうでないと、生きてる意味すらないなって気付いたんだ」

「な、なる……ほど……?」

さっきから「なるほど」という四文字以外出てこない。

身体が震え出したのは気のせいだろうか。

人形のように相づちを打つ里沙に、光太郎が言った。

「……だけど、だめなんだってさ、使用人の娘を俺に嫁がせるのは。だから今日、強行突破した」

「な、なる……ほ……」

震えが止まらず、言葉が途切れる。

光太郎は何を言っているのだろう。

名家のご令嬢を娶《めと》り、山凪グループを更に発展させる。それが光太郎に求められている役割のはずなのに。

「自分でも、思いきった真似をしたなって思う」

里沙は、光太郎の言葉に頷く。

光太郎の美しい顔は真面目そのものだ。ということは、光太郎は本当に本気なのだろうか。

心臓がバクバクいい始める。

「俺は里沙が好きだ。里沙と一緒になりたかった。だが、俺が自由に行動しようとすると、周囲に迷惑が掛かると言われて、我慢してきた」

光太郎が、床に正座したままの里沙の前に膝をつき、長い手を伸ばして、里沙の汗ばんだ手を握る。

「山凪家の一人息子というのは、周りの期待に応え続けなければいけない存在らしい。何かを望めばどこかに迷惑が、別のことを望めば、今度はよそに迷惑が……。俺は、気を使い続け、自分を後回しにした一生を送ることを求められる立場だそうだ。……分かってはいたが、キツいよな」

里沙は小さく息を呑む。光太郎はどうしてしまったのか。激務のストレスで壊れ始めているのだろうか。

「だから、迷惑を掛けるなら、いっそまとめて一気に掛けようと思った。何度も小出しにして迷惑を掛けると『いつも問題を起こす人』と思われて信用をなくすが、一気に無茶をすれば、周囲があ然としている間にことが済む」

言い終えた光太郎が、ニコッと笑う。

だが、切れ長の美しい目は笑っていない。硬直している里沙を見据えて揺るがない。

「奇襲ってそういうものだろう、里沙。今回は里沙の両親と、俺の祖父と、俺に縁談を持ち込んでくる親戚に向けて、一気に爆弾を投下した。俺の婚約発表はなかなか効果的だったと思わないか？　皆あっけにとられて、批判も何も、できなかった」

放心する里沙の手が、光太郎の大きな手にぎゅっと握られた。

「は、はい……奇襲って……そういうものだと……思います……」

——何を納得しているの、私。

けれど衝撃のあまりボーッとしたまま、頭がうまく働かない。里沙はただじっと、光太郎を見つめ返す。

「俺はもう望まぬ縁談で疲弊《ひへい》したくない。どんなにいい家のお嬢さんを紹介されても、結婚は無理だ。いくら家のためであっても、好きになれない相手とは暮らせない」

里沙はぎくしゃくと頷く。

「俺を助けてくれるんだろう？　昔から何度も約束したよな。里沙は俺のこと助けてくれるって」

たしかにそのとおりだ。いつだって、光太郎の役に立ちたかった。喜んでもらいたかったから。

「じゃあ、趣味の時間もほぼ持てず、人生における選択肢もほぼ与えられず、ひたすら山凪グループのために生きてる俺を助けてくれるよな？」

里沙は、その質問に頷きかけ、固まった。

——助け……たい気持ちは……変わりません……が……

ここで頷いたら、大変なことになる。

光太郎の手に手を掴まれたまま、里沙は息を呑む。

「里沙には恋愛的な意味で好きな男がいるのか？　彼氏がいないことは雄一に確認した。お前はオフのときは家でスマートフォンを見ているか、大学時代の友人に呼ばれて出掛け、飯を食って喋り倒して帰って来ると聞いた。間違いないな？」

「ま、待ってください、光太郎様、一体兄と何を話してるんですかっ？」

里沙の声がひっくり返る。

なぜ兄は、自分の休日の過ごし方を把握しているのだろうか。

——どうしよう、なんて答えたら……？

ここは『はい、私には他に好きな人がいます』と答えて、光太郎の恐ろしい計画を止めるべきなのだろうか。そうすれば彼は里沙と結婚するなどという馬鹿げた計画をやめ、ちゃんとした名家のご令嬢を……

そこまで考え、里沙は戸惑う。

光太郎はこの数年、お見合いを繰り返してきた。きっと結婚なんて望んでいないのに、家のために我慢して、縁談に臨《のぞ》んできたのだろう。

自分がここで逃げたら、光太郎はまた一人、苦しい時間を過ごす羽目になるのではないか。

助けてほしいと言っている光太郎を見捨てる……そう思うと、ものすごく心が痛んだ。

「あ……あの……」

里沙の表情の陰りを見逃さなかったのか、光太郎が冷静な声で言いつのる。

「もしいるなら、その相手を里沙の心から排除していいか？」

「なっ……ちょっ……お待ちください」

今光太郎はなんと言ったのだ。

——私に好きな人がいたら……排除？　何をなさる気なの？

里沙の額《ひたい》に汗が噴き出した。

「光太郎様、あの……ものすごく危険なことを仰《おつしや》っています、私の心から排除って……んっ……」

里沙の唇が、光太郎のそれで塞《ふさ》がれた。

——キ……ス……

驚愕のあまり、動けなくなる。光太郎に怒濤《どとう》のごとく攻め込まれ『どうして、どうして？』という言葉がぐるぐる回るだけだ。

身体を強ばらせ、ぎゅっと目を瞑《つむ》ったところで、滑《すべ》らかな唇が離れた。

そっと目を開けると、光太郎の美しすぎる笑顔が目に飛び込んでくる。

「な？　奇襲って効果的だろう。実際に里沙は今、俺に流されかけてる」

かすかに自嘲を含んだ声音で呟き、光太郎が里沙を抱き寄せる。

服を通してもはっきり分かる逞《たくま》しい身体の感触に、息もできないほど鼓動が速まった。

「な、流され……ませんけど……」

言葉では精一杯強がっても、身体は震え出す。

光太郎に抱きしめられているなんて、尋常ではない。

幼い頃ならともかく、今は大人同士だ。しかも軽いハグならまだしも、こんなに、息もできないくらいに強く抱きしめられて……

「結婚してくれ」

里沙の身体が、文字どおり凍り付く。

「だ……だめ……無理です……」

「無理じゃないぞ、なぜなら、俺が里沙に尽くすから。この結婚に関しては、お前は何もしなくていい」

力強い口調に里沙は目を見張った。

光太郎はいつも明るくて自信にあふれていて、力強い。こんな荒唐無稽《こうとうむけい》としか思えないことを言っているときですら、彼の気性は変わらないのだ。

強烈な引力を感じ、里沙は慌てて光太郎から顔を背《そむ》けた。

精一杯気力をかき集めて、最後の言い訳を口にする。

「だめです。あ、あの……本当に結婚なんて、大旦那様も山凪のご親族にも……誰からも認めていただけません」

「そんなのは関係ない。とやかく言われるなら、家を出てもいい。山凪家のトップの座なんて、誰かほしい人にくれてやる」

今度こそ里沙は気を失いそうになる。

何を言っているのだ。本家の嫡男《ちゃくなん》で、優秀で、将来を嘱望《しょくぼう》されている光太郎が。

「だめです！　そんなの絶対だめ！」

里沙は悲鳴のような声で言った。

「今更遅いな。あの面子《メンツ》の前で、俺はお前と結婚すると断言した。もう引き返す道はない」

光太郎が笑っていなす。

「遅くありません。私はお仕事だと思ってお受けしました。この婚約は仕事にしてくださいい！」

「まだそんなことを言うのか？　俺がこんなに……全てをなげうってプロポーズしているのに？」

光太郎の笑みが深くなる。そしてこれまでより更に強く身体を抱き寄せられた。

「――なるほど。里沙にとっては、俺とのやり取りは、あくまで仕事なんだな？」

どこか悲しそうにも見える笑みを浮かべ、光太郎が言う。

そろそろ限界だ。

今まで抑え込んできた気持ちが爆発してしまう。

でも『私も好きです』なんて言ってはいけない。言ったら……この話を受けたら、光太郎の未来が終わる。

里沙はぎゅっと目を瞑《つむ》った。

自分は妹だ。妹のように可愛がってもらえれば充分なのだ。

主従の間に、恋愛感情なんてあってはいけない……

「っ……は、は……い……仕事……です……」

絞り出すように返事をし、里沙は頷いてそっと目を開けて見た。

抗《あらが》うセリフを口にしたのに、光太郎の顔は、怒っていなかった。

むしろ、悪戯《いたずら》を思い付いたような笑顔になっている。

光太郎が、不意に里沙の膝の下に手を差し入れた。

えっ、と思う間もなく、里沙の身体が光太郎に抱え上げられた。

「じゃあしっかり仕事をしてもらわないとな」

「光太郎様？」

目を丸くする里沙に、光太郎が目を細めてみせた。なぜか、里沙の身体がぞくりと震える。

「里沙は俺が好きなんだろう？」

意地の悪い質問に、里沙は抱きかかえられたまま軽く唇を噛む。この問いに、嘘はつけない。

「……じゃあ問題ないな」

返事ができずにいる里沙にそう言って、光太郎は歩き出した。

思わずしがみついた里沙の身体を、丁寧に抱え直す。

――光太郎様、鍛えてらっしゃるから私を抱えても全然ふらついたりしない……

幼い頃、兄と光太郎と里沙、三人で空手の道場に通ったことを思い出す。

光太郎は空手が楽しいと言って、真剣に習い続けていた。今もあの頃と変わらず、鍛えられた身体をしている。

お姫様のように抱き上げられ、呆然と身体を委《ゆだ》ねかけていた里沙だったが、そこでふと我に返った。

「だめ！　おろしてください」

「嫌だ。この状況で譲ったら、お前に逃げられて終わりだ。いくら俺でも、そのくらい分かるぞ」

全く聞き入れる気がなさそうだ。

里沙は、光太郎が寝室に向かっていることに気付く。

「あ、あの……」

硬直する里沙のこめかみに、光太郎が優しくキスをした。

「俺のために頑張ってくれるんだろう？　じゃあ、普通の婚約者がすることを全部してくれ。里沙が仕事にしたいと言うなら、仕事だと思ってくれて構わない。……俺は本気でいくけどな」

――わ、私は……光太郎様を……傷つけることなんてできない……

何も言わずに震える里沙を見つめ、光太郎が淡く微笑んだ。

「まずは、俺に愛されて尽くされること。婚約者の一番大事な仕事だろう？」

寝室に足を踏み入れながら、光太郎は言った。

強ばった里沙の身体をそっとベッドに下ろし、そのまま、里沙にのし掛かる。

「……だめ……光太郎様……っ」

最後の気力を振り絞り、里沙は広い肩を押しのけようとした。だが力が入らない。好きな人を本気で突き飛ばすなんて、どうしてもできなかった。

「好きだ、里沙」

光太郎の声が、幸福そうなキラキラした響きを帯びる。

彼の幸せそうな様子を見るのが好きだ。悲しませることなんて望んでいない……

突き放して、彼を『無難な人生に押し戻す』のが、使用人の娘としては正しい選択だ。

だが……光太郎に悲しい思いをさせる選択肢をとるのは、無理だった。正しいことよりも、光太郎が喜ぶことの方が優先だ。

それに、里沙は光太郎が好きなのだ。ずっと好きだった人にこんなに熱く思いを告げられて、拒《こば》むことなどできない。

——私の……馬鹿……

葛藤《かっとう》の末、里沙は抵抗をやめ、逞《たくま》しい胸に身体を寄せた。

——一度、お望みどおりにお付き合いしたら、こんな馬鹿げた計画は諦めてくださるかな……

里沙はゆっくりと深呼吸する。

「仕事として、じゃなくてもいい。恋人として今から俺を尻に敷いても……。里沙が側にいてくれたら、俺はなんでもいい」

里沙の目に、涙がにじむ。ほんの少し開いた唇に、光太郎が唇を押し付けてきた。

服越しに光太郎の体温を感じ、胸が大きな音を立てて鳴り始める。身体中に鼓動が広がって、まるで全身、心臓になってしまったかのようだ。

押し倒されて、キスされて……

恥ずかしさのあまり、里沙はぎゅっと目を閉じる。

夢のようだ。

光太郎への恋心は、永遠に叶《かな》わぬものだと思っていたのに。

抗《あらが》う気持ちはもうなかった。やっぱり光太郎が好きで、触れられているだけで涙が出てくる。

里沙は勇気を出して、光太郎の肩にそっと手を掛けた。

光太郎がベッドに投げ出している方の里沙の手を握りしめる。

こんな風に手を取られて、指と指を絡めて抱き合って……

やはり光太郎が好きだ。他にはもう、何も考えられない。

今だけは全部、光太郎の言うことを聞こうと思った。

だって、光太郎が見たこともないくらい幸せそうだから……

里沙は、光太郎が歯を食いしばって耐え抜くところを、何度も見てきた。山凪家の御曹司として重い期待を背負わされ、たった十八歳で優しい両親を失って……

光太郎は名前のとおり、光り輝くような王子様だ。けれど彼の人生は、いつも幸せで順風満帆《じゅんぷうまんぱん》なわけではなかった。

流されている自覚はある。だが光太郎が幸せそうにしているのを見ると嬉しいのだ。こんなに嬉しそうな顔が見られるなら、『勢いに流された女』と呼ばれてもいい。

里沙は、彼の肩に回した手に力を込めた。

「脱がせていいか？」

問われて、里沙はびくりと身体を揺らした。光太郎に抱きつく腕が緊張で震える。

「は、はい……どうぞ……」

まぬけな答えだな、と我ながら思う。

「なんだその返事は……本当に脱がせるからな？」

光太郎はくすっと笑って軽やかに身を起こすと、まずは自分が着ていたポロシャツを脱ぎ捨てた。続いて、光太郎が里沙のブラウスに手を掛ける。ボタンを外し終わると、背中に手が差し込まれた。

ブラウスをはがされ、薄手のキャミソールとブラジャー姿になる。里沙は慌てて上半身を抱いた。

「これも脱がせていいのか？」

「あ、あの……えっと……」

はいと答えるのも躊躇《ためら》われる。真っ赤な顔で口をつぐむと、光太郎の手がキャミソールに伸び、そのままはぎとった。

「これ、俺が下手にいじったらだめにしそうだな」

動けない里沙を抱き寄せ、光太郎がブラジャーのホックを外す。パチン、という軽い音と共に、上半身を守るものがなくなった。思わずブラジャーを抱え込むと、光太郎の手が今度はスカートに伸びる。

ウエストのホックを外して、彼は慎重な手つきでスカートを脚から引き抜いた。外れかけたブラジャーとショーツだけの姿になり、里沙は光太郎の腕の中で身を硬くする。

里沙をふわりと抱き寄せ、光太郎が苦しげにため息をついた。

「……怖いな。壊れそうだ」

――壊れるようなものは身につけていないけど……

光太郎の鼓動を聞きながら、里沙は戸惑って自分の身体を見下ろす。痩《や》せた、見慣れた自分の身体だ。色が白いから七難隠すわよと母に言われたのが唯一の褒め言葉、というくらい、平凡な、普通の若い女の身体だ。

「あんまり怖がらせるようなことはしないから」

光太郎が小さい声で言って、里沙の右手首をぎゅっと握った。

「愛してるからな」

突然の愛の告白に、里沙は目を見張る。

硝子《ガラス》のように透明感のある光太郎の目に見据えられて、思わず息を呑んだ。

「俺はずっと前からお前を愛してる。だから、抱かせてくれ」

ストレートな言葉に、里沙は絶句した。

――なっ……な……何……を……

嬉しいのだが、ノックアウトされたように頭の中が真っ白になる。

ひたすら動揺している里沙に、光太郎がぐいと再びのし掛かった。

言うまでもなく、里沙は男性とエッチしたことなどない。光太郎以外の男性に何を思い、何を感じればいいのかすら分からないくらい、光太郎のことしか考えてこなかったのだ。

同級生や他校の生徒に告白されても、戸惑いながらごめんなさいと謝り続ける人生を、これまで送ってきた。

――なのに、いきなり……好きな人にこんな……

温かい肌が、肩にもお腹にも触れる。光太郎の手が焦《じ》れたように、里沙の腕に絡まっていたブラジャーをはぎ取った。

「里沙、脚開けるか？」

恥ずかしいが、光太郎の要望には応えたい。押し倒されたまま、里沙は脚を動かそうとした。けれど羞恥《しゅうち》と不安が最高潮に達していて、動けない。

「大丈夫。ほら、こうやって……」

光太郎が上半身を起こし、かたかたと震える里沙の膝に手を掛け、ゆっくりと開かせる。

そして光太郎は、開いた里沙の脚の間に座った。ショーツに手を掛け、下の方に引っ張る。

「……っ、いやあっ！」

脱がされる。

恥ずかしさが爆発し、里沙は悲鳴を上げた。だが、震えて身体に力が入らず、まるで抗《あらが》えない。

光太郎は里沙の脚から、最後の布地を取り去った。

「いや、あっ、見ないでくださ……っ！」

秘部を隠そうとしても、その手をあっさり押さえ付けられる。

「やぁ……っ！」

光太郎の目に裸体を晒《さら》すなんて。

頭では何をされるか分かっていたが、いざとなると、恥ずかしくて怖くて涙が出てくる。

中途半端に起き上がっても、光太郎に押さえ付けられて自由に動けない。

身をよじると乳房が揺れ、ますます恥ずかしさが増す。脚は閉じることを許されず、光太郎の身体に阻《はば》まれたままだ。

「見ないでください……っ、お願い、真っ暗にして……っ！」

だが、その懇願《こんがん》は光太郎の耳には届かなかったようだ。

「まずは指でほぐさないとな。でも、それでも痛いかもしれない」

そう言いながら、光太郎が里沙の右脚を持ち上げる。むき出しの茂みが露《あら》わになった。

「やぁ……だめ……光太郎様……お願い……見ちゃ嫌っ！」

けれど光太郎は、震え続ける里沙の脚をうっとりと眺めるのをやめない。それどころか、なんと彼は、膝の内側にキスをしてきたのだ。

ちゅっ、という軽い音が、妙に生々しく響く。

ぞくりと背中に悪寒《おかん》が走った。続いて、お腹の中がじわりと熱くなる。里沙は頬を涙で濡らしたまま、光太郎の行《おこな》いを凝視した。

膝の内側に触れていた唇が、内股へと進む。じわじわと脚の付け根に唇が近づいていくのが見えた。

下腹部の火照《ほて》りが、抑えがたくなってくる。

「あ、だめ……やめて……や……め……」

ついにキスが脚の付け根に到達した。里沙は力の入らない手で、光太郎の頭を押しのけようとする。

「やめて、お願い……っ……光太郎様、そこ、汚いから……っ……」

震えが全身に広がり、動けない。

「俺は里沙の中に入りたい。だから痛くないように、前もって準備しないと。里沙が傷ついたら困る。そうでなくても、どこもかしこも壊れそうなのに……」

光太郎がそう呟いた直後、里沙の身体に雷に打たれたかのような衝撃が走った。

「あ……あ……」

あられもない場所に、光太郎が指で触れている。

「やめてくださ……」

声が引きつる。

「やめて、いや……だめ……」

里沙の指先が、シーツを無意識に握りしめた。

目に新たな涙がにじむ。

光太郎の指先が里沙の下生えをかき分け、小さな芽の辺りをつんと押し上げた。

「ひぁ……っ……だめ……だめなの……そこ……っ……」

震える脚を逞《たくま》しい両腕にホールドされ、どうもがいても逃げられない。

光太郎の目は、絶対に見られたくない部分に据えられたたままだ。指が、固く閉じた花心をこじ開けるように、ゆっくりと忍び込む。花びらが、突然の刺激にびくびくと震えるのが分かった。

「あぁ……っ、だめ、や……ひあぁ……っ！」

そんな汚いことを光太郎にさせてはいけない、払いのけなければ——そう思うのに、里沙の身体は完全に脱力して動けない。

そのとき、ぐぷりというひときわ大きな音が聞こえた。

里沙の身体が、再びびくんと跳ねる。

指先が、蜜口の奥へと忍び込んだのだ。その刺激に下腹部が波打ち、静かだったはずの隘路《あいろ》が震えて動き出す。

「ああ……っ、だめ、お願い、だめぇっ、あぁぁぁ」

里沙の身体の奥から、じんわりと生ぬるい何かがにじみ出てきた。

刺激されるたびに、花襞がヒクヒクと蠢《うごめ》く。乳房はぽってりと熱を帯び、まるで愛撫を待ちわびるように、乳嘴《にゅうし》は硬く尖っていた。

「はぁん……っ、あぁ、っ、だめ、やぁん……っ！」

与えられる快楽から逃れようと、必死に身をよじる。

けれどもがけばもがくほど光太郎の劣情を煽《あお》り立てることに、里沙は気付かなかった。

光太郎の指が伸び、蜜口のほとりの花芽をぎゅっと押し込んだ。

「っ、ひゃうっ」

里沙の身体が、強すぎる快楽に硬直する。

「ひ……っ……もう……それ、だめ……っ……」

懸命にその手を押しとどめても、不埒《ふらち》な指使いは止まらない。

「お願い……もう……いやぁ……恥ずかしい、恥ずかしいの……っ！」

里沙は腰を浮かせ、泣いて、もがいて、許しを請う。光太郎が、ふと顔を上げ、秘裂から指を離した。

——や、やっと……終わった……

ほっとして大きく息をついた里沙の目に、ぬらりと光る指を一瞥《いちべつ》した光太郎がズボンを脱ぎ捨てるのが見えた。

彼の下肢にあるのは、天をつくような赤黒い怒張。その大きさと勢いに、里沙は無意識に拳《こぶし》を握りしめる。

光太郎が手を伸ばして何かを取った。そして薄い膜《まく》のようなものを、昂《たかぶ》る肉杭にするりと被せる。

里沙の身体が、更なる震えを帯びた。

——む、無理……入らない……

光太郎が、呆然とする里沙の身体にのし掛かった。肌のぬくもりに、一瞬心が和《やわ》らぐ。だが、下腹部に触れた剛直の存在に、再び里沙の身体が強ばった。

「入れたい。……いいか？」

「あ……あ……無理……っ……」

里沙は恐怖のあまり、光太郎の背中にしがみつく。

「したことないのか？」

妙に嬉しそうな声だったが、里沙には構う余裕もない。光太郎の首筋に額《ひたい》を押し付け、震えながら答えた。

「な、ないです……こ、怖い……」

なぜか、その答えは光太郎をとてつもなく満足させたようだった。

「じゃあ、約束するよ。痛かったら止める」

優しい声に、里沙は涙ぐんだ。

——入らなかったらどうしよう……光太郎様、がっかりするかな……

このまま結ばれたい。けれど、恥ずかしいし、多分入らないし、どうすればいいのだろう。

里沙は何も言えずに、火照《ほて》った額《ひたい》を更に光太郎の首筋に押し付ける。

嫌がっていないことに気付いたのか、光太郎が里沙の脚をもう一度広げ、蜜口に昂《たかぶ》りの先端をあてがった。

里沙はぎゅっと目を瞑《つむ》り、光太郎にしがみつく手に力を込める。

乳房を厚い胸板に押し付け、脚を光太郎の引き締まった腰に絡めた。

冷静に考えればとてつもなく恥ずかしい体勢なのに、それを考える余裕もない。

次の瞬間、何も受け入れたことのなかった隘路《あいろ》が、圧倒的な質量に押し開かれた。

まるで鋼《はがね》の杭を差し込まれたような、硬さと大きさだ。

「里沙、もう少し力を抜いて……」

「あっ……こうたろう……さまっ」

潤《うる》んでいた身体は、なんとかその切っ先を呑み込む。

逞《たくま》しい肉杭が、ずぶずぶと音を立て、里沙の無垢《むく》な身体に侵入してきた。

「は……ぁ……っ……」

怖い。壊れてしまう。何かに縋《すが》り付かなければ……

里沙は必死で、身体を作り替えられるような違和感に耐えた。

気付けば、光太郎の背中に爪《つめ》を立てている。

じゅぷりと粘着質な音がした直後、光太郎が大きく息を吐き出した。

「最後まで入ったけど、大丈夫か？」

「わ……分から……な……」

震えながら里沙は答える。お腹の中が痛くて痺《しび》れて、自分が今どうなっているのか、大丈夫かどうかも、よく分からない。

重なる胸から伝わる光太郎の鼓動が、異様に速くて強い。日常と切り離されたように感じて、落ち着かない気持ちになる。

「ん、そうか。……動くから、だめなら教えてくれ」

里沙の額《ひたい》についばむようなキスを落とし、光太郎が身体を動かした。

ギチギチに満たされた蜜壺の中が、ずるりという音と共に軋《きし》む。

——痛い……っ……

大きすぎる肉杭を受け入れているのだ。身動きされるたびに、お腹の奥に鈍い痛みが走る。

「う……くぅ……っ」

内臓を押し上げられるような苦しさで、まぶたの裏が赤く染まる。

だけど、止めてほしくなかった。相手は、ずっと想ってきた光太郎なのだ。

こんな恥ずかしい格好で、恥ずかしい行為を受け入れているのは、彼と繋がりたいからなのだ。

耳元に、光太郎の荒い息が届く。

彼の滑《なめ》らかな肌に浮く汗が、里沙の肌をしっとりと潤《うるお》わせる。

今、身体中が光太郎で満たされている。こんな夢のような時間を過ごせるなら、痛くても苦しくてもいい……そう思った。

「こんなにキツかったら、痛いよな……」

光太郎がそう言って、里沙の両脚を持ち上げた。

身体が屈曲し、秘部が丸出しになるような体勢だ。だが、今の里沙にはもう、恥じらう余裕もない。

そのまま里沙の脚を肩に担ぎ上げ、彼は言った。

「これならどう？　キツい？」

言葉と同時に、再び肉杭が、不慣れな蜜壁を暴《あば》き立てる。

「あ、ぅ……っ……あぁ……っ……」

不意にぞわりと鳥肌が立つ。痛くて苦しいだけだった抽送に、身体の奥にある何かが反応したように感じた。

ぐちゅぐちゅと音を立てながら、光太郎が繰り返し肉杭を抜き差しする。

この体勢なら、彼の顔が見える。苦しげで、快楽の汗に濡れ、ぞっとするほどの色香を湛《たた》えた美しい顔が。

里沙はしばし痛みを忘れ、光太郎の表情と、里沙の身体を愛おしむ動きに見入った。

——光太郎様が、こんなに気持ちよさそうな顔で……こんなに、夢中で……私を……

そう思った刹那《せつな》、苦しさや恥ずかしさを、光太郎への愛おしさが凌駕《りょうが》する。

里沙は、光太郎の方に手を伸ばした。里沙の脚を支える手を緩《ゆる》め、光太郎がそっとその手を握り返す。

「光太郎様、さっきみたいに……くっついて……」

引き込まれるように、光太郎は頷いた。里沙の脚をそっと下ろし、再び優しい仕草で覆い被さってくる。里沙は汗に濡れたその背中を抱きしめた。

痛みはいつしか、鈍い痺《しび》れに変わっている。自分が今どう感じているのか、里沙にはよく分からなくなっていた。

柔らかな蜜音が、抽送のリズムに合わせて繰り返し響く。

鈍い痺《しび》れに、かすかな快感がまじり始めた。

お腹の奥が、ぴくり、ぴくりと、刺激に合わせて震え出す。

「はぁ……っ、あっ、あ……っ……」

彼の肌を感じながら繋がることが気持ちいい。

里沙は、光太郎の抱擁《ほうよう》に身を任せつつ、脚で彼の腰を挟み込む。

少しでもくっつきたい。その方が心が満たされる。もっとこの滑《なめ》らかな肌を感じて、光太郎の汗に濡れたい……

いつしか下腹部の収縮感が強くなってきた。

「あっ……あぁ……っ、あん、あ……っ」

突き上げられるたびに、里沙の喉《のど》から甘ったるい声が漏れ出す。

蜜路の襞《ひだ》が、ついさっきまで異物でしかなかった逞《たくま》しい剛直に、愛おしげに絡み付く。

「……っ、あ、里沙、里沙……っ……」

光太郎がうめくように里沙の名を呼んだ。

「ひぁっ、あぁ……っ」

お腹の奥から、今まで感じたことのなかった熱がこみ上げる。

「いや、私……なんだか……あぁぁ……っ！」

散々に乱された蜜窟が、びくびくと蠕動《ぜんどう》する。

「っ……光太郎様……ぁ……っ、や、っ……あああっ！」

身体中の震えと緊張が制御できない。呼吸が乱れ、視界が涙で歪《ゆが》む。

慣れない身体が愛しい男の身体を受け入れ、歓喜の極みを迎えて、どうしようもなく痙攣《けいれん》する。

光太郎が、里沙の身体を凄まじい力で抱き寄せた。杭を最奥まで押し込み、硬い下生えを里沙の茂みに擦《こす》り付けながら、獣《けもの》のような息を吐き続ける。

「……里沙、好きだ……好きだ」

熱に浮かされたように『里沙を好きだ』と繰り返しながら、光太郎が激しく腰を動かす。

まるで二人の身体が一つになったようだ。快楽に溺れる頭でそう思ったとき、里沙の身体にひと際強い電流が走る。同時に、里沙を貫《つらぬ》いていた鋼《はがね》の杭が、脈動してびくびくと爆《は》ぜた。

「ああ、里沙……」

「あっあっ……こうたろう、さまっ……」

里沙の中が、最後の力を振り絞ったように強く収縮する。

「いっ……やあっ」

本能的に、今『果てた』のだと思った。

光太郎が苦しげな息を繰り返す。里沙を抱きしめていた腕が緩《ゆる》み、大きな手が里沙の額《ひたい》の汗を拭《ぬぐ》った。

額《ひたい》や頬に何度もキスされ、里沙はうっとりと目を閉じる。

「痛くて怖かったよな、ごめん」

理性を取り戻した声音と共に、中を満たす熱が、ずりっと音を立てて離れた。

抱きしめられ、里沙は逞《たくま》しい胸にそっと手を添える。

「大丈夫か?」

そう問われて、里沙は乾いた唇をかろうじて動かした。

「はい……」

本当はキスを返したり、光太郎に何か優しい言葉を掛けたりしたい。大好きとか、愛されて嬉しかったとか……

でも、もう、頷くので精一杯だった。

——身体中がぎしぎしいって、重くて、もう指一本動かせない……

そう思ったのを最後に、里沙は光太郎に身を寄せたまま眠りに落ちた。


——あれ……

里沙はけだるさと共に目を覚ました。どうやら自室ではなくホテルのような部屋にいるらしい。

ゆっくり瞬《まばた》きして、すぐに自分がどこにいたのか思い出す。

——いたた……

全身ギシギシいっている。脚の付け根とお腹が特に痛い。

昨夜の痴態《ちたい》を思い出した刹那《せつな》、里沙は跳ね起きた。

服を着ていない。内股にはいくつも紫の痕《あと》が散り、シーツも少し血で汚れている。

——こ、光太郎様のご寝所を汚してしまった……

とっさに頭に浮かんだのは、いつもながらの考えだった。

傍《かたわ》らでは、光太郎が眠っている。

――と、とにかく、一刻も早く光太郎様の目に触れる全てを見苦しくない状態に整えねば。

里沙は慌ててベッドを出ようとした。

だが、里沙の腕が突然掴まれる。

「……どこに行くんだ」

むき出しの長い腕が、里沙をしっかり捕まえている。

里沙はビクッと肩を揺らし、片手で胸を隠しつつ、光太郎を振り返った。

「あ、あの、この場を整えようかと思いまして」

光太郎が寝ぼけ眼《まなこ》のまま起き上がる。

明るい部屋で見る光太郎の裸身は、無駄な肉一つついておらず、彫像のような美しさだ。里沙は頬を赤らめ、その姿から目をそらした。

「何言ってるんだ……？」

光太郎が、里沙の身体に目を走らせる。慌てて肌掛けをたぐり寄せたが、光太郎はその裾をまくり上げた。

シーツには点々と血の痕《あと》が残っている。情事の名残に目を留めた光太郎が、かすかに眉をひそめた。そして硬直する里沙を抱き寄せ、びっくりするほど優しい声で言う。

「洗おうか」

抱き寄せた里沙の頬にキスをしてから、光太郎は落ちていた下着とズボンを拾い、身につけた。

「いえ、洗濯は私がします、光太郎様はお気になさらず」

慌てて答えた里沙の身体が、立ち上がった光太郎によって肌掛けごと抱え上げられた。寝起きのぐしゃぐしゃな状態で光太郎に密着し、頭の中が真っ白になる。

「あ、あの……あ……」

慌てる里沙を抱えたまま、光太郎が歩き出す。思わず光太郎の首にしがみつき、恐る恐る尋ねた。

「な、何を洗うのでしょうか……？」

「お前に決まってるだろう。他の洗濯も、全部俺がする。気にするな」

里沙を抱いたまま、光太郎が足で洗面所の引き戸を開けた。彼らしくもない乱暴な仕草に、里沙は目を丸くする。

「ごめんな、昨日は痛い思いさせて」

光太郎はそう言うと、里沙を風呂場の椅子に座らせ、肌掛けを脱衣カゴに放り込んだ。裸の胸を隠し、里沙は真っ赤な顔で光太郎を見上げる。

「じ、自分で……洗えま……す……」

里沙の答えに光太郎がにっこり笑う。

「俺が汚したから、俺が綺麗にする。大丈夫、変な真似はしないから」

――ひぃ……！

里沙の顔が、噴火したのかという勢いで熱くなった。

光太郎がズボンの裾をまくり、濡れるのも構わずにシャワーのコックを捻《ひね》った。お湯の温度を確かめ、優しい手つきで里沙の身体を洗い始める。

「光太郎様っ！」

ボディソープを里沙の肌の上でそっと泡立てながら、光太郎が言った。

「里沙のこと、ずっと大事にする。俺がこんな世界に引きずり込んだんだから」

自分に言い聞かせるような、真剣な声だった。どうやら、エッチな悪戯《いたずら》をするつもりはなく、真面目に身体を洗ってくれるだけらしい。

――それはそれで……恥ずか……しい……！

羞恥《しゅうち》のあまり俯《うつむ》いた里沙に、光太郎が優しく言った。

「脚を伸ばして。指も全部洗うから」

「そこまでなさらないでください！」

いくら身体を許したとはいえ、光太郎が大事なご当主様であることは変わらない。彼にそこまでさせられない。

涙目になった里沙に、光太郎が柔らかな笑顔で言った。

「だめ。ほら、脚を出すんだ」

彼がこんな笑みを見せるときは、何を言っても無駄なことを、里沙は長年の経験で知っている。

優しく明るい光太郎だが、ひかないときは絶対にひかないのだ。

もはや半泣きの里沙は、林檎《りんご》のように赤い顔で恐る恐る脚を伸ばした。

「こ、光太郎様の、意地悪……っ」

里沙の抗議もなんのその、つま先を洗う光太郎は楽しげだ。

「小さい足だな。可愛い」

「光太郎様……あの、恥ずかしいのですが」

「爪《つめ》まで可愛いな。なんでこんなに可愛いんだろう？」

里沙の抗議など聞く耳持たない、という態度だ。

こんな状況を両親が知ったら……と考え、気が遠くなる。

婚約の件は概《おおむ》ね納得はしているだろうが、娘が光太郎にここまでさせているとは夢にも思わないはず。この現状を知ったら、母はともかく、父がひっくり返りそうだ。

足を洗っていた光太郎の手が、だんだんと上に上がってくる。触れられると戸惑うような場所を、大きな掌《てのひら》が滑《すべ》っていく。

「あ、あの……いや……恥ずかし……っ……」

身を硬くして抵抗するが、光太郎はやめてくれない。

「昨日みたいなことはしない。大丈夫だ」

――大丈夫じゃないです！

里沙はぎゅっと目を瞑《つむ》って唇を噛む。たしかに、怪しげな場所にまで滑《すべ》り込む手は、ただ洗うだけで離れていく。

丁寧に里沙の身体を洗い終えると、今度は頭にシャワーのお湯を掛け始めた。

「里沙のこと、大事にするからな。何をすれば里沙に誠意が伝わるのかいまいち分からないけど……絶対大事にする」

羞恥《しゅうち》に身を硬くしていた里沙は、驚いて光太郎の顔を見上げた。

頭からしたたるシャワーのお湯ごしに、硬質な印象の薄い色をした瞳が、じっと里沙を見つめている。

「光太郎様……」

こんな状況であることも忘れ、里沙は光太郎を見つめ返した。

「俺は尽くす男だ、見てろよ。って言っても何をしたらいいのかな？　いろいろしてみるよ。どうなるか楽しみだな」

とても楽しげな明るい声だ。

戸惑う里沙に、光太郎が爽《さわ》やかに続けた。

「それと、今日から光太郎様って呼ぶのはなし。俺は里沙の婚約者、兼、彼氏だからな」

光太郎がものすごく嬉しそうで、困ってしまう。

「彼氏じゃないです！」

恥ずかしくて動揺する里沙に、光太郎が力強く言い切った。

「彼氏だ。里沙の彼氏を名乗るのが俺の夢だった。今日からそう思うようにしろ」

「……検討します……」

だんだん、現状が脳の許容量をオーバーしてきた。

「お前は俺のことをコウ君って呼ぶように」

「無理です」

即答した里沙に、光太郎が眉をひそめる。

「なぜ？」

「いえっ……なぜと仰《おっしゃ》いましても……光太郎様はそういう感じではないというか……」

光太郎は、日本でも指折りの名門一族が『どこに出しても恥ずかしくない後継者』として育て上げた、本物の『王子様』だ。

ひいき目かもしれないけれど、光太郎自身の資質も並外れている、と里沙は思っている。

　黙って立っていても、彼の持つ華やかさは隠しようがない。彼のいる場所にだけスポットライトが当たっているかのように感じるほどだ。

　学生時代にインターンとして勤めたベンチャー企業では『山凪は、後継ぎなんてやめてうちに来い。俺と一緒に会社をやろう』と社長にかき口説《くど》かれたと聞く。

　今ではそのベンチャー企業は、学生の就職したい企業ランキング上位に入る大企業になった。

　山凪家の後継者、という立場がなくても、彼はきっと、輝かしい場所に自分の力で立つことができるのだろう。

　光太郎は、たまたま名門に生まれたお坊ちゃまなどではなく、本物の『選ばれた人』なのだ。

　そのまぶしさに、いつも目がくらむ思いがする。大好きだけれど、決して手が届かないのだといつも思ってきた。

「そのような軽々しい呼び方は、光太郎様には似つかわしくないと思います」

　里沙の真面目すぎる答えに、光太郎が笑い声を上げた。

　華やかで精悍《せいかん》な笑い声に、里沙はぼうっとなる。何をしても素敵だ。自分が裸で、しかも光太郎に洗われている……というシチュエーションを忘れそうになってしまった。

「ま、なんて呼んでもいい。里沙が俺を呼んでくれれば、単純に俺は嬉しい」

さっぱりした口調で言って、光太郎がシャンプーを掌《てのひら》で泡立て始めた。

「次は髪だな」

髪を丁寧に洗われながら、里沙は俯《うつむ》いて自分の身体を手で隠し直した。隠しても、今更もう遅いのだが。

――本当にこれでよかったのかな……

そう、思いながら……

~光太郎　Ⅱ~

光太郎は鼻歌まじりに水道のコックを捻《ひね》った。

今日は、里沙と過ごす初めての朝だ。ゆっくりできるので日曜でよかった。

昨夜散々汚してしまった里沙の身体は、起きてすぐに、光太郎が可能な限り綺麗に洗った。

朝食も光太郎が用意した。ゆでたソーセージと、目玉焼き、トーストした食パンという、小学生でも作れるようなメニューになったのは反省しようと思う。今後は料理も学ばなくては。

食事が終わったので、これから食器類を洗い、お茶を淹《い》れるつもりなのだが、なぜか里沙に邪魔されている。

最愛の姫君は、光太郎が『何から何まで尽くしまくりたい』と言っているにもかかわらず、遠慮して聞き入れてくれないのだ。

「光太郎様、おやめください、せめてお皿は私が洗いますので……」

傍《かたわ》らに立つ里沙が、愛らしい顔を強ばらせ、真剣な様子で光太郎からスポンジを取り上げようとする。

――生真面目だな……

笑いたいのを堪《こら》え、光太郎は言った。

「いい、俺が洗う。里沙は休んでいて」

「いけません、光太郎様に家事をしていただくなんて」

里沙はさっきから、懸命にスポンジを奪おうとしてくる。だが、人のものを無理矢理取り上げる図々しさがないので、手を出しては引っ込めるという、猫のパンチのような動作を繰り返していた。

――本当に、何をしても可愛いな。

スポンジの独占権を確保するため、わざと真顔で皿を洗っていたが、我慢できずについ口元をほころばせた。

「里沙、そこの椅子に座ってみてくれるか？」

スポンジを取り上げようと頑張っていた里沙が、きょとんとした顔で光太郎を見上げる。

昔から変わらない愛らしく優しい顔。

不意に愛おしさがわき上がり、光太郎は皿とスポンジを持ったまま、里沙の唇に軽くキスをした。

里沙が、びくりと身体を揺らす。

光太郎は、見る見る頬を染めた里沙の耳に囁《ささや》き掛けた。

「さ、座って。ちょっと頼みたいことがあるから」

「はい、かしこまりました」

里沙が素直に頷き、キッチンの傍《かたわ》らに置いたダイニングテーブルの椅子にちょこんと腰を掛ける。

「これでよろしいでしょうか」

やっと、真面目な婚約者を休憩させることに成功した。

昨夜無理をさせたので、座っていてほしかったのだ。

光太郎は再びのんびり皿を洗い始める。

「何人か呼んでパーティするには狭いかな、その食卓」

「そう……ですね……ホームパーティを開かれるのであれば、もっと大きい方がよいかもしれませんね。立食にするときも、たくさんお皿を置けますし」

「そのテーブルセットは適当に用意してもらったんだ。この部屋に合いそうな新しいやつを、ネットで探してもらえないか。いいものがあったら俺に教えて」

里沙が素直に頷き、置いてあったタブレットを覗き込む。

光太郎の脳裏《のうり》に、父と母が楽しそうに家具のカタログを見ていた光景が蘇《よみがえ》った。

一人息子の自分ですら入りにくいような、二人きりの世界だった。

両親は政略結婚だったが、昔から好き合っていたらしい。父は、ことあるごとに、花嫁姿の母がどんなに綺麗だったかを語っていた。

光太郎は、そんな愛し合う両親に守られ、幸せに育ったのだ。

そのお陰で、突如両親を失っても、光太郎の心には二人のぬくもりがたくさん残された。愛された記憶があったから、これまで心折れずに生きられたのだ。

ビジネスも家も大事だが、愛が一番大事だ。綺麗ごとではなく、愛情の有無は人の一生を支配する。

光太郎は山凪一族の長だ。無責任でいられないことは重々承知している。立場ゆえに心をねじ曲げて、里沙を諦め政略結婚をしようとも思った。

だが、結論からいえばそれは不可能だった。結婚するなら伴侶を大切に愛したい。そして光太郎が愛情を抱ける異性は、この世に一人しかいなかった。

――やっぱり、里沙がいい……里沙が好きだ。

皿を洗い終え、光太郎は里沙を振り返る。

昔から、里沙は光太郎の側にいた。

幼い里沙は、いつもちょこちょこと光太郎を追いかけてきた。光太郎が楽しいときは一緒にニコニコし、光太郎が叱られたときは、意地っ張りな光太郎の代わりに泣いてくれて――。そんな、愛しい可愛い小鳥のような存在だったのだ。

だが、ある日を境に、小鳥だった里沙は、光太郎の中で美しい少女に変わった。

里沙が、初めて中学の制服を着て、姿を見せに来た日だ。

大人びた格好の里沙に微笑みかけられ、光太郎は目を見張った。

いつも自分について回り、拙《つたな》い手つきで世話を焼きたがる小鳥の姿は、そこにはなかった。

『光太郎様、中学の制服ができました』

小首をかしげた里沙の髪が、さらさらと肩をこぼれ落ちたのを覚えている。

可憐な里沙の姿に、光太郎は動揺した。

あの里沙が、こんなに綺麗だったなんて……

驚くと同時に、驚くほど強く心を惹きつけられた。

あの瞬間から、里沙は光太郎の心の中で、この世にただ一人の、大切な女の子になったのだ。

「光太郎様、このテーブルセットはいかがでしょうか」

里沙の真剣な口調に、過去の思い出に浸っていた光太郎は我に返る。

「それが気に入ったか?」

尋ねながらもほろ苦い気持ちになる。里沙はまだ、光太郎に遠慮している。自分のことは後回しで、光太郎の気持ちだけを優先しようとしているのが分かるのだ。

須郷夫妻がそうやってしつけてきたのだから、急には変われないだろう。そこは理解している。

だが、里沙には『仕える側』ではなく『ただ一人のパートナー』になってほしいのだ。その思いを、態度で示し続けなければ。

「あとで一緒に、大きさとかも確認しよう。……あ、そうだ。もう一つ見てほしいものがあるんだ」

ふと思い出して、光太郎は書斎に向かう。そして、一冊の雑誌を手に戻った。

『愛され女子の憧れシチュエーション特集』と大きく書かれた雑誌だ。

ピンクの表紙にハートマークがちりばめられた、光太郎が持っていると違和感しかない一冊である。

この雑誌は会社の側の書店で見かけ、パラパラめくってみたところ内容が詳細かつ具体的だったので購入したものだ。

中身を全部きちんと見たわけではない。

だが冒頭のカラーページはざっと目を通している。そこには、彼氏に買ってほしいもの、行きたい場所のランキング、各イベントでどのくらいお金を使ってほしいかといった、生々しい意見が記載されていた。

行動計画はこのくらい具体的でなければと感心すると同時に、女性の本音に戦慄《せんりつ》したものだ。

そして、何かと遠慮しすぎる里沙が、このくらいはっきりリクエストしてくれたらと考えた。里沙がねだってくれたら、なんでも叶《かな》えるのに……と。

光太郎はその本を里沙に差し出した。

「はい、これ」

「えっ……なんですか……これ……」

里沙が未知の生物を触るような手つきで、恐る恐る本を手に取る。

無理もない。

女子の好むようなジャンルには興味皆無な光太郎が、突然ピンクでキラキラな女性向け雑誌を差し出したのだから。

「あの、こちらの本の『愛され女子』とはなんでしょうか……なぜこれを?」

里沙は雑誌と光太郎を何度も見比べながら、おろおろしている。

――うん……唐突すぎだよな。うまくフォローしなければ。

光太郎は取り澄ました表情で里沙に言う。

「その雑誌に、女性から男性への要望がリストアップされている。俺にやってほしいことがあったら、そのページに栞《しおり》を挟んでおいてくれ。俺はそれを確認して、行動予定にリストアップしておく」

案の定、里沙は困惑しきった顔だ。

「どうせ、俺が聞いても、何もねだらないんだろう?」

微笑んで尋ねると、里沙がおずおずと雑誌で口元を隠した。白い耳は真っ赤に染まっている。

「そんな……思い付かないです……私は、お側においていただければ……」

里沙が、小さな声でしおらしいことを呟いた。

そんな可憐な表情をされて、男が平常心を保てるとでも思っているのだろうか。

可愛い、好きだ、愛おしい、触れたい。それに、抱きたい……。男として当然の欲求があふれ出してくる。

――いや、今日はだめだ。昨日無茶させたばかりだ。里沙の具合が悪くなったらどうする。

なんとかよこしまな考えを抑え、光太郎は里沙に手を伸ばした。

「とにかく、栞《しおり》を挟んでおいたから、里沙が気に入ったページに移しておいてくれ。いいな」

里沙の肩を抱き寄せて、こめかみにキスをする。

「俺は里沙に甘えられたいんだ、分かるか？」

里沙が俯《うつむ》いて身を硬くした。

恥ずかしがり屋なのは知っている。もどかしい反面、そんなところも愛おしくて仕方ない。

「返事は？」

「……かしこまりました。検討いたします」

里沙はますます真っ赤になって、雑誌で顔全体を隠してしまった。

あまりに可愛い反応に、光太郎は里沙を背中から抱きしめる。

無理強いを重ねた自覚はあるが、里沙とこうして過ごせるようになったことがたまらなく幸せだ。

「里沙が逃げないでいてくれて嬉しいよ」

光太郎の言葉に、里沙が腕の中で振り返る。潤《うる》んだ目とその顔に浮かぶ笑みは、光太郎の知る誰よりも愛らしくて綺麗だった。

——ああ、俺はやっぱり、里沙がいい……

第三章

衝撃の奇襲の二日後、月曜日。

会社帰りの里沙は、実家で洋服ダンスを漁《あさ》っていた。

——お腹痛いな……。一週間早く生理がきちゃうなんて。

肉体が現実についていけていないのだろうか。普段と違う生活に、身体が反応したようだ。

会社では光太郎との婚約の話が広がっているようで、周囲から散々好奇の目を向けられた。古くから光太郎と縁があるのを知られているせいか、あからさまに何かを言われることこそなかったものの、なかなかに気を使う状況だ。そこにきての、突然の生理……。

あまりの痛さに、里沙は会社を出たあと、光太郎のマンションではなく実家に戻った。腹痛で真っ青になりながら、自室でシルクの腹巻きを探す。

——どこにしまったかな。最近使っていなかったから。冷やすと悪化するのよね。生理が重い月は、こんな風にフラフラになってしまう。

なんとかシルクの腹巻きを探し当て、通勤用のバッグにしまって、里沙は居間のソファにへたり込んだ。

立ち上がる気力すらない。

――光太郎様にこんな身体の事情をお話しするのは気が引ける。どうしよう。

先週まで、自分が男性と暮らすなんて思っていなかったし、光太郎とあんなことをしてしまう予定もなかった。何一つ、心構えができていなかったところでの、怒濤《どとう》の変化だ。

ソファの上で膝を抱えた里沙のところに、母が様子を見に来た。

「大丈夫？　今日はこっちで休む？　そんなにお腹痛いなら、明日半休取って、うちから病院に行きなさいよ」

悶絶《もんぜつ》している娘を見て、母がそう提案してくれた。

――明日も痛かったらそうしよう。こんなんじゃ家事もろくにできなくて、光太郎様の足手まといになってしまう。

母の言葉に頷き、光太郎にスマートフォンからメールを送る。

『光太郎様　大変申し訳ありませんが、体調を崩したため、一日実家で休ませていただきます。体調が回復しなかったら、明日午前中に通院したのち出社し、そちらのマンションに戻ります。何かご不明点がありましたら、いつでもご連絡ください』

何度も読み返し、緊張して送信する。

その後お腹を温めつつ遅めの夕食を食べ、母とテレビを見ながらくつろいでいたら、痛みがなくなってきた。

――休息が足りなかったのかも。私、光太郎様のお側で緊張してたのかな……？

無理もない。

いくら昔から知っている大事なご主人様とはいえ、あんなキラキラの美青年の側でリラックスなんてできない。

「光太郎様のお側で不都合はない？」

そんなことを考えていたタイミングで母に聞かれ、心臓がどきりと鳴る。

不都合だらけだが、まさかそんなことは言えない。一応仕事で光太郎のもとに滞在しているという建前なのだ。『奇襲』の話は絶対にできない。

「大丈夫。問題なく過ごしてる」

澄まして答えた里沙に、母があっけらかんと言った。

「ならよかった。じゃ、このまま光太郎様と結婚しちゃえば？　いい男だから、お母さんそれでいいと思う」

母のセリフに、お茶を飲もうとしていた里沙はむせかえった。

「……お母さん？　何言ってるの？」

「お父さんは反対してるけど、お母さんは主従がどうのとか、家柄がどうのとか、なんか古くさく思えるのよね。よそから嫁いできたからだろうけど」

耳を疑うような言葉が返ってきた。

母は基本、柳に風タイプで、父が何を言ってもハイハイと受け流している。山凪家のことも、今まではそんな風に評したことはなかったはずだ。

「ど、どうしたの、急に。なんで突然そんなこと思ったの？」

「だって、なんだか里沙が可哀相《かわいそう》なんだもの。今回の婚約の件だって、いろんな人がお父さんとお母さんに『使用人の娘が使用人の娘が』って文句言ってきて、腹立って！うちの娘はあなた方に見下されるような子じゃありませんわよ、って思って！　正直うちの娘は私に似て美人だし頭もいいですよ、おたくの化粧の濃いお嬢様と違って、って思ってて っ！」

母が淡々とした表情のまま、ゴツンと音を立てて湯飲みを置いた。日頃クールな母があらぶっている。よほど腹に据えかねたのだろう。

「お父さんは里沙を山凪家に嫁がせるなんて絶対だめだって言うけど、光太郎様は何回も頭下げてくれたんだから、もうそれでいいと思うのよ。里沙のことちゃんと大事にしてくれそうだわ」

「……お母さん、なんの話してるの？」

「え？　光太郎様が、何回も里沙を『お嫁にくれ』って言いに来てくださったことだけど？　一年くらい前から、十回くらいそういうお話をしに来てくださったかしら？　あっ、この話、お父さんに口止めされてたんだ、いけない」

——う、嘘だ。お母さんはそんなミスしない！　今、わざと喋ったよね？

里沙は息を呑んで母の話の続きを待つ。

「でもいいわよね。形だけとはいえ、貴方《あなた》たち婚約したんだもの。そのまま結婚しなさい。それがいい」

けろっと言い切る母に、里沙は絶句した。

「だ、だめだよ……。っていうか、光太郎様が来た話、知らなかった……」

胸がいっぱいになり、泣きそうになる。

——光太郎様が、お父さんたちにそんな話をしてくれてたんだ……私の知らないところで……

目頭が熱くて、里沙は瞬《まばた》きをして誤魔化す。

——どうしよう、嬉しい……

興奮しているらしい母は、里沙の微妙な表情の変化に気付かず、勢い込んで話を続けた。

「だめじゃないわよ。光太郎様は家柄云々関係なくご本人が優秀だから、あのお家を出ても、貴方《あなた》と二人でやっていけるんじゃないかしら。周りがゴチャゴチャうるさかったらそうなさいよ」

絶句する里沙の手元で、スマートフォンが震えた。

――あっ、光太郎様から電話！

慌てて通話ボタンを押すと、里沙が喋り出す前に光太郎の声が聞こえた。

『里沙！　具合悪いってどういう状況なんだ。とにかく顔を見に来た。今、里沙の家の前にいる』

――え、光太郎様、うちにいらしたの？

「お、お待ちください、今うかがいます！」

もう夜の十時を過ぎている。会社からこの家まではそれほど遠くないとはいえ、多忙な光太郎は疲れているだろうに。

里沙はスマートフォンだけを手に、慌てて家から飛び出した。門まで走って行くと、背の高い光太郎のシルエットが目に飛び込んでくる。

「光太郎様！」

駆け寄った里沙に、光太郎がかすかに表情をほころばせた。

淡い街灯に照らされた顔は、やはり少し疲れて見える。里沙は光太郎に頭を下げた。

「申し訳ありませんでした、夜分にご足労いただいて……」

「いや、俺の方こそ、突然悪かった」

そう言い終えて、光太郎が不安そうに尋ねてきた。

「体調は大丈夫か？」

「すみません、大げさな伝え方になってしまって。大丈夫です」

まさか、シルクの腹巻きは会社の近くで買えないので……なんて言えない。

「ならいいんだ。よかった、本当にびっくりした」

ようやく光太郎が笑みを浮かべる。

心の底から安堵した表情に、里沙の胸がどきんと音を立てた。

——え、と、私を心配して、マンションに帰るには遠回りなのに、わざわざここまで……

里沙が胸の前で拳《こぶし》を握りしめたとき、門扉《もんぴ》に人影が現われた。

「……何してるんです、こんな場所でこんな時間に」

眼鏡をかけ直しながら言ったのは、雄一だ。

雄一は会社の側で一人暮らしをしているのだが、翌日が出張のときは、空港に近い実家に戻ってくることがある。

「里沙、光太郎様と来たのか？」

雄一の冷ややかな問いに、里沙は慌てて答えた。

「ううん、ちょっと具合悪くて、一人で戻ってきたの。でも、たいしたことないから」

「そういうときは実家に来るんじゃなくて、すぐ医者に行け」

にべもないクールな指摘だった。

「はい、ごめんなさい……」

雄一は静かな口調だが、少し怒っている。

「お前は、光太郎様と同居中の婚約者なんだぞ。病弱だとか、実家にべったりとか、一緒に暮らしたがらないとか。そういう、余計な詮索《せんさく》をされるような隙を見せるな」

言うだけ言って、雄一はスタスタと家の中に入っていった。

ぐうの音も出ない指摘に、里沙はため息をつく。

入れ違いに家から出てきた母は、苦笑を浮かべている。どうやら玄関から、今のやり取りを見ていたらしい。

「ごめんなさいねえ、雄一ったら誰に似たのかしら」

——お母さんだと思う。

心の中で突っ込んだ里沙に、母がバッグを差し出した。

「はい、里沙の荷物。光太郎様と一緒に帰りなさい」

「あ、ありがとう……」

いろいろと困惑する点はあったものの、母は里沙を応援してくれているようだ。

なんだかちょっと嬉しい。絶対に誰からも認めてもらえない関係だ、と思っていただけに……

顔をほころばせた里沙に、母が明るい笑顔で言う。

「腹巻きはバッグに入れてあるの？　お母さんは入れなかったわよ」

しおらしい気持ちになっていた里沙は、母のいかにも『おかん』な質問に凍り付いた。

――こ、光太郎様の前で腹巻きの話をしないでもらいたい……

心配してくれているのは分かるのだが、とても恥ずかしい。真っ赤になった里沙を、光太郎が不思議そうな目で見つめる。

「腹巻き？　里沙のですか？」

――そんな澄みきった目で首をかしげないでください、光太郎様。世の中には腹巻きをする女もいるのです！

「そうなんですよ。この子、昔から冷えやすい時期があって。申し訳ないですけど、体調が悪いようだったら病院に行かせてやってくださいね」

「分かりました。かかりつけ医に連絡しておきます」

光太郎がしっかり頷いたので、母は安心したようだ。門前で母に別れを告げ、里沙は光太郎と肩を並べてゆっくりと歩き出す。

そっと顔を見上げるが、整った顔にはなんの表情も浮かんでいない。

——どうしよう……気まずいかも。何を話せば……

二人、無言で歩いていると、光太郎のスマートフォンが鳴った。

ジャケットの懐《ふところ》からスマートフォンを取り出した光太郎が画面を見て、一瞬目を見張る。

——どうなさったのかな？

しばらくムッとした表情でスマートフォンを見ていた光太郎が、突然ぷっと噴き出した。

そして目を丸くする里沙に、スマートフォンを差し出す。

「……まったく。お前の兄貴は本当にひどいな」

なんだろうと思う里沙の目に、短い文章が飛び込んできた。

『で、光太郎様はなぜうちに？（笑）』

なんという無礼な態度だろうか。気まずさも忘れ、里沙は思わず声を上げる。

「こっ、これはなんでしょう、申し訳ありません、兄が失礼なメールを」

「俺をからかえる隙は絶対に見逃さないんだ、雄一は」

光太郎がおかしくてたまらないと言わんばかりに、小さく笑い出した。

——あ、あれ？　気を悪くしてはいらっしゃらない……？

「俺が里沙に夢中で必死なのを見抜いて、こうやって意地の悪いことを言ってくる」

突然の甘い言葉に、里沙の顔がカッと熱くなる。

「会議が終わって、メールを見てびっくりした。実家に帰ったなんて書いてあるから。朝は元気だったのにって。すごく心配したし、もしかして体調を口実に、家から出て行ったのかなって想像して……だから矢も盾もたまらず、迎えにきた」

スマートフォンをしまった光太郎が、里沙を見つめて、真面目な顔になる。

「手を繋いでいいか？」

しばしの逡巡《しゅんじゅん》の末、里沙は自分から光太郎の手を握った。

心臓がドキドキして落ち着かない。

光太郎の顔が、みるみるうちにほころんだ。そして、里沙の手をぎゅっと握り返す。

「体調はもう平気か？」

里沙はこくりと頷き、そして慌てて付け加えた。

「あ、あの、はい。ですが一週間くらい一人で寝ます」

口にしたあと、自分は何を言っているのかとパニックになる。

――い、いま言うことじゃなかった……。

顔中爆発しそうに熱くなりながら、里沙は慌ててフォローの言葉を付け加える。

「せ、生理痛が今回、ちょっと、ひどく……どう申し上げていいか分からず、失礼しました」

「そうだったんだ。大丈夫か？」

特に驚いた様子もなく、光太郎が尋ねてくる。どうやら彼にとっては、恥ずかしい話でもなんでもないようだ。

「はい、あの、冷えるとどうしても悪化するので……それであの、腹巻きを取りに、実家に……。ですがそのような話で光太郎様のお耳を汚すのもと思いまして……」

「帰ったら、湯たんぽ使うか？」

予想外の返事に、里沙の思考が停止した。

「え、あの、湯たんぽ……？」

「ゆうべ、里沙は手足が冷たかった。冷えで痛みがひどくなるんだろう？　帰ったら湯たんぽだな」

光太郎が明るく言って、大通りで手を挙げて、走ってくるタクシーを止めた。そして里沙を、笑顔で振り返る。

「これからは身体のことは俺に言ってほしい。言いづらいかもしれないけど、別に恥ずかしいことじゃないから」

なんのわだかまりもない表情にほっとした。

同時に、自分の子供っぽさが恥ずかしくなる。

——光太郎様、大人だな……

大人にしかできない行為をしたくせに、身体の話はできないなんて、幼稚な考え方だった。

反省しつつ、光太郎にエスコートされてタクシーの後部座席に乗り込む。

――というか、光太郎様は湯たんぽをお持ちなの？　冷え性なのかしら。そんな感じはしないけど、意外だな。

里沙は首をかしげる。男性で温めグッズを常備している人は珍しいと思ったのだ。

だが、湯たんぽの正体は、その夜すぐに分かった。


「な？　温かいだろう？　それにしても冷たいな、里沙の手足。風呂に入ったのに」

――な、なぜ光太郎様を、湯たんぽとお呼びせねばならないのですか！

ベッドの中で逞《たくま》しい身体に抱きすくめられ、里沙は身体を強ばらせる。

「あっ、あのっ、光太郎さ……」

「湯たんぽだ」

自分は湯たんぽだ、と妙なことを言い張る光太郎に、里沙は言葉を選び直す。

「あ、あの、湯たんぽ様……一人で眠れます」

「お前は湯たんぽにも様付けするのか。変わったヤツだな」

里沙を抱きしめたまま、光太郎が楽しげに笑った。

「あ、あの、でも……っ、こんなの、私っ……」

つま先まで、光太郎の足に挟み込まれている。たしかにとても温かいが、これでは眠るどころではない。

「なんで嫌がるんだ？」

モゾモゾしている里沙に、光太郎がからかうように尋ねる。

「いえ……あの……嫌ではなく、恥ずかしくて……」

光太郎には、真っ赤になっている顔や耳がよく見えるのだろう。小声で笑い、彼は里沙の耳朶《じだ》に囁《ささや》いた。

「こうやって抱いていたら、里沙も俺に慣れるかなと思って」

「な、慣れるって……っ」

自分の心臓の音が身体中に響く。

「明日、俺の知り合いのやっている病院に行こう。昼休みに迎えに行くから」

光太郎の申し出に、里沙は慌てて首を振った。

「いえ、そこまでしていただく必要はありません。病院を探して一人で行きます」

「それなりに評判がいいところに行かないと、後々手間だから。……明日も早い、もう寝よう。お休み、里沙」

光太郎は目を閉じて、眠ってしまう様子だ。里沙はあわあわしながらも、じっと光太郎の様子をうかがった。何かしてくる気配はない。光太郎は、里沙を包み込むような姿勢のまま動かない。

——光太郎様、お眠りになったのかな……

里沙は彼の美しい顔に見とれた。ただ眠っていても、こんなに綺麗なんて。ときめきつつ、同時に、光太郎のぬくもりに身体の緊張が解けてきた。

逞《たくま》しい腕に広い胸。石鹸《せっけん》の香りのする極上の『湯たんぽ』が、里沙の身体を芯まで温めてくれたようだ。

規則正しい寝息を聞いているうちに、里沙もだんだん眠くなってきた。

——こ、こんな風にされたら寝られないかもって思ったけど。光太郎様、あったかい……

里沙の意識は、いつしか眠りに溶けていた。

～光太郎　Ⅲ～

光太郎は、久しぶりに祖母の夢を見た。

祖母がご機嫌な笑顔で、幼い里沙を膝に抱いている。里沙が着ているのは、手縫いのワンピースだ。ピンク色の可愛らしい服を着せてもらい、里沙はニコニコしていた。

その傍《かたわ》らにいるのは里沙の母だ。恐縮する里沙の母に、祖母が微笑みかけた。

『わたくしね、裁縫が本当に好きなのよ。久しぶりに小さな女の子の服が作れて楽しかった』

『大奥様は普段、大旦那様の服しかお作りになりませんものね』

里沙の母の言葉に、祖母が頬を染める。

『ええ、私が仕立てた服、お好きだと仰《おっしゃ》るから……息子の服はね、もうお嫁さんが整えてくださるでしょ？』

祖母は年下の祖父にぞっこんで、そこまで甘やかさなくても、というくらい尽くし抜いている。祖父の側にいるだけで幸せそうで、家の皆も微笑ましいと言っていた。

思えば、光太郎の憧れの夫婦像は両親と祖父母なのだ。

代々円満な夫婦仲を見せつけられて育ったのに、光太郎だけが、自分の利益にうるさいお嬢様と愛のない結婚をさせられるなんてあり得ない。

――やはり、伴侶は心から愛せる人でなければ……

夢うつつでそう思いながら、光太郎は目を開ける。隣に里沙の小さな頭があって、すうすうと静かな寝息を立てていた。

光太郎は愛らしい里沙の寝顔を眺めて、微笑んだ。

スヤスヤと眠っていて本当に可愛い。白い肌にまつげが影を落とし、まっすぐな黒髪が、枕の上に広がっている。昔絵本で読んだ白雪姫のようだ。

——里沙の顔、好きだな……

しみじみと思う。なぜこんなに、自分にとって好ましい顔立ちをしているのだろう。

自分の好きな顔と性格で生まれてきた女神なのかとさえ思う。

光太郎はどちらかと言えば気難しい性格をしている。だが、里沙を不快に思ったことは一度もない。

両親を失った直後も、周囲は心臓発作で倒れた祖父や、会社や周囲への対応で大騒ぎになっていた。

そんな中、物見遊山《ものみゆさん》のように『まだ子供の跡継ぎ』の様子を見に来た人もいた。

彼らはあのとき、光太郎を値踏みしに来たのだ。生き残った金持ちのガキは、これからも自分たちに甘い汁を吸わせ続けてくれるのか、と。

何度思い返しても冷たい怒りがわき上がってくる。

……だけどどん底から、里沙がすくい上げてくれた。

めちゃくちゃになった心を鎮《しず》めるため、ひたすら母の残した花々の世話をしていた光太郎のところに、里沙が駆け寄ってきたのだ。

『奥様が大事にしていたお花は、私が学校から帰ってきて、毎日お世話します！　だから光太郎様は、今までみたいに大学と英会話と、それから、お友だちとお食事に行ってください！　光太郎様のお友だちからのお電話、たくさんいただいていますから』と。

子供だと思っていた里沙にキッパリ言われて、なんだか、頬を叩かれた気がした。

多分里沙が、心の底から真剣に言ってくれたからだろう。必ず元気になれるから、頑張って動き出してみて……と。

怒りとショックで動けなくなっていた光太郎を助けてくれたのは、あの言葉だ。

いつもの生活に戻ってみれば、そこには光太郎の友人がいて、教師がいて、親戚もいて……元どおりの大切な世界だった。皆、光太郎を案じ、サポートを申し出てくれた。

そして、落ち着いて顧《かえり》みれば、屋敷の皆も同じ態度だった。須郷夫妻も雄一も、元のような生活を送り始めた光太郎を見て、とても喜んでくれた。

光太郎が元気を取り戻した姿を見たせいか、心臓を患《わずら》った祖父も、その後ぐんと回復した。

里沙の言うとおり、引きこもってマイナス感情に身を委《ゆだ》ねているより、ずっと自分にとってプラスになったのだ。

そして母の大切にしていた花々は、里沙と彼女の母の手で、これまでどおりに保たれた。そのあとはよい庭師も見つかって、今でも屋敷の庭を彩《いろど》っている。

——俺を引っ張り上げてくれたのは、この小さな手なんだ。

ベッドの上に投げ出された里沙の手を、光太郎はそっと取って、毛布の中にしまった。

里沙の目の下はうっすら黒い。貧血気味で顔色がよくないのだろう。

——今日病院に連れて行けば大丈夫だろうけど……万が一、何か病気が隠れてないとも限らないし、不安は早めに解消した方がいいな。

光太郎は、里沙をこのままゆっくり休ませようと、足音を忍ばせて寝室を出る。

起き抜けにメールチェックをするのが、いつもの習慣だ。

溜まっていたメールを次々と開いていた光太郎だったが、確認した差出人の名に眉をひそめた。

三回お見合いをさせられた、九藤麗子からのメールだ。

——またメールアドレスを変えて送ってきたのか。

その行動がストーカーじみていて怖い。

名家のお嬢様で『なんでも願いは叶《かな》えてもらえる』という環境にいたためか、麗子は空気が読めないようだ。

『身近な人に相談に乗ってもらい、やはり私たちはうまくいくのではないかと思えました』

最近は麗子に対して、怒りよりも、気味が悪い、という気持ちを強く抱く。

——身近な人に相談したって……だからなんなんだ？

光太郎はため息をつき、メールを削除した。

朝からどっと疲れた。机に肘《ひじ》をついたとき、光太郎の視界の端に派手なピンクの表紙が映り込んだ。

――あれ……

そういえば、里沙にあの雑誌を渡したまま存在を失念していた。

雑誌が居間のティーテーブルの上に移動しているということは、もしかして何かリクエストがあるのかもしれない。

光太郎は、胸を弾ませつつ雑誌を開く。栞《しおり》は、後ろの方のページに挟まっていた。

特集ページや前半のカラーのページではなく、白黒の地味な雰囲気のページだ。

『結婚している女子のホンネ！　旦那と別の部屋で寝たい。Hナシ希望。性欲がありません』

光太郎は、衝撃のあまり雑誌を取り落とした。

その後、どうやって会社に行ったのか記憶にない。

第四章

ドタバタしながらも、里沙の『婚約者』生活は一応、順調に進んでいた。

光太郎がこの前連れて行ってくれたレディースクリニックでもらった漢方を飲んでいるので、体調の方はかなりいい。

わざわざ病院に付き添いまでしてもらって、申し訳ない気持ちでいっぱいだ。これからは、せめて万全な体調を保たなくては、と気を引き締める。

今日は定時に退社することができた。

――もうここに来て、二週間経つのかぁ……

里沙はしみじみ時の流れの速さを思いつつ、ジャケットを脱いでハンガーに掛けた。

――夕飯、さっさと作っちゃおう。

キッチンに向かう途中、里沙は居間のティーテーブルに目を留めた。

光太郎に以前渡された女性誌が置かれている。

実を言うと、見てみようと思ってぱっと開いたページがエッチなおねだりの特集だったため、驚愕してテーブルの上に放り出し、半月そのままにしているのだ。

この雑誌、一見キラキラフワフワと愛らしいレイアウトなのに、よく見るとすごいことが書いてあり、初心《うぶ》な里沙には刺激が強すぎた。

光太郎は何を思ってこんなエロと物欲の特集本を買ってきたのだろう。

おそらく最初の数ページの、無難な辺りしか読んでいないのだと思うが……。

――そういえば、光太郎様は初めの日以来、何もしてこないな……。

一緒に暮らすこの半月、光太郎はあの一夜以降、里沙を求めてこない。

体調が悪いのだろうか。それとも、一度したら満足して、あとは月に一度くらいすればよいものなのだろうか。

――分からない……。そうだ、あの変な雑誌……じゃなくて光太郎様がお求めになった参考書を見てみよう。何か書いてあるかな。

里沙はずっと触れずにいたその雑誌を手に取った。

――やっぱりちょっと苦手だ……。うん、いいや。この件はあとにしよう。

露骨すぎるエロ特集に耐えられず、里沙は無言で雑誌を閉じた。光太郎はなぜこれを買ったのか……。深く考えない方がいいような気がしてきた。

気を取り直して台所に立ち、夕飯の準備に着手する。

盛り付けを始めたところで、光太郎が帰ってきた。

「ただいま」

「お帰りなさいませ」

光太郎は疲れをにじませた笑顔で頷き、動きを止めた。視線の先には、さっき里沙が置いたあの雑誌がある。

一瞬、光太郎がものすごい真顔になったのは気のせいだろうか。

戸惑いつつ、里沙は勇気を出して尋ねた。

「えっと、この雑誌なんですけど……頼みたいことを、誌面から選ばなくてはだめでしょうか？」

光太郎の真顔が怖い。元から非常に整った顔である分、迫力がすごいのだ。

「……一つは見た」

真顔のまま、なんだか言いにくそうに光太郎が言う。

「一つは？　何をですか？」

光太郎の言葉の意味が分からず、里沙は首をかしげる。

だが今は、雑誌の話より、夕飯の方が先かもしれない。きっと光太郎はお腹をすかせている。一日、働いてきたのだから。

里沙は、盛り付け中だった料理の方を一瞥《いちべつ》した。

「先にお食事の用意をして参ります。光太郎様は着替えていらしてください」

光太郎が気を取り直したように、笑顔で頷く。その笑顔はいつもの爽《さわ》やかなもので、先ほど里沙の抱いた違和感は、すぐに薄れた。

「ありがとう」

『一つは見た』の意味を問おうと思っていた里沙だったが、食事の支度に集中して、雑誌の話を忘れてしまった。

若干疲れた様子の光太郎と、それなりに楽しく食事をしたあとは、いつもどおりお風呂に入ったり、明日の支度をしたりして、あっという間に時間が過ぎていった。

ベッドに入る時間になったので、里沙は家事の手を止めて光太郎のもとに赴《おもむ》く。

「光太郎様、明日お召しになるワイシャツは、ウォークインクロゼットに掛けておきました。朝食はお魚でよろしいでしょうか」

ソファで本を読んでいる光太郎の足下に正座し、明日の確認を始める。

「ありがとう」

パジャマ姿の光太郎は、返事をしてくれるものの、どこか上の空だ。

その反応に違和感を覚えつつ、里沙は話を続ける。

「それから、来週の一泊旅行用のお荷物ですが、試してみたらトートバッグに収まりましたので、カートではなくこちらをお持ちになってはいかがでしょうか。お荷物も減りますし」

「里沙、あの……」

本をめくる手を止めた光太郎が、何かを決意したように顔を上げた。里沙の方に向き直り、形のいい眉を寄せる。

「俺は、里沙が安心できる状況を整え終わったら、結婚したいと思ってる。おじいさまが何を言おうとも、それだけは譲らない」

いきなりの真剣な言葉に、里沙は思わず頬を染めた。

——結婚……なんて、本当にできるのかしら……私たちが。

光太郎の足手まといになったり、迷惑になるのは嫌だ。けれど里沙も、ずっと彼の側にいたい。その気持ちは昔から変わらない。

母は『結婚してもいいのではないか』と言ってくれた。里沙は光太郎のもとにお嫁に出しても恥ずかしくない娘だ、と。

だが里沙としては、まだ迷いはある。

隆太郎の『私に認められる夫婦になれ』という命令など最たるものだ。

——山凪家のお嫁さんになるなんて、きっと山ほど求められることがあるはず。私はただのOLだから、大旦那様のお眼鏡にかなうかどうか……

どんな返事をしていいのか分からず、里沙は曖昧《あいまい》に頷いた。

「だけど……ああいうことをしたくない相手が、俺限定だったら考え直そう。俺とは嫌だけど、他のヤツならいいとか、そういう気持ちなら素直に言ってくれ。もしそうなら、俺は里沙を束縛するつもりはない。里沙を……不幸にしたいわけじゃないんだ」

里沙は首をかしげた。

——なんの話？　指示語が多くてよく分からない。ああいうこと、とか、他のヤツって……？

普段明瞭に話す光太郎にしては珍しく、焦点がぼやけた言い方だ。何かを意図的に誤魔化そうとしているのだろうか。

「俺としては、そういうのが一生ないとしても里沙と一緒がいい」

「えっ？　ありがとう……ございます……」

一緒がいい、と言ってくれたのは嬉しいが、その他の部分が意味不明すぎる。

里沙は口をつぐんで光太郎の様子をうかがった。

妙な沈黙が二人の間に広がる。

——えっ？　なんでそんな悲しそうなお顔をなさるの？

光太郎の表情の陰りを見て、里沙は思わず腰を浮かせた。

「どうなさったのですか？　何か私、おかしなことを申し上げましたか」

光太郎が今、落胆したのははっきりと分かった。伊達《だて》に長年側にいたわけではない。

彼をこんな悲しそうな顔のまま放置などできない。背筋を正した里沙に、光太郎がしおれた様子で答える。

「何もない。里沙はよくやってくれている。ありがとう」

そうは言うものの、光太郎は苦しげな顔で視線をそらしてしまう。里沙は思わず彼の膝に手を置いて、顔を覗き込んだ。

「いいえ、光太郎様、なんだかお元気がないです……」

「元気がない？　俺は、お前にされたおねだりを聞き入れているだけだ」

「……え？」

おねだりなどした覚えは全くない。光太郎の言葉が理解できず、里沙は混乱する。

「あの、私、おねだりなんてしたでしょうか……した記憶が……」

光太郎が思いつめた顔で、様子をうかがっている里沙を抱き寄せた。

「分からないことはないはずだ。たとえば俺に……こんな風にされるのも嫌なんだろう？」

久しぶりの抱擁《ほうよう》に、里沙は身体を強ばらせる。

里沙を抱いたまま、光太郎がはぁ、とため息をついた。苦しげな気配が伝わってくる。

「やはりもういい」

そう言って、光太郎が腕を緩《ゆる》めた。やはり変だ。最近避けられていると思ったのは気のせいではない。

おそらく何か誤解があるのだ。それならば、言うべきことは言わなくては。

「あの、嫌ではないです……光太郎様に、こうして触れていただくのは……」

里沙は光太郎のパジャマの袖を掴む。顔が熱くなってきたので、彼の肩に顔を伏せて続けた。

「お忙しいときはもちろん、いいのですけれど、お暇なときに構っていただけるのは嬉しいです」

こんなことを自分が口にする日が来ようとは。羞恥《しゅうち》のあまり全身に火が点《つ》いたようだ。

「り、里沙……何を言って……」

信じられない、と言わんばかりの声音だ。

里沙を抱く腕に再び力がこもる。

「変なことを申しましたでしょうか？　私は、光太郎様が好きなので……嫌ではないです……」

心臓がますます大きな音を立て始める。ドキドキという音が光太郎に伝わってしまいそうだ。

「じゃあ、あの、栞《しおり》を挟んだページは……」

ん？　と思った里沙の中で、一つの答えが導き出される。

光太郎はあの妙な雑誌の、栞《しおり》が挟んであったページを見て、里沙が何かお願いをしたと思い込んでいるのだろうか、と。

「雑誌ですか？　いえ、私は栞《しおり》なんて挟んでないです。ほとんど中身を拝見しておりませんので。栞《しおり》の場所は、光太郎様が購入時に差し込まれたままだと思います」

光太郎の答えはない。

――聞いてらっしゃるかしら？

ひょいと顔を覗き込んだ里沙の身体が、乱暴なくらいの勢いで抱き寄せられる。

「きゃっ！」

思わず声を上げた里沙を力いっぱい抱きしめ、光太郎が頭に頬ずりした。

「里沙……ああ、よかった、俺を拒《こば》んでないんだな……」

光太郎の心臓も、ドクドクと激しい音を立てている。

――拒《こば》む……？　なんの話？

当惑する里沙をよそに、安堵に緩《ゆる》んだ声で彼は続けた。

「怖かった。もう触れないでくれと言われたのかと思った。お前は、俺とのセックスがそんなに嫌で、二度としたくなかったのかって……」

再び里沙の心臓が高鳴り始める。

そんなこと全く思っていない。好きな人に大切に愛されて何が嫌だというのか……。

というか、栞《しおり》がたまたま挟まったページに、一体何が書かれていたのか。

「な、何が……あの雑誌に何が……っ……」

内容をざっと見たときから嫌な感じはしていたが、どんなトンデモ記事を光太郎は目にしたのか。焦る里沙の前で、光太郎が深刻な声で答える。

「パートナーに対し、性的な接触を一切しない生活を希望すると」

愕然《がくぜん》とする。なんというひどい内容だ。

——そ、そんなの、あり得ないでしょう……。なぜ光太郎様は、そんなのを律儀に守られて……どうして？　悩む前に、お前のリクエストはおかしいって仰《おっしゃ》ってほしかった。

「誤解なんだな？」

「はい。あの……やっぱり、雑誌を介してではなく、言葉でやり取りいたしませんか？」

光太郎が大きなため息と共に頷いた。

「そうだな。里沙の言うとおりだ。おねだりは、お前の可愛い声で直接言われた方がいい」

ようやくぎくしゃくした空気は消えた。里沙はほっとして、光太郎の胸にもたれ掛かる。里沙の好きな優しいぬくもりが、パジャマ越しに伝わってきた。

「里沙、キスしていいか？」

問われて、里沙は頬を染めたまま顔を上げる。

光太郎の目が、驚くほど優しい光を湛《たた》えて、里沙を映していた。予想の斜め上を行く原因だったとはいえ、彼は里沙に拒《こば》まれたと思い込み、ショックを受けていたのだ。

里沙は思い切って、自分から光太郎の唇に、唇を押し付けた。

唇を重ねたまま、光太郎がごくりと息を呑む。

すぐそこにある光太郎の身体から、激しい動悸《どうき》が伝わってくる。里沙は更に勇気を出して、舌先を光太郎の唇にそっと差し入れ、彼の舌をちょこんと突《つつ》いてみた。

誘いに応えるように、里沙の身体がますます強く抱きしめられる。唇を貪《むさぼ》るように奪われ、頭の芯がぼんやりとしてきた。

お腹の中に熱がわき起こり、その熱が、脚の間の泉をしっとりと潤《うるお》し始める。

不意に光太郎が里沙の手を取り、下腹部で猛《たけ》る杭へと導いた。

里沙の肩がびくりと跳ねたが、彼の要求は分かった。

恥ずかしさに指先を震わせつつ、里沙は彼のものを優しく握る。半月もお預けされたのだから愛してくれ、と言わんばかりに、それが力強く脈打った。

「里沙、向こうを向いて、ソファに乗って」

唇を離した光太郎が、ソファの背もたれの方を指し示す。

「は……い。……こうでしょうか？」

ベッドに行くのではないのか、と首をかしげつつ、言われたとおりに、背もたれの方を向いて座面に乗り、背もたれに手を掛ける。

「腰を上げて」

言われるがままに膝立ちになった瞬間、光太郎の手がするりと里沙のパジャマのズボンを引きずり下ろす。同時にショーツも下ろされて、里沙のお尻は丸出しになった。

「な……っ！」

あまりのことに絶句した里沙の背中に光太郎が覆い被さり、囁《ささや》いた。

「ここでしたい、後ろから里沙に入れたい。もう、寝室まで行く余裕がないな」

「う、後ろ……？　あの……っ……」

「高さがちょうどいい、ほら、これなら」

光太郎が里沙の腰を引き寄せ、硬く反り返った肉杭をお尻の割れ目に押し付ける。

——後ろから、入れる……？

その意味を理解し、里沙の顔がぱあっと火照《ほて》った。

光太郎が片手を伸ばし、ソファの上に置いてあった通勤用のバッグを引き寄せる。中をごそごそと漁《あさ》り、小物入れから避妊具を取り出した。

「な、なんで……持って……」

驚いた里沙に、光太郎が気まずげに答える。

「里沙と外でデートして、ホテルに誘ってみようかなと思ってたんだ。場所を変えたら、また俺と寝てくれるかなって……。最近里沙に拒《こば》まれてると思って、頭がおかしくなっていたのかも。お前はいつもどおり優しいのに、夜だけ拒《こば》まれて……。本当にどうにかなりそうだった」

自嘲的な言葉に、里沙は間の抜けた姿勢のまま慌てて言う。

「拒《こば》んでませんから！」

ちゃんと言っておかないと、妙に一途な光太郎はどう思い込むか分からない。

普段は冷静なのに、なぜたまに斜め上へ突っ走っていくのだろう。そう思うと困ったようなむずがゆいような、不思議な気分になった。

返事の代わりに、肩にキスが落とされた。一瞬だけ光太郎の身体が離れ、がさがさと音がする。

「いきなりでごめん。でもだめだ、もう挿《い》れたい」

燃えるように熱い指が、里沙の腰に掛かる。その指先が、逃がすまいとばかりにじわじわと柔らかな肌に食い込む。

里沙はソファの背もたれに手を掛けたまま、こくりと頷いた。

――こ、こんな姿勢、恥ずかしいけど……

里沙の下腹部に、光太郎の手が添えられる。

そのまま、蜜口にあてがわれた昂《たかぶ》りが、ゆっくりと身体の中に押し入ってきた。

この前と違う姿勢のせいか、異物感が強い。

里沙は思わず、背もたれを掴む手に力を込めた。

「痛いか？」

里沙を大事そうに支えたまま、光太郎が言う。

「あ、だ、だいじょ……ぶ……」

愛撫もなく抱かれることになった里沙の身体を、光太郎は残された理性でギリギリ気遣ってくれたのだろう。

里沙の身体はじゅぷじゅぷという蜜音と共に、ゆっくりと貫《つらぬ》かれた。

「あぁ……っ！」

お尻に光太郎の身体が当たる。

体勢が変わるだけで、こんなにも感じ方が違うのか。

呑み込んだものが大きくて、苦しい。里沙は無意識に、背もたれに掛けた手を、ぎゅっと拳《こぶし》の形に握りしめる。

「い、いやっ、なんだか、この前と違うっ……」

「大丈夫、ちゃんと入った。力を抜いて」

光太郎がなだめるように言いながら、里沙の手に己《おのれ》の手を重ねた。

もう片方の手は、里沙の腰を支えている。

「初めは苦しいかもしれないけど……ちゃんと濡れてるよ、ほら」

言葉と共に、ずるりと肉槍が動く。

「あ……」

里沙の蜜窟に、この前覚えさせられた快感が蘇《よみがえ》る。

じわりとぬるい液体がにじみ、光太郎を呑み込んだ場所を満たすのが分かった。

「な、大丈夫だろう？」

光太郎の声が甘くかすれる。

だが、この体位では彼の顔が見えない。再び光太郎の肉槍が、ずぶずぶと里沙の中に沈み込んだ。

「あっ……んっ」

「痛くない？」

光太郎の問いに、里沙は唇を噛んだまま頷く。

潤《うる》み始めた秘裂が、ひくひくと収縮した。

里沙の奥を突き上げていたそれが、ぬるりとした蜜をまとって前後に動き始める。

ぐぷり、と音を立て、里沙の身体が繰り返し貫《つらぬ》かれた。

「あっ、あ、光太郎……さま……ん……っ」

抽送が繰り返されるたび、とろとろと蜜があふれ出す。戸惑いつつ、里沙は不自然な姿勢で懸命に後ろを振り返った。

「どうした？」

光太郎が笑いを含んだ声で尋ねてくる。

「あ、あの、あまり動かれると、お部屋を汚してしまいま、す……」

光太郎は腰の動きを続けている。

「汚れる？　どうして？」

恥ずかしい質問に、里沙の身体が燃えるように熱くなった。

「い、意地悪……」

「濡れてるから？　こうやって動くと、こぼれ落ちてしまうからか？」

そう言いながら、光太郎がずぶりと里沙を突き上げた。

「きゃあっ！」

突然の激しい攻めに、お腹の奥がぎゅっと絞られる。

思わず姿勢を崩し、背もたれに縋《すが》り付いた。

「こうやって何回もされると、あふれ出すからだろう？」

素早く抜かれた肉杭が、再びたたき付けられるような勢いで里沙の秘裂の奥をこじ開ける。身体が揺さぶられるほどの勢いだった。

里沙はお尻を突き上げたまま、必死で姿勢を保つ。

「ああ、里沙のお尻、気持ちがいいな」

ぱん、ぱん、と音を立てて、光太郎の下腹部が打ち付けられる。

そのたびに昂《たかぶ》りは蜜窟を押し開き、ぬちゃぬちゃという淫《みだ》らな音が大きくなる。

「っ……そんっ……あぁ……っ……本当に、汚れ……ひぁあっ！」

ぐりぐりと下腹部を押し付けられ、里沙は背もたれに縋《すが》ったまま、崩れ落ちそうになった。

股の内側を、ぬるい液体が伝い落ちる。

「あぁ……だめ、ひぅ……っ」

「よかった、痛くなさそうだな、里沙の中に全部吸い込まれそうで……すごくいい」

リズミカルに腰を打ち付けながら、光太郎が言う。

いつもの力強い声ではなく、どこかあやうげな口調だ。光太郎の身体も激しい快感にさいなまれているのか。

「里沙、散々焦《じ》らしたんだから、我慢した俺にご褒美をくれないか」

懸命に背もたれに縋《すが》り付く里沙を繰り返し突き上げながら、光太郎が言う。

「ごほう、び？」

里沙は背もたれからなんとか顔を上げる。

ずぶずぶと行き来する杭の感触で、どうにかなりそうだ。

蜜襞が擦《こす》られ、お腹の中がびくびく震えて止まらない。

「あ、あの、何を、ご褒美……に……」

すると唐突に光太郎が抽送を止め、里沙の耳に唇を寄せた。

貫《つらぬ》かれ、濡れそぼったままの里沙に、とんでもない言葉が囁《ささや》かれる。

「俺とセックスするのが好きだって言ってくれ」

「……っ……いや……っ」

恥ずかしさに身体が強ばる。光太郎が里沙の腰を掴んだまま、再び自分の腰を動かし始めた。

「なんで？　結構傷ついてたんだ。慰めてくれよ」

「ひっ……ひ、う……」

脳裏《のうり》に、光太郎の表情が浮かぶ。最近の冴えない表情、疲れた悲しげな表情、辛そうな顔……

そうだ、誤解とはいえ、里沙は光太郎を傷つけてしまったのだ。そんな言葉くらいで光太郎の心が癒《い》やされるなら、言えばいい。

口にしようと考えたとき、里沙のお腹の中が再びうねり始める。

「私……光太郎様、と……、ひぁっ」

実際に口にすると想像したら、羞恥《しゅうち》のあまり、蜜口がひくっと震えた。

汗ばみ、火照《ほて》る身体を持て余し、里沙は再び背もたれに顔を伏せる。

——嫌……恥ずかしい。ああ、どうしよう、イきそう……っ！

里沙は、はあ、はあ、と短い呼吸を繰り返し、なんとか快楽を逃そうとする。

だがとても苦しい。この間と当たる場所が違って、そのせいで、我慢できなくて……

「……っ、私、光太郎様と……っ」

決死の覚悟で里沙は唇を開く。

――セックス……

改めて、自分が今何をしているのか思い知らされる。

あんなに遠い人だった、誰より愛しい男と結ばれているのだ。

今、自分は、昂《たかぶ》った雄に繰り返し穿《うが》たれ、歓喜の雫《しずく》をしたたらせて震えている。その事実が、否応なく里沙の興奮を煽《あお》った。

「光太郎様と……セックスするの……好き……あぁっ……」

まさか、こんな恥ずかしい言葉を言う日が来るとは。あまりのことに、里沙の腕から力が抜ける。

「そうか、好きなんだ」

だが光太郎の意地悪はまだ終わらない。里沙は、背もたれから滑《すべ》り落ちそうになりながら、涙目で頷いた。

「す、好き……ふぁ……ッ……」

ぐっ、と力強く、一番深い場所が押し上げられる。びくびくと脈動する下腹部から、熱い蜜がどっとあふれた。

「……何をするのが好きなんだっけ」

里沙はもうろうとしたまま、身体を揺すられ続ける。

気付けば里沙自身も、ぎこちなく腰を動かしていた。

絶頂感が強くて、身体が勝手に動いてしまうのだ。

こんなにいやらしく浅ましい姿を光太郎に見られるなんて……。そう思った刹那《せつな》、お腹の奥がひときわ強く収縮した。

「あ、あ……ぁ……セックスっ……」

脱力しかけた里沙の腰を、光太郎の手が持ち上げる。再び、パンパンという軽やかな音と共に、里沙の震える蜜襞が擦《こす》られ始めた。

逞《たくま》しい肉塊が行き来するたび、里沙の器官がわななく。

光太郎に開かれた身体が、彼の形を覚え始めているように感じる。

血管の浮き出た杭の感触が、里沙に身もだえするほどの愉悦《ゆえつ》を与えた。

「もう一度言って」

「セ、セックス、するのも、光太郎様も、好き……好き、光太郎様……ぁ……っ」

言い終えると同時に、下腹部が痙攣《けいれん》した。より強く、肉竿を絞り上げるように蜜筒が蠢《うごめ》く。

「あ……んぁ……っ」

気付けば涎《よだれ》と涙で顔がぐちゃぐちゃだ。

下半身では、幾筋もしたたり落ちた快楽の証《あかし》が、内股をぬらりと汚している。

「俺も好きだ、里沙とするセックスだけが。……里沙が好きなんだ」

腰を掴む光太郎の手に、ぐっと力がこもる。

達して崩れ落ちそうな里沙の身体に、光太郎の身体がたたき付けられた。最後の力で背もたれにしがみ付きながら、里沙は嬌声を上げた。

こんなに濡れて、たらたらと愛蜜を垂らし、浅ましいほどにヒクヒクしているところに、光太郎を迎え入れている。そう思うと、恥ずかしくてどうにかなりそうだ。

「やぁぁ……っ、もぉ、いや……見ないで、っ、あああ……っ」

里沙はソファの背もたれの上に顔を伏せ、悲鳴のような声で懇願《こんがん》した。

未《いま》だ震え続ける里沙の中で、剛直が鋼《はがね》のごとき硬さを帯びる。

「だめだ、里沙、俺もイく」

根元まで呑み込まれた熱塊が、里沙の中でびくびくと弾けた。

己《おのれ》の震えと、光太郎の震え。二つの感触が重なり、絶頂感が里沙を満たす。

最後の最後まで劣情を吐き尽くし、光太郎の身体がぬるりと抜け落ちた。

「……里沙、せっかく風呂入ったのに、ごめん」

里沙を優しく支えたまま、彼は言った。

薄目を開けたところで、光太郎に抱き寄せられる。置いてあったティッシュで身体を拭《ぬぐ》われ、足下まで落ちたショーツとパジャマのズボンをはかされたあと、里沙の身体が軽々と抱き上げられた。

あんなに荒々しく愛し合ったのに、まだこんな力が残っているのか。

驚く里沙に、光太郎が言った。

「風呂に行こう」

どうやら、里沙をまた洗ってくれるつもりのようだ。

情交の余韻で脱力していた里沙には、逆らう気力はなかった。

——うぅ、やっぱり二人でお風呂は恥ずかしいです……

里沙はそう思いながら、重いまぶたを閉じた。

第五章

――私も現金だな。光太郎様に見られるから女らしくしたいなんて。

そう思いつつ、里沙は会社のトイレで鏡を覗き込む。

これまでは一つに結んだ髪に、グレーか黒のスカートスーツで仕事をしていた。ジャケットもきっちり着ている。化粧も、ファンデーションと、唇は色がのるかのらないかのリップのみ。そうして地味にしていればナンパもされないし、『黒衣《くろご》』の気持ちでいられると思っていたからだ。

須郷家の人間は山凪家を裏から支える。そんな覚悟を決めての地味な装《よそお》いだった。だが、やはり、少しだけお洒落《しゃれ》したくなってしまったのだ。光太郎の目に触れるのに、毎日就職活動中の大学生のような地味さでいるのはせつない。

――派手かな。ううん、会社の人、皆こんな感じだもの、大丈夫よね。

今日の服装は、濃紺のスカートスーツに、白のVネックニット。足元は黒の地味なパンプスだ。

メイクはドラッグストアで買った、オフィスにおすすめの色と紹介されていたアイ

きた。

シャドウに口紅。

どちらもベージュ系なので無難なはずである。

ただ、髪はひっつめだと子供っぽいので、ネットで方法を調べて、巻いて下ろして

きた。

里沙自身は大人っぽくなったと自負しているが、朝から同僚たちが妙な顔をしていた

のは、いつもと違う髪形のせいだろうか。

自席へ戻ると、近くにいた雄一が、朝の同僚たちと同じような表情でこちらを見てい

ることに気付いた。

「兄さん、何かおかしい？　他の人もこんな感じかなって思うけど……」

「いや、普通だ」

興味を失ったように雄一は言い、里沙を手招きした。

「ちょっと来い。仕事を引き継いでくれ」

須郷家の人間はいずれ、山凪家の『裏のお仕事』もせねばならない。

里沙が社会人になって、一年と数ヶ月が経っている。兄は多少は里沙を信用し、最近

はそれらの仕事も任せてくれるようになった。その内容はというと、基本的にトラブル

対応だ。電話やメールで難癖を付けてきて、最終的に『金を寄越せ』と言ってくる人を

のらりくらりと躱《かわ》しつつ、少しでも違法な発言をしたらそれを録音などで証拠に残し、

あとは弁護士を挟む……というもの。なかなかにストレスの多い仕事である。

「別件が立て込んでいる。うまくやっておいてくれ」

兄の目が眼鏡の向こうで冷たく光る。里沙は息を呑んで頷いた。

「大変ね、室長が厳しくて」

兄からメールで送られてきたトラブル対応依頼をにらんでいると、先輩社員が声を掛けてきた。里沙が密かに服装のお手本にした、お洒落《しゃれ》で綺麗な仲村《なかむら》だ。

「大丈夫です、いつもあんな感じなので」

書類から一瞬顔を上げると、仲村が感心したように腕組みする。

「……っていうか、須郷さんって、どうして今まであんな忍者みたいな格好だったの？」

「に、忍者ですか？」

「うん。いつも黒ずくめでシャツは白のみって。せっかく可愛いのに。地味にしすぎだよねって、皆でひそかに話題にしていたんだけど」

そんな妙な話のネタにされているなんて、知らなかった。思わずちょっと赤くなる。

「そっ、それは、あの……裏方に徹しようという覚悟の表れです。私、縁の下の力持ちを目指しているので」

「勿体ないなぁ」

「な、何がですか……？」

きょとんとする里沙に仲村がからかうような笑みを浮かべた。そして、里沙の耳元に口を寄せる。

「常務と婚約したからファッションを変えたのね、了解。その方がずっといいわよ、地味なのは須郷室長だけで十分。貴方《あなた》が真似することないわ」

冗談めかした仲村の言葉に、里沙は思わず笑ってしまう。

兄は会社でも『質実剛健《しつじつごうけん》』をモットーにひたすら華美を遠ざけ、スーツは黒かダークグレーの無地、シャツは白、ネクタイは臙脂《えんじ》か紺の無地を徹底している。

里沙も当然のように『とにかく地味で無地の服。裏方に徹する覚悟を見せなければ』という雄一の考えに影響を受け、今日まで地味にしてきたのだ。

母は『里沙は雄一の真似しなくていいんじゃないの？　そんな格好じゃ全然可愛くない。まあ、里沙だから可愛いけど……』とぼやいていたけれど。

「あ、そうだ。取引先の営業さんが『どうしても須郷さんと一回食事したい』って言ってたんだけど、婚約者がいるんじゃだめよね」

「いいえ、接待ですよね？　喜んでお付き合いしますけど」

里沙の答えに、仲村が口の端を吊り上げて腕組みした。

「またそんなこと言って。そんなわけないでしょ。ＯＫ、それとなく断っておくから。じゃ、メールしておいた仕事チェックしておいてね、よろしく！」

仲村がそう言って、足取り軽く去っていった。

――なんか、服装変えたら変に目立っちゃったかな……。

里沙はため息をつき、再びメール画面に目を戻した。

内容をざっとチェックし、脅迫半分で寄付を募るメールは『御団体の理念には沿いかねます』という旨を、既存のテンプレートを流用して返信する。

何通かメールを送ると、電話が掛かってきた。断りメールを入れたらすぐに苦情の電話を掛けてくる団体だ。

相手が若い女と分かった瞬間『寄付金の件を検討しなければ、御社に不利になる情報を流す』などと脅しを口にする人もいたが『この通話は録音しています』と告げれば、大概はすぐに引き下がる。

――ハァ……世の中の汚い面を見るのは疲れるな……。

一通りの対応を終えると、外はすでに夕焼けだ。

――庶務作業もしなくちゃ。

里沙は下っ端なので、秘書室全体の雑用も任されているのだ。

今日は来週の飲み会の予定確定と、お店への連絡をせねばならない。不在が多い社員となんとか連絡を取り、出欠を確認しなくては。

加えて、飲み会の費用も役職ごとに傾斜を付けて設定する必要がある。役員は高く、派遣社員の人は安く……と計算して金額を決めて、案内メールを出してやっと一息つけるのだ。

その仕事が終わったら、先月行《おこな》った労働環境アンケートの集計レポート作成と、今月から始まる研修の案内と受講者の管理台帳を作る仕事が待っている。それでやっと、今日の業務は終了だ。

そのとき、また電話が鳴った。

取った瞬間に、電話の向こうで男ががなり立てる。

『山凪常務に会えないってどういうことだ！　こっちは仕事なんだぞ！』

――仕事？　光太郎様にお金をたかりに来たの間違いでしょう？

里沙は心の中で青筋を立てつつ、上品な口調で答えた。

「申し訳ありません。こちらとしてはお会いする用件がございませんので、以降はこのようなお問い合わせはご遠慮ください」

全く怯《おび》えない里沙の口調に、相手が一瞬怯《ひる》み、続いてひどい声で文句を喚《わめ》き始めた。

――録音よし、えっと……かけてきてるのは兄さんのNGリストに入ってた人だな。相手にする必要なし。

里沙は受話器の音量を最低にして机に置くと、電卓を叩き、飲み会の代金を計算し始める。

──部長以上の人からはこのくらいもらえばいいかな。全体のバランスもよし、っと。

電話を無視し、そのまま飲み会の案内メールを書き始める。電話機のランプを見る限りまだ喋っているようだ。これで怒り狂って本社ビルに突撃してきたら、そのときは警備員さんの出番だ。それでもだめなら、申し訳ないが警察沙汰になる。上手く目立たないように処理しよう。

「あれ、またトラブル？　……大丈夫？」

親切な男性社員が、机の上に不自然に伏せられた受話器を見て、心配そうに尋ねてくる。

「はい、大丈夫です」

ハキハキ答えると、彼が遠慮がちに申し出てくれた。

「怖かったら、電話替わるから言って」

「すみません、ありがとうございます。でも、私一人で対応できそうなので」

「……顔に似合わず強いよね、須郷さん。分かった、でも、ホント何かあったら言って」

里沙の返事に先輩社員が頷き、ちょっと不安げに受話器を見ながら去って行く。

──たしかに、他の女の子だったら無理かも、知らない男の人に怒鳴られまくるなんて……。私の場合は兄さんの勧めで、高校出るまで空手をやっていたのがよかったのかな。

里沙はそう思いつつ、キーボードを叩く。他の女性社員は電話口で怒鳴られると泣いてしまったりするが、里沙は平気だ。

そもそも光太郎を守りたいという気持ちが強すぎるタイプだし、最低限の護身術は身につけているので、直接対面しても一方的にやられはしない、という自信もちょっぴりある。

——あ、電話切れた。会社に怒鳴り込んでくるかな？　兄さんにあとで報告しておこう。

里沙はそう思いながら、時計を確認しつつキーボードを叩き続ける。

——スーパーの特売の鶏むね肉が売り切れる前に帰りたいから……

今日は光太郎に好物の唐揚げを作ってあげたいのだ。

あの美しすぎる高貴な容姿で『なんでも好きだけど、強いて言うなら唐揚げとカレーが好き』とはなんの冗談なのだろうか。イメージ的にはフルートグラスを傾けつつ、優雅に高級フレンチを召し上がってほしいのだが……

光太郎のことを考えると、口元がどうしても笑ってしまう。里沙は気持ちを引き締め、仕事に集中し直した。

今日も一日があっという間に終わった。

——ホント、お金持ちには変な人が寄ってくるな。光太郎様は私が守らなくては。

通常業務に加えての、押し寄せてくる迷惑な人をブロックする業務。頭も身体もくたくただ。

——ちょっと仕事を整理しよう。問題になっている人物のリストを作って、弁護士の先生にお話しできそうな件は早めに相談して、と。

自分で取ったメモを見返す。機密内容ばかりなので、誰のことを指しているのか、どういった事項なのか分からないよう、表現や名称はぼかしてある。

あらためて、気を抜いてはいけないと心を引き締めた。山凪家に降りかかるトラブルの火種を処理する、というのは、とても大変な仕事なのだ。

——光太郎様には気持ちよくお仕事してもらわなきゃ。

軽く背伸びをし、時計を見た。なんと七時を過ぎている。

——いけない。もう帰ろう。

里沙は急いで荷物をまとめた。

このあとは、スーパーで買い物をして、夕飯を作って……。プチ主婦業もあると、一日がめまぐるしい。

「失礼します」

その場を辞去しようとしたとき、席に座ってパソコンに目を向けていた雄一がふと顔を上げた。

軽く手招きされ、里沙は雄一に近寄る。

「いろいろあるかもしれないが、光太郎様のお側を離れるな」

小声で落とされたのは、唐突な指示だった。

――どうしたのかな。わざわざそんなことを言うなんて。

「分かりました。けど、何か気がかりなことが？」

雄一は里沙の問いには答えず、言葉を重ねる。

「お前自身の判断で、勝手にお側を離れたりするなよ」

怯《ひる》んでしまうほど、厳しい声だった。戸惑う里沙に、雄一がかすかに表情を緩《ゆる》める。

「一応、俺もお前を思って動いてる。こんな冷たい兄貴だけどな」

誰にも聞こえないくらいの声で言い、雄一がもういい、と言わんばかりに軽く頷いた。

「とにかく、そういうことだ。よろしく頼む」

意味が分からないまま、里沙は雄一から一歩離れ、頭を深々と下げた。

「じゃあ、今日は帰ります。お疲れさまでした」

兄はパソコンに視線を戻し「ああ」と答えた。

最近忙しそうだと母から聞いていたが、雄一は少し痩《や》せた気がする。

今しがた言われた言葉を気にしつつも、里沙は鞄を手に業務フロアを出た。

――兄さんの負担も減らさなくちゃ。光太郎様の秘書って、忙しいだろうし……

そう思いながら、里沙はエレベーターホールに向かう。

高層ビルなので、エレベーターの待ち時間は長い。階数表示灯に目をやっていると、傍《かたわ》らに男性が立った。

「お疲れさま」

――あぁ、嫌な人に会っちゃった……

里沙は反射的に作り笑いを浮かべる。会社でお預かり中のお坊ちゃま、九藤だ。今日も光太郎のことで当てこすりを言うのだろうか。

彼は御曹司らしく振る舞いは優雅だが、どこか倦怠《けんたい》感が漂っている。覇気がなくて好きになれない。

「俺の両親が、この前の山凪さんのパーティで君を見たって」

九藤がそう言って、形のいい薄い唇をほころばせた。

同時にエレベーターが里沙の待つ八階に到着する。

なんと返事しようかと迷いつつ、口を開いた。

「はい、いつもお手伝いしておりますので」

あたりさわりのない、無難な返しだ。

「君、光太郎君の婚約者なんだってね。突然発表されてびっくりしたってうちの母が言ってた。よく山凪の大旦那様が認めたねって呆れてたよ？」

「そうですか」

やはり、絡んできた。相手にしないよう、さらりと答える。

とりつくしまもない里沙の言葉に、九藤は微笑み返してエレベーターに乗り込んでいく。里沙は一瞬躊躇《ためら》ったあと、彼に続いてエレベーターに乗り込んだ。

「山凪の大旦那様は、本当に君なんか認めたの？　ちょっと社会的な階層が違いすぎない？」

「……そうですね。詳細は私にはちょっと」

一階のボタンを押しつつ、つとめて無感情に里沙は答えた。

「大変だね、光太郎君のわがままに振り回されて」

柔らかな声で九藤が言う。

――わがまま……？

里沙は眉をひそめかけ、すぐに愛想笑いを浮かべなおした。

「箝口令《かんこうれい》でも敷かれてる？　そうだよね、本当のことを話したら、大変なことになっちゃうもんね」

――この人、何を言ってるの……？

里沙の心に強い警戒心がわき上がる。

「お降りになるのは、一階でよろしいですか？」

あえて質問に答えない里沙に、九藤がますます笑みを深めた。

「いや、俺は地下の倉庫に用があるんだ」

九藤が里沙の肩越しに手を伸ばす。

不意に近づいた気配に、里沙は身を硬くした。光太郎以外の男性がパーソナルスペースに踏み込んできたことを、驚くほど不快に感じる。

九藤は『B1』と表示されたボタンを押して、そのまま里沙の耳に囁《ささや》きかけた。

「……光太郎君から逃げた方がいいよ。面倒に巻き込まれる前に」

言葉が終わると同時に、エレベーターのドアが開いた。里沙は九藤の言葉に反応せず、一歩踏み出した。

――いつも嫌味だけど、今日はひときわおかしい気がする。

里沙は振り返って九藤に一礼し、背を向けて歩き出した。九藤が、明るい、けれど張りのない声で里沙に呼びかけてくる。

「お疲れさま、気を付けて帰ってね」

社内の人の多くは婚約について知ってはいるが、里沙が『須郷』の者であるため、あからさまに何かを言うことはない。だから、こんな風に直接言われたのは初めてだった。

——光太郎様から逃げた方がいい、って、どういう意味なの？　いやがらせにしては、意味が……

里沙の胸に、言いようのないざわめきが広がった。

家に戻った里沙は、着替える余裕もなくエプロンだけを着け、サラダを作り始めた。光太郎には申し訳ないが、時間がなくて主菜は買ってきた。あとは今炊いているご飯とコンソメスープを出す予定だ。

——こんなことになるなら、もっと料理を勉強しておくんだった。パパッとできる美《お》味《い》しいものとかを、いろいろ作れるようになりたいな。光太郎様、よく召し上がるし。

机の上に置いたスマートフォンを覗き込むと、光太郎からメールが来ていた。

『会社を出ました。帰ります』というメールだ。こんなものをもらうと恋人同士のように思えて、ドキドキする。ついにやけていると、玄関で人の気配がした。

「ただいま」

——帰っていらっしゃったわ！

このマンションと会社は近い。見れば、メールが送られてきたのは二十分近く前だ。

里沙は、光太郎を迎えに玄関に走った。

「お帰りなさいませ！」

荷物を受け取ろうとした里沙だったが、光太郎の視線に気付いて顔を上げる。

「どうなさいましたか」

感嘆の表情で、光太郎が里沙の姿を上から下まで確かめている。

「なんか今日、感じが違う」

「ネットで調べてOLさんぽくしたんです。今までの格好だと、大学生みたいなので」

光太郎は何も言わずに、里沙を見つめ続けている。

化粧が派手だったか、それとも髪を巻いたのがあまり好みではないのか……

失敗したかも、と内心ビクビクし始めた里沙の前で、光太郎が美麗な頬を淡く染めた。

「綺麗だ」

透き通るような瞳に甘い光が浮かんでいる。うっとりと里沙を見つめ、長い腕を伸ばしてきた。

「びっくりした。全然印象が違う。化粧すると大人っぽいんだな。いつもの里沙もお花みたいで可愛いけど、今日の里沙は、大人っぽくてセクシーだ」

抱きしめられた体勢で突如降り注いだ甘すぎる言葉に、里沙は慌てて首を振る。

「お、大げさです！　そんなことはありませんので！」

里沙はこれまで、大人っぽくてセクシーだなんて言われたことがない。地味だね、としか言われていないのだ。それが、突然のこの賛辞。光太郎の、里沙に対する甘々なひいき目にしても、恥ずかしすぎる。

「髪も自分でふわふわにしたのか。へえ……まっすぐなのもいいけど、こうやってふわっとしてるのも、すごく綺麗だ。またやってくれ」

光太郎が大きな手で、里沙の髪を撫でる。

里沙の顔を覗き込む彼の顔は、ひたすら嬉しそうだった。唇に笑みを湛《たた》え、ずっと見ていたいとばかりに、キラキラしたまなざしを送ってくる。

——こ、光太郎様の方こそ、男性として魅力的で、恋せずにいられないような存在……っていうか……自分こそリアル王子様のくせに何言ってるんですかっ！

鍛えられて引き締まった肉体に、おおらかで強い心。至らないところだらけの里沙をさりげなくフォローしてくれる、思いやりにあふれる大人の振る舞い。光太郎のたくさんの美点が、次々と脳裏《のうり》に浮かぶ。

気恥ずかしさが頂点に達し、里沙はそっと光太郎の腕を解いた。

「とにかく、お食事にいたしましょう。お着替えなさってください」

食卓を整えていると、くつろいだ格好になった光太郎がやってきた。

「あ、光太郎様は、座っていてください」

「冷蔵庫のこれがメインか？　昨日買ってきたジュースがあるから飲もうか」

里沙の言葉に従わず、光太郎が台所に立つ。そして手早くグラスを並べ、冷蔵庫からローストビーフを取り出して、準備を始める。

里沙のやっていることを見て、配膳手順を覚えてしまったようだ。

光太郎は物覚えも早く、そして器用だ。

初めて二人で迎えた朝は、ぎこちなく卵を焼いてくれた程度だった料理の腕前が、先の日曜日には『里沙が好きそうだったから』といってパウンドケーキを焼くまでに成長していた。

光太郎曰《いわ》く、レシピを見て、オーブンの取扱説明書を確認し、各手順の科学的根拠を理解すれば、料理はちゃんと分かる、とのことだ。

パウンドケーキは、素朴《そぼく》だがとても美味《おい》しかった。里沙が焼くのよりも美味《おい》しいかもしれない。

「一品足そうか」

今もそんなことを言いながら、光太郎が卵とバターを取り出した。スクランブルエッグを添えてくれるらしい。この前も作ってもらったが、ものすごく美味《おい》しいのだ。これが、世界中の最高級レストランで料理を味わってきたセレブの底力だろうか。

サラダを盛り付けていた里沙は、心の中でぐぬぬ……となった。

――私も何か役に立たなきゃ！　今日、時間なくて唐揚げを作れなかったし。

だが、テーブルを見れば、ご飯もスープも、惣菜《そうざい》のローストビーフも盛り付けが終わっている。しかも綺麗だ。里沙の作業は、ボウルに入れたサラダを持っていくことだけだ。

「里沙、冷蔵庫にいろいろ材料入れといてくれてありがとう」

スクランブルエッグをお皿に盛り付けながら、光太郎が言った。

「面倒くさいよな、買い出し。足りないものをこまめに確認して、わざわざスーパーまで行って。なのに、いつも何かしら俺の好きなものが冷蔵庫に入ってるから、感謝してる」

意外な方面から褒められてしまった。

普通、家事をしない男性はそんなことに気付かない。父は『ビールがない』と母に文句を言い、逆に『忙しくて買いに行けなかったんです！ 飲みたければ自分で買ってきてください！』と叱られたりしていた。

——光太郎様、細かな目配りも完璧だな。どうしてこんなになんでもできるのかしら。でも完璧なだけじゃなくて、時々面白いときもあるかも。あの変な雑誌を買っていらしたこととか……

微笑んだ里沙の額《ひたい》にキスをし、光太郎が優しい笑みを浮かべる。

「お腹がすいた。食べよう」

里沙は頷いて、サラダのボウルを手に食卓に着く。

「この肉はスーパーの？　あそこの惣菜《そうざい》、安いのに美味《おい》しいよな。俺も夜、腹減ったときに買いに行ってた。あと、よく特売してる激辛カップラーメン。すごい味だけど、なんか癖になる」

山凪家の御曹司らしからぬセリフに、里沙は思わず笑ってしまった。

「光太郎様がそんなものを召し上がってたなんて」

「帰宅が夜中だと、まともな食事ができる店は開いてなくてさ。この辺はバーとか飲み屋ばかりだろう。だけど翌朝も早いし、酒はあまり飲みたくないから」

「お屋敷に戻られればよろしかったのに。家政婦さんのお料理、とてもお上手じゃないですか」

そう言うと、光太郎が微笑んだ。

「まあな、だけどいい歳して、実家暮らしはないなって思ったんだ。家にいても、おじいさまと口論ばっかりだし」

たしかに光太郎と隆太郎は、いつも言い争っている。

でも、昔から彼らを知る人からすれば『似たもの同士で反発し合っている』ようにしか見えないらしい。引退した里沙の祖父など『大旦那様の若い頃は、光太郎様そっくりだったぞ』と笑っているくらいだ。

――でも、喧嘩《けんか》はするけど、光太郎様は大旦那様を大事にしているし、大旦那様だって一人残された光太郎様を案じていらっしゃる。ただ、べったり側にいない方がいいだけなんだろうな。

光太郎が、里沙の作ったコンソメスープに口を付ける。山凪家のお屋敷で出されるような本格的なものではなく、スープの素を使った手抜き料理だ。

「うまい」

それでも、光太郎はなんでも美味《おい》しいと言ってくれる。当初は、里沙の拙《つたな》い料理の腕に気を使っているのかと思っていたが、どうやらそうではないらしい。食べることが大好きで、そしてそれを作ってくれる人に感謝もしているから、大概のものはなんでも美味《おい》しいと感じるようだ。

高級料理の味を知っていても、そうではない素朴なものもきちんと評価している。

――そういえばお母さんが、たくさん美味《おい》しく食べられるのは生命力の証《あかし》だって言ってたな。

綺麗な仕草で食事を平らげていく光太郎を見て、里沙も慌てて口を動かす。

――私も忙しくなるから、たくさん食べて体力を付けなくちゃ！

疲れると食欲がなくなり、ますます疲れるのが里沙のよくないところだ。必死に食べる里沙に、光太郎が明るい声で言った。

「今日は会社はどうだった？」

　里沙は咀嚼《そしゃく》を終え、姿勢を正して答えた。

「はい。四十代の先輩が、人事評価が成果主義にシフトしてきているから、昔と変わって働きやすくなったと言っていました。それから、新しい型のパソコンを貸与してもらったので、仕事がしやすくなりました」

　ランチで同僚が話していた内容や、自分が感じたことを、里沙は光太郎に報告した。

　だが、光太郎はおかしそうに肩を揺らし始める。

「どうかなさいましたか？」

「報告ありがとう。でもそうじゃなくて、里沙が楽しく働いてるのか聞いてるんだけど」

　てっきり、光太郎から社内の状況報告を頼まれたと思い込んでいた。しかし、そうではなかったらしい。

　──それじゃ、本当に彼氏か旦那さんとの会話みたいですけど……。って、それでいいのか。慣れないいな……

　照れくさくなり、里沙はかすかに頬を染めて答える。

「え……っと……それは……大丈夫です。兄はいつもどおりですけど」

「そっか、相変わらずか。だけど里沙の仕事ぶりは、雄一も評価するところなんだと思う。あいつはできないヤツには容赦ないから」

意外なセリフに里沙は驚く。

「そうなんでしょうか。兄には冷たくあしらわれてばかりですが」

「雄一は、だめな部下には冷たくすらしない。そもそも自分の下に置かないからな。里沙はもっと自分を評価していいと思う」

光太郎に誉められると、なんだか照れくさい。

思わず光太郎を見つめたら、その拍子に脈絡もなく思い出した。

――あ、そういえば九藤様が言ってた変な話。あれはなんだったんだろう。

「どうした？」

里沙の変化に気付いたのか、光太郎が尋ねてきた。

こういうとき、光太郎は鋭い。昔から、里沙の『ないしょ』など守り通せたことがない。

「なんでもありません」

「そんな顔じゃなかったな。気になることがあるなら言ってくれ」

食事の手を止め、光太郎が薄い色の目でじっと見つめる。里沙は落ち着かなく視線をさまよわせたあと、小さな声で答えた。

「私の方にも誤解があるのかもしれませんが……帰り際に、総務部の九藤様――あの、九藤グループからお預かりしている方に声を掛けられて。そのとき、光太郎様との関係を揶揄《やゆ》されたように感じました。でも、仕事とは関係ないことですし、今思えば深い意味がある話ではなかったかもしれません」

「九藤？　周吾君か。何を言われた」

光太郎はひどく真剣な顔をしている。

不穏なものを感じ、里沙は慌てて九藤に言われた言葉を思い出そうと試みる。

「私を婚約者として紹介したパーティに、九藤様のご両親が出席なさっていたそうです。そのことで私にいろいろと仰《おっしゃ》ってました。光太郎様の婚約者であることを大旦那様は認めたのかとか、本当のことは箝口令《かんこうれい》が敷かれているから言えないんだろうとか、光太郎様から離れた方がいいとか。……よく分からないことを言われました」

「他にも何か言われたか？」

光太郎のやや厳しい追及に、里沙は慌てて首を振る。

「いえ、他には何も……」

話を終わらせかけたとき、くぐもった九藤の声が蘇《よみがえ》った。

『光太郎君から逃げた方がいいよ。面倒に巻き込まれる前に』

エレベーターを降りる際に、里沙に向かって投げかけられたセリフだ。悪意を感じる言い回しだった。こんな言葉を、光太郎に直接伝えるのははばかられる。

――今はお聞かせするべきじゃないかも。ご報告する前に、私や兄さんの方で発言の意図を調べた方がいい。九藤家と山凪家は、昔からお付き合いもあるし、トラブルに発展する前に、周囲の者が調整すべき案件だわ。光太郎様にはもっと大事なお仕事や、判断せねばならないことがたくさんあるんだから……」

光太郎が、話の続きを待つようにじっと見据えてくる。

里沙は唇を笑みの形に吊り上げ、光太郎にはっきりと宣言した。

「大丈夫です。他に気になることは、兄に報告しておきます。光太郎様を煩《わずら》わせるようなことではありません。もし問題になるようでしたら、兄から光太郎様にご報告差し上げます」

九藤の件はあとで兄にメールをしておこうと考える里沙に、光太郎が言った。

「ありがとう、了解した。周吾君について気になることがあれば、俺か雄一に言ってくれ。まあ、彼は会社では大人しいし、今までトラブルを起こすようなこともなかったと聞いてるんだが……」

光太郎は、里沙の答えに少し安堵したらしい。だが表情は晴れない。

「どうなさいましたか？」

「いや、俺は里沙の彼氏じゃないみたいだなって思って。これじゃ、上司と部下の会話だ」

「あっ、あの……」

そういえば初めて身体を重ねた朝に、今後光太郎を彼氏と思えと言われていた。けれど、長年しみ付いた感覚は抜けず、光太郎のことをついつい『お仕えすべきご主人様』と考えてしまう。

戸惑う里沙の目を、光太郎がじっと見据えた。

「俺は彼氏だと思っているからな。里沙個人が困ってることは、雄一じゃなくて俺に相談してくれ」

真摯《しんし》な声音に、胸を打たれる。光太郎が言葉を重ねた。

「いや、待て。彼氏って響きに長年憧れがあっただけで、厳密には違うかもしれないな」

「あこ……がれ……？」

光太郎みたいな完璧御曹司様が、なぜそんな単語に憧れを抱いているのだろう。目を丸くする里沙に、光太郎が茶目っ気のある笑みを見せる。

「俺は里沙を人生のパートナーだと思ってる。だから、一番の話し相手は俺だと思ってほしい。俺は、お坊ちゃまでもお前の雇い主でもなんでもないからな」

「は、はい……」

食事もすっかり忘れて、里沙は頷く。

「もしかして、まだ俺のことを『お仕え先の御曹司様』とでも思ってるのか？」

返事ができずに、里沙は再び固まった。

――う、ん……思ってる。私、本当に、光太郎様のお役に立ちたいし。昔からずっとお慕《した》いしてきたから、側にいられるだけで嬉しくて、それ以上のことが考えられない……

困り果てた里沙に、光太郎が穏やかに言った。

「まあ、長年の習慣をすぐに変えるのが難しいだろうことは分かる。だから、おいおいでいい。ただ、俺に遠慮だけはするなよ」

里沙はほっとして頷く。

光太郎はいつも、頭の固い里沙にこうやって逃げ道を作ってくれる。何かを今すぐに選べと迫って困らせたりしない。

――何か言わなきゃ……いつも困らせて申し訳ないって……

「あの、私は小さいときから光太郎様は光太郎様だと思っていて……どうすれば『コウ君』なんて呼べるのか考えたのですが、無理そうです。自覚されてないかもしれませんが、光太郎様は、完璧王子様すぎますので……もっと別のあだ名の方が……いえ、そうではなく……えっと」

全然話がまとまらなかった。途方に暮れて里沙は俯《うつむ》く。

「里沙、俺のこと好きか？」

話題をサクッと変えられ頭がついていかず、つい自分の気持ちのままに返事をしていた。

「は……はい」

「俺の嫁になってくれるか」

「えっ!? あ、あの、それは」

さすがに、ここでの答えは踏みとどまった。光太郎が続ける。

「俺には里沙以外の女性との未来なんて想像できない。一緒にいるのは里沙がいい。だから今、幸せだ。皆には迷惑を掛けたかもしれないけど、里沙がいてくれるならそれでいい」

突然甘い愛の言葉を囁《ささや》かれて、振り回され感が半端ない。

顔を真っ赤にして絶句する里沙を、光太郎は見つめ続ける。

「里沙じゃないとだめなんだ。これ、定期的にちゃんと言葉にしないとな。俺は里沙が好きだ。一緒に暮らしてくれてありがとう。頼むから他の男なんか目に入れるなよ?」

里沙の目の端に涙が溜まる。

「わ、私も、お側においていただけて幸せです。これからも、ずっと光太郎様のお側にいたいです……叶《かな》うならば、ですけど……」

これからも側にいたい、とはっきり口にしたのは初めてだ。

里沙の言葉に、光太郎が微笑む。

「そうか。よかった。嬉しい」

率直な言葉に、里沙の頬が熱くなった。

光太郎がそっと手を伸ばし、テーブルの上で握りしめていた里沙の手を包み込む。

「俺は里沙と暮らし始めてから、毎日めちゃくちゃ楽しい。里沙がいてくれると、今まで以上に頑張れる。とはいえ、出張先に着いた瞬間は、もう帰りたくなって困った」

そういえば、光太郎は一泊の出張のときでさえ、出張先から何度も写真付きのメッセージを送ってくれた。何を食べたとか、珍しいものがあったとか、景色が綺麗だとか……早く帰りたいとか。

里沙も、それが嬉しかったし、早く笑顔で帰ってきてほしいと思った。

昔の里沙と光太郎は、こんな気持ちを共有したことはなかった。ただ黙って、ご主人様と使用人の関係のまま、お互いの気持ちを探り合っていたのだ。

――二人でこうしていられるのは、光太郎様が壁を乗り越えて、私を引っ張り上げてくださったからなんだよね。私は今、光太郎様が行動してくださったおかげで一緒に過ごしていられるんだ。

身の程知らずかもしれないが、やっぱり、光太郎のことが大好きだ。

手に伝わる、光太郎のぬくもりを噛みしめる。

この日々を失いたくないと思うなら、自分も頑張らなくては。

「同居にあたって、いろいろとご迷惑をおかけしていますが、なるべく早く、解決できるよう努力いたします」

「ご迷惑ってなんだ？」

不思議そうに光太郎が首をかしげる。

里沙の言う迷惑とは、仕事が忙しく家事が行き届かないこととか、本当に隆太郎に許してもらえるのか不安で悩んでしまうことなどだった。なんと伝えたものか答えあぐねる里沙に、光太郎は言った。

「寝ているときに『暑いー』って言いながら俺に蹴り入れることか？」

「え……っ？」

――け、け……蹴り……？

親から寝相が悪いと言われたことはなかったが、まさか無意識にそんな恐ろしい真似をしていたとは。

「気付いてなかったのか。俺がいつもべったりくっついてるから、嫌なのかと思ってた」

光太郎が真顔で言い終え、堪《こら》えきれないように噴き出す。

「なんて顔してるんだよ。……冗談だ。本当に里沙は可愛いな」

光太郎がおかしくてたまらないというように、厚い肩を震わせた。フリーズしていた里沙は、じわじわと状況を理解する。

「ご、ご冗談なんですか……っ！　本気にしました！」

「暑いって言われたのは本当だけどな。個人的には寝言が可愛くて悶《もだ》えてるから問題ない」

光太郎は平然と何を言っているのだろうか。

「ちょっ……あのっ、すみません、私暑がりなんです……多分……」

「冷えているときは俺にくっついてくるのに、身体が温まったら押しのけられるからなぁ。湯たんぽの悲しき宿命だ」

光太郎が再び楽しげに肩を震わせ、とびきり優しい顔で里沙の目を覗き込む。

「ごめん、冗談だ。そんな困った顔するな」

頬を染めた里沙に、光太郎が言う。

「里沙から被《こうむ》っている迷惑なんて、何もないよ。俺は二人の生活を維持するために、自分にできる範囲のことをしているだけだ。それにさっきも言ったけど、里沙のことはパートナーだと思ってる。それも、人生で唯一の。だから、いつか里沙も俺のことを同等のパートナーだと思ってくれると嬉しい。いつでもいい。別に無理矢理、昔からの考えを変えろとは言わないから」

里沙の視界が再び潤《うる》み始める。

「ありがとう……ございます……」

光太郎は昔から変わらず、優しくて公平で強い。そんなところが、ずっと大好きだった。

こんなに優しく思いやりのある言葉は、自分には勿体ないと思う。でも、嬉しい。だから、この感謝をいつかちゃんと光太郎に返したい。

彼を守り、助けられるようになるにはどうしたらいいのだろう。

里沙は手の甲で涙を拭《ぬぐ》い、光太郎に微笑みかけた。

「すみません。冷めてしまいますね。いただきましょう」


里沙は光太郎が入浴している間に、兄への報告メールを送り終えた。

今日の九藤家の御曹司の言動に関するメールだ。

すぐに返信がきた。もう遅いのに、雄一はまだ働いているのだろう。兄の体調を心配しつつ、メールを見る。

『九藤さんはそういう人だ。適当に受け流せ。何を言われてもあしらえばいい』

簡潔すぎるその文面に、眉をひそめる。

——あんなにおかしなことを言っていたのに？

『本当にそれでいいの？　ちなみにこの件は、まだ光太郎様には報告していません。この対応でいい？』

再度問い返すと、またすぐに返事が返ってきた。

『その件は以降俺が回収する。光太郎様は別件でお忙しい。折を見て俺から話す』

里沙の胸に不穏なものが去来する。兄がこの話題に深く触れないのには、理由がありそうだ。

「おい、里沙」

不意に背後で明るい声がした。

「きゃっ」

驚いて、反射的にノートパソコンを閉じた。

風呂から上がった光太郎が、里沙の顔を見にやってきたらしい。

誰かに背後に立たれたら、有無を言わさずパソコンは閉じろ。そして、覗き見を不快に思っている旨を、頑として無言で主張しろ……とは兄の教えだが、今はびっくりしすぎて思わず閉じてしまっただけだ。

「まだ仕事してるのか？」

入浴を終えた光太郎が、タオルで頭を拭きながら言う。

お風呂上がりに上半身裸なのには、一応、里沙も慣れた。

光太郎は、椅子に座ってパソコンを触っていた里沙の顔を、身をかがめて覗き込もうとする。

「もう終わりまし……」

言いかけた言葉が、水の味のするキスで塞《ふさ》がれる。温まった光太郎の身体から、爽《さわ》やかな石鹸《せっけん》の香りが立ち上り、里沙を包み込む。

唇を離そうとしたが、頭を引き寄せられ、再び奪われる。執拗《しつよう》で、絡み付いてくるようなキスに、里沙の鼓動が速くなっていく。

「あ、あの……んっ……」

再び、もっと深く、貪《むさぼ》るような口づけが降ってくる。水の味だった唇から、情欲の匂いが伝わってきた。

軽い音を立てて、光太郎の舌先が里沙の唇を割る。

歯列を優しくなぞられ、里沙の脚に力が入らなくなる。下腹部にじわりと疼《うず》きが広がり、鼓動がますます速くなる。

下腹部の熱に耐えがたくなり、里沙は光太郎の逞《たくま》しい身体に、そっともたれ掛かった。

汗ばんだ美しい肌から、じりじりと熱が伝わってくる。

口づけを交わし合い、身を寄せ合って、どのくらい時間が経ったのだろう。もっと貪《むさぼ》られ、訳が分からなくなるまで乱されたい……そう思いかけていた里沙は、はっと我に返った。

「光太郎様、湯冷めなさいます」

恥ずかしさ半分、心配半分でそっと身体を離した刹那《せつな》、光太郎の裸の胸に抱き込まれた。

「そうだな……寒い。もう一度風呂に行く。里沙に温めてもらおう」

「こ、光太郎さま……っ……」

戸惑う里沙を、光太郎が促す。

里沙は、その誘いに抗《あらが》わなかった。


シャワーの音にまじって、ぐちゅぐちゅという音が耳に届く。

「あぁ……っ」

そのたびに里沙は声を漏らし、光太郎の肌に滑《すべ》らせていた手を止める。

「どうした？　お互いに、身体を洗い合うんだろう。俺の背中、洗ってくれ」

泡だらけの身体で光太郎の胸に抱きしめられ、里沙は必死に足を踏んばった。

「は、はい、光太郎様、洗い……ひぁ……っ！」

光太郎の方は、全然身体を洗ってくれない。それどころか、水以外の液体で濡れそぼった里沙の蜜口をひたすら弄《もてあそ》んでいる。

指が、入り口の浅い部分を行き来する。そのたびに閉じ合わさった襞《ひだ》のあわいが開かれ、粘膜同士が引きはがされるような、淫《みだ》らな音が響く。

「背中は自分じゃ手が届かないからな、里沙にきちんとやってもらわないと」

言いながら、里沙の中を開く指が二本に増えた。

「あ……あぁっ……だめっ」

ちゅく、と音を立てて、秘裂が二本の指で強引に開かれる。耐えがたい疼《うず》きに襲われ、里沙は風呂場の床に膝をつきそうになった。

「おっと」

ふらついた身体を光太郎が抱き留める。恥ずかしくてもうだめだ。背中を洗うことなんてできない。

一糸まとわぬ姿で、里沙は光太郎に縋《すが》り付いた。

「ごめん、なさい……うまく洗えない、です……」

触れられた身体が熱くて、どうしようもなく息が乱れる。

光太郎との触れ合いに少し慣れたとはいえ、こんなに明るい風呂場で肌を晒《さら》すのは、やはり恥ずかしい。それにこんな風に焦《じ》らすように触れられて反応してしまうことが、更に恥ずかしい。

「俺と風呂に入るのは嫌なのか？」

「いいえ、あのっ、そうじゃなくて、こんな風にされて恥ずかし……」

光太郎が小さな笑い声を立てた。

「じゃあ、しょうがないな」

里沙の腰を右手で支えたまま、左手を泡に覆われた乳房に伸ばす。

そして、繰り返される愛撫に硬く凝《しこ》った乳嘴《にゅうし》を、撫で回すように洗い始めた。

「ここ、硬くなってる」

低い声と同時に、先端が軽くつままれた。強い刺激でもないのに、身体は激しく反応する。

「……っ、いや……っ」

里沙は力の入らない指で、光太郎の手を押しとどめようとした。

光太郎がやめてくれないことはもう分かっているのに……

「あのフワフワの髪、濡れると戻っちゃうんだな」

里沙の乳房を丹念に洗った光太郎が、手を伸ばしてボディソープのディスペンサーを押す。光太郎にもたれ掛かったまま、里沙はぼんやり思った。

――もう十分泡だらけなのに……

「じゃ、里沙の身体で洗ってもらおうかな」

愉悦《ゆえつ》に満ちた声が里沙の身体を震わせる。里沙の胸やお腹にボディソープを塗《ぬ》って広げ、光太郎が楽しげに囁《ささや》いた。

「もっと俺にくっついて」

言われたとおりに、光太郎に身体を寄せる。ぶ厚い胸に敏感になった胸の先端が触れて、思わず息を呑んだ。

「こうやって動くんだ……すごく気持ちいい。里沙の身体、いやらしいな」

光太郎が軽く身体を動かすと、里沙の胸が彼の肌で滑《すべ》った。

「あっ、やぁんっ」

突然のことに、妙な声が漏れた。ぬるりとした石鹸《せっけん》を通して、光太郎の身体の凹凸《おうとつ》が微細に伝わってくる。

鼓動に乗せて、羞恥心《しゅうちしん》とかすかな情欲が全身を巡る。光太郎に言われたとおりにぎこちなく身体を上下させ、里沙は泣きそうな声で尋ねた。

「こう……ですか、光太郎様」

肌と肌の境から、くちゅくちゅと音がする。

ひと言喋るだけで、息が弾んだ。二人の身体の間に、ねっとりとした白い泡が広がる。

光太郎の答えがないので、里沙は再び、彼に身体を擦《こす》り付けた。

「あぅ……っ、こっ、これで……や……ぁ……っ」

そのたびに、乳嘴《にゅうし》が刺激されて声が漏れる。

光太郎の手が腰に回り、里沙の身体を揺すり続けた。

ぴったりと肌を寄り添わせたいのに、泡のせいで滑《すべ》ってしまい、うまくいかない。焦《じ》れったさが募る。里沙の腰を支えていた手は、今度は丸いお尻をくるくると洗い始めた。

「ひぁッ！」

今度こそ里沙は、大きな声を上げた。

焦《じ》らされて苦しい。泡だらけの胸に額《ひたい》を押し付け、声を漏らすまいと唇を噛む。どこもかしこも火照《ほて》って痺《しび》れて、動けない。

「洗えたよ、里沙。綺麗になった」

光太郎の手が、お尻から離れる。ようやく、甘い攻めから解放された……ほっとした里沙だったが、下腹部の辺りに当たる怒張の存在に気付く。

反り返るモノを隠そうともせず、光太郎が身をかがめて里沙にキスをした。息を乱したまま、里沙は彼の唇を受け止める。

光太郎の手が、里沙の手を反り返った杭に導く。キスを続けながら、里沙は手探りでそれに触れた。掌《てのひら》の中で、硬く燃えるような彼自身が脈打っている。

光太郎の唇が、名残惜しげに離れた。

「これ、持ってて」

光太郎が、シャンプーなどを置いたラックから、避妊具の小さなパッケージを手に取る。脱衣所からこっそり持ち込んでおいたのだろう。

里沙はぼんやりした頭で、それを受け取る。光太郎がシャワーのコックを捻《ひね》り、二人の身体にまとわりつく泡を流し去った。

ひとしきり流したところで、光太郎が浴槽の縁に腰掛けた。

「里沙、俺にまたがって」

逆らう言葉など、もう何も浮かばなかった。

里沙は言われたとおり光太郎の肩に手を掛け、ゆっくりと彼の膝の上に腰を下ろす。浴槽をまたぐような格好になった。

「それ着けて」

光太郎の大きな手が、しっかりと腰を捕まえている。

こんな体勢で、しかも押さえ付けられていたら、逃げられない。

息苦しいほどの動悸《どうき》がしてくる。光太郎が、躊躇《ためら》う里沙の額《ひたい》にキスをした。

まるで『早く抱かせてくれ』と促されたかのようだ。

里沙は避妊具のパッケージを開け、震える手を光太郎自身に添えて、そっと装着した。

「寒くないか？」

長い髪が濡れたままなのを気遣ってか、光太郎が優しい声で尋ねる。里沙は首を振った。身体が火照《ほて》って汗ばむほどだ。

「……じゃあ、おいで」

誘惑を含んだ声に、先ほどまで指で弄《もてあそ》ばれていた蜜口がきゅっと収縮した。まるで、彼の誘いに答えるかのようだ。

持て余していた熱が、耐えがたいものへと変化する。

「ゆっくり俺のを挿《い》れて」

言葉と同時に、大きな手が腰骨を撫でる。

その刺激で、蜜口からとろりと熱いものがあふれ出した。

緊張で身体を強ばらせながら、切っ先を秘裂の入り口にあてがう。自分が唾を呑み込んだ音が、異様に大きく響いた気がした。

「痛くない？」

里沙は頷き、息を止めてゆっくりと身体を沈めた。秘部をこじ開けられるような感じには、まだ慣れない。それにいつも愛し合うときと姿勢が違っていて、緊張で震える。

「……っ、硬……」

思わず口にした瞬間、腰に掛かった手が、ぐいと里沙の身体を引きずり下ろした。

「あああ……っ！」

中途半端な位置でとどまっていた肉竿が、ずぶずぶと奥深い場所まで押し込まれる。最奥が強く押し上げられ、お腹の中が光太郎でいっぱいになった。

馴染《なじ》んできたとはいえ、里沙でさえ戸惑うほどの大きさだ。やはりいつもと違う体位だから、ことさらに大きく感じるのか。

目の端から生理的な涙がにじむ。里沙は思わず、光太郎の首筋にしがみついた。

「……っ、やぁ……っ、光太郎様、だめ、深……っ」

反射的に腰を浮かそうとしたが、光太郎の手は離れない。

「あ……っ……あ……奥に当たって……っ……」

息を弾ませる里沙の首筋にキスし、光太郎がそっと腰を抱き寄せる。こんな風に抱き込まれたら、自由に動けない。

貫《つらぬ》かれたまま、里沙はしがみつく腕に力を込める。

光太郎が少し動くたびに、ひくひくと隘路《あいろ》が震える。わずかな刺激もくらくらするほど気持ちよくて、肌が粟立つ。

「里沙、こうやって腰を動かして。ほら」

散々触れられて、膨らんだ花芽が、光太郎の恥骨に押し付けられる。

擦《こす》れ合った場所から生まれた快感が、じわじわと身体中に広がっていく。

「んぅ……っ、これ、だめ……っ、光太郎さま……っ……！」

長大なものを咥《くわ》え込んだ蜜窟から、ぬるい雫《しずく》があふれ出す。中を満たす肉杭を愛おしむように、柔らかな襞《ひだ》が、繰り返しきゅうっと収縮する。

下から突き上げられると、結合部から生々しい蜜音が聞こえた。肉棒が内壁を擦《こす》るたびに、里沙の喉《のど》から甘い声が漏れる。

「あぁ……っ、あ……っ……」

大きな声にならないよう唇を噛んでも、声を我慢できない。

密着した光太郎の身体から、かすかな汗の匂いを感じた。

その匂いが、耳元に届く荒い息づかいが、里沙の興奮を煽《あお》り立てる。

「やぁんっ、あん……っ、ああ……」

「こうやって、上下に動いてみて」

光太郎に言われるがままに、里沙は身体を上下に揺すった。

存在を意識していなかったもう一つの唇で、光太郎のモノを愛撫しているような感触だ。肉杭を咥《くわ》え込んだ襞《ひだ》が、意思とは裏腹に震え出す。

「ひっ……いや、いやぁ……っ」

あまりの快感に頭の中が真っ白になり、目の前に紗《しゃ》が掛かった。涎《よだれ》が垂れるかのように、愛液がぽたぽたとしたたり落ちる。

里沙の中がぐちゅぐちゅと咀嚼《そしゃく》音に似た音を立てた。自分の身体が無我夢中《むがむちゅう》で光太郎を貪《むさぼ》っているのが、恥ずかしいほどよく分かった。

「里沙、すごい、締まる……」

喘《あえ》ぐように光太郎が言い、ひときわ強く里沙の中を押し上げる。閉じていた蜜道を穿《うが》つ熱塊が、里沙の身体を内側から焼く。甘い声と共に雫《しずく》を垂らし、里沙はぎこちなく身体を揺すった。

「ああんっ、あん、やぁ……っ……」

くちゅくちゅという音が激しさを増す。

奥深くまで咥《くわ》え込んだ肉槍が、ますます硬くなり、里沙を繰り返し突き上げた。

「俺のこと好き？」

乱れた息と共に、光太郎が尋ねる。里沙は彼の首筋にしがみついたまま、和毛《にこげ》に覆われた部分を彼の身体に擦《こす》り付けた。

「あ、あぁ……好き、好きぃ……っ……」

肌の上にとどまるシャワーの水滴を、汗と涙が押し流す。

硬く凝《しこ》った乳嘴《にゅうし》を擦《こす》られ、敏感な秘芽をぐりぐりと押し潰されて、もう何も考えられない。

「好きです、好き、大好き……私以外の人を好きになっちゃ嫌……」

かすれた思考の果てに、抑え付けていた本音が顔を覗かせる。

「そうか……」

満足げな声と共に、光太郎の動きが激しくなった。

里沙の肩に唇が押し付けられる。肌にチリッと痛みが走ったが、何をされているのかもう分からない。

「ほんとに……嫌……です……他の人を好きになっちゃ……っ……あぁんっ」

「ならないよ、俺には里沙だけだ。こんな風に愛し合うのも、里沙とだけ。里沙としかできない」

耳に掛かる光太郎の吐息がひどく熱い。

繋がり合った部分から、濁《にご》った蜜がしたたり落ちる。

「あっ、あぁん……っ、く、ふ……」

じわじわと快楽の果てに追い詰められていく。

大きく開かされた里沙の脚が、かたかたと震え出した。

「だめだ、こんなに気持ちよくされたら……里沙……」

ぐん、とひときわ突き上げられると同時に、里沙の身体が跳ねる。

根元まで呑み込んだ肉槍を絞り上げるように、中の襞《ひだ》が強く絡み付く。

——私……もうだめ……っ……

里沙の視界が霞《かす》み始めた。意思とは裏腹に、蜜道がびくびくと収縮を繰り返す。

かすかなうめき声と同時に、襞《ひだ》に包み込まれた熱塊が、どくどくと脈打って爆《は》ぜた。

愛しさに満たされ、里沙は逞《たくま》しい身体をぎゅっと抱きしめる。

私以外の人を好きになっては嫌。

口に出すまいと決めていた想いすら、全て吐き出してしまった。

光太郎に抱きしめられたまま、里沙はもう一度、一番大切な言葉を呟いた。

「大好き……光太郎様……」

～光太郎　Ⅳ～

――里沙は寝たな……

寝室を覗き込んだ光太郎は、ベッドに横たわる里沙の様子を確認し、微笑む。

風呂で見せてくれた妖艶な姿態からは想像できない、無垢《むく》な寝顔だった。

里沙はいつも綺麗だ。

髪をくるくるにしていた姿も綺麗だったし、抱いているときも綺麗だし、眠る姿も綺麗だ。

だが、どの綺麗も全部違う色合いの『綺麗』に思える。

いずれの里沙も好きすぎて、可愛すぎて、胸が苦しくなる。

――他の人を好きになっちゃ嫌、か……

情事の最中に漏らされた睦言《むつごと》を、光太郎は甘い幸せと共に噛みしめる。

——そんな可愛いことを言われたら、一生放せなくなるだろう。分かってるのかな。

まるで、初恋を覚えた少年のように心が躍った。里沙は最近、泣きたくなるくらい嬉しいことを口にしてくれる。

垣間見せる嫉妬《しっと》や独占欲が、どれほど光太郎を喜ばせ、身もだえさせているのか。里沙は自覚しているのだろうか。

落ち着かない気持ちをなだめるべく、光太郎は深呼吸した。

——俺も一仕事して寝るか……

寝る前ラストのメールチェックに着手する。

決裁に関わるものが数件。こちらは内容を確認し、すぐに回答を返信する。

外資の投資機関からの問い合わせに、めずらしいところでは、大学時代に世話になったベンチャー企業の社長からも連絡が来ていた。

久しぶりだ。内容は、『今度ゆっくり食事をしよう』というものだった。即座に了解の返事を送る。

——あとは……雄一？

メールを開いて、光太郎は眉をひそめる。

『以前光太郎様が仰《おっしゃ》っていた件ですが、周吾様には、近々ご退場願えるかと存じます』

──周吾君の件、か……

彼……九藤周吾は、いわゆる『コネ入社のお預かり組』だ。

付き合いの古い九藤家のたっての願いで、山凪グループで『修業』させているが……どうにもならない人材だった。

親戚である九藤麗子同様……いや、会社で面倒を見なくてはならない分、それ以上にやっかいな存在かもしれない。

──そういえば、里沙に声を掛けたらしいな。うちの会社で問題を起こしてるわけじゃないから、別にいいんだが……いや、やっぱり嫌だな。近寄らせたくない。

やはり、周吾は側に置きたい人間ではない、と改めて思う。

自分に散々迷惑をかけた麗子の従弟《いとこ》ともなれば尚更だ。

そろそろ親元に返品したい。

だが、麗子のことで何度も苦情を申し入れているうえに、周吾まで雇い止めしたら、九藤家側から『そんなにうちが不愉快なのか』と逆クレームを付けられかねない。

そんなことになれば、母方の叔父から『九藤家に譲歩をしてほしい、事を荒立てるな』と牽制《けんせい》されるだろう。叔父の会社は、九藤グループが大口の取引先だからだ。

昔ながらの縁故に重きを置く限り、このようなイライラするやり取りが、永遠に続くのである。

雄一は周吾を追い出せると明言しているが、どのような方法を思い付いたのだろう。明日雄一に直接聞こうと決め、光太郎は思い切り伸びをした。

――これだから旧家のしがらみっていうのは嫌なんだ。俺は、会社だけでも風通しよくしてみせる。もううんざりだ、本当に。

イライラを持て余しながら、光太郎は里沙の傍《かたわ》らに横になった。ベッドが軋《きし》み、里沙がころりと自分の方に向く。寝付きのよい里沙は、光太郎が隣に来ても、気持ちよさそうに眠ったままだ。

甘い花の香りが辺りに漂い、光太郎の心をふわりと和《やわ》らげる。

そっと額《ひたい》にキスをすると、寝ぼけた里沙が、きゅっと光太郎の袖を掴んだ。愛らしい唇に微笑みを浮かべている。楽しい夢でも見ているのだろうか。

先ほどまでの苛立ちが一気に洗い流され、心の中が優しさで満たされた。

――ま、いいか、今の俺には里沙がいるからな。里沙の可愛さに免じて、多少のことには目を瞑《つむ》ってやろう。

そう思いながら、光太郎は静かに目を閉じた。

第六章

ここ最近、光太郎との仲はすこぶる順調で、戸惑うくらい仲がいい。

週末も、カーテンを閉めた部屋の中で、一日中彼と絡み合っていた。

『好きだ、里沙。俺には里沙しかいないんだ……いい加減、諦めて、理解しろ』と、光太郎はうわごとのように言い、里沙の身体を優しく労りながらも貪《むさぼ》り尽くした。

声が嗄《か》れるまで啼《な》いて、我に返って水を飲み、そしてまた、訳が分からなくなるまで抱き潰され……

里沙の全身には、光太郎の手で、言葉も忘れるほどの快楽が刻み込まれている。

だから時折不安になるのだ。もしもこの先、婚約の話が流れ、光太郎と結ばれなかったら自分はどうなるのだろう……と。

光太郎に激しく抱かれるたび、『この人と離れたくない』という想いが深くなる。あの腕を、あの愛情を失って生きていけるだろうか。

寝起きに不意に顔を覗かせた不安を、里沙は頭を振って払った。

――仕事だから、気持ちを切り替えてしゃきっとしなくちゃ。

里沙は顔を洗いながら、自分にそう言い聞かせた。

今日は月曜日。里沙は会社で、一日パソコンに向かっていた。

――これでよし。兄さんに確認してもらおう。

雄一宛に、まとめた書類を送信する。

今回送ったのは、午前中に入ってきた光太郎に対するアポや取材の申し込み、それから個人的な連絡などをとりまとめたものだ。

何か問題があれば、兄から指導が入るだろう。

その後もいろいろな書類を作成し、関係各所に連絡をし……と慌ただしく仕事を続けていたら、気付けば終業時刻を過ぎていた。急いで帰り支度をし、立ち上がる。残っている数人の同僚に挨拶《あいさつ》をしてフロアを出ると、誰かが追いかけてきた。

「待って、須郷さん」

ちり、と肌が粟立つ。

振り返ると、九藤が立っていた。里沙は無言で頭を下げ、非常階段に向かおうとした。

九藤と一緒にエレベーターを待つのは嫌だ。

「ちょっと付き合ってくれない？」

しかし、九藤が行く手を遮《さえぎ》るように立ちはだかる。

できるだけ嫌な顔をしないようにするのに苦労した。

「なんでしょうか」

いつも以上に冷ややかな里沙の態度に、九藤がそれなりに整った口元を歪《ゆが》めた。

「俺と話したくないわけ？　光太郎君のスキャンダルの話なんだけど」

「今……なんて……」

聞き捨てならない言葉だ。

目を見張った里沙に、九藤が笑いかけた。歪《ゆが》んだ笑みに、背筋が寒くなる。

「君たちの結婚がどういう評判になるか、教えてあげるよ。お茶に付き合って」

九藤が里沙を、エレベーター前へ誘導する。到着したエレベーターに、里沙は無言で乗り込んだ。九藤も当然のような顔で続く。

「一階のコーヒーショップでいいよね」

それだけ言って、九藤が薄い唇に笑みを浮かべた。

——なんの話？　光太郎様におかしなことをしたら許さない……

里沙は九藤から目をそらし、ぎゅっと拳《こぶし》を握りしめた。

「こっち」

一階に着くやいなや、九藤が顎《あご》をしゃくる。

彼が歩いて行く先は、オフィスビルのオープンラウンジだ。

コーヒーショップが店を構えていて、かなり広い範囲にわたり客席が設《しつら》えられている。外部の人間が利用することは少なく、もっぱらこのビルで働いている人のリフレッシュコーナーのようになっていた。

「おごるよ。何飲む？」

断りたかったが、注文なしで店舗の座席に着くのは躊躇《ためら》われる。それにここで、自分が支払うだのなんだので騒いで人目をひくのは避けたかった。

「本日のコーヒーで……」

「了解。買ってくるからそこで待ってて」

九藤が無言で頷き、コーヒーの提供カウンターに向かう。

——私たちの結婚が、どういう評判になるか……？

光太郎との婚約は、会社の人とは関係のないことだ。もちろん、九藤にも一切関係ない。それなのになぜ彼は、里沙に関わってこようとするのだろう。その理由が分からなくて、気持ちが悪い。

ほどなくして、九藤がコーヒー二つを手に戻ってきた。里沙の目の前で立ち止まり、うっすらと笑みを浮かべる。

「あっちの席に、俺の親戚が来てるんだよね。どうしても里沙ちゃんと話したいって」

唐突な九藤の言葉に、里沙は眉をひそめた。なぜ彼の親戚に、会わねばならないのだろう。不審に思いながら、里沙は九藤を見返す。

「行こう」

九藤についていった先の席に座っていたのは、里沙より少し年上の、とても綺麗な女性だった。顔が整いすぎて、人工的にさえ見える。

メイクにも髪形にもネイルにも、非常な手間が掛かっているようだ。

――久しぶりにお会いするけど、この方、九藤家の……！

里沙はかすかに拳を握る。記憶に間違いがなければ、彼女は九藤麗子。光太郎にしつこく結婚を迫っているという九藤グループ傍流のお嬢様だ。

「こんばんは」

席を立ち、麗子が優雅な笑みを浮かべて頭を下げた。会釈する仕草は、さすがに躾《しつけ》の行き届いたお嬢様だ。堂々とした立ち振る舞いに、里沙の負けん気に火がついた。

「こんばんは。須郷と申します」

鉄壁の愛想笑いを浮かべた里沙に、麗子がサーモンピンクに塗った綺麗な唇で答えた。

「どうぞ、お座りになって」

椅子を勧められ、里沙は腹をくくって腰掛ける。一体なんの話だろう。九藤は薄笑いを浮かべて里沙を見ているだけだ。

「須郷さんって、『使用人』の須郷さんよね？　昔から山凪家にお仕えしていらっしゃる」

使用人、という言葉を強調した麗子から、あきらかな悪意を感じ取る。初手から重めの一撃が来た。里沙は身構えつつ、頷いた。

「はい。九藤家の皆様のことは、パーティなどでお会いして存じ上げております。麗子様のご両親のことも、新年会でお見かけいたしました」

だが麗子は、里沙の振った話題など、まるで耳に入っていないようだ。

「里沙さん、急な話で申し訳ないけれど、光太郎さんの側にいるのは今日限りにしてもらえない？」

予想外に直球な言葉だ。

「なんのことでしょうか？」

里沙は表情を変えず、静かに尋ね返した。

「……里沙さんはもしかして、光太郎さんの婚約者に選ばれたのを真実のことだと思っていらっしゃる？」

真実も何も、それ以外に何があるというのだろう。危険な空気を感じ、里沙は口をつぐんだ。

「未来の妻として申しますけれど、光太郎さんは、本当は貴方《あなた》と結婚するつもりなどないの。考えれば分かるわよね。日本有数の巨大グループの次期総帥なのよ、貴方《あなた》みたいな平民を妻に迎えることなどあり得ないでしょう?」

――未来の……妻……? 麗子様が?

それはおかしい。光太郎は、お見合いを本気で嫌がっていると聞いた。

もしかして麗子は、勝手に『自分が妻になる』と思い込んでいるのだろうか。

うすら寒いものを感じ、里沙はつとめて穏やかに、麗子に頷いた。

「そうですか……そうなんですね」

――この人は刺激しない方がいい。本能的に危険を感じる。

「……この前の創立記念パーティでは『間違った婚約報告』があったようだけど、それは私の父や親戚から訂正してもらいます。とにかく、貴方《あなた》が光太郎さんに迷惑を掛けているのが耐えがたいの。光太郎さんには早く『正しい結婚』をしていただかなくては」

――言われようは頭にくるけど……ちょっとこの方、ヤバい……

愛想笑いを貼り付けたまま、里沙は微動だにせずに麗子の様子を見守る。

「ええ、そう、そうなのよ、光太郎さんは恥ずかしがっているだけ。私が完璧すぎて気後れする、俺には勿体ない縁談だって言って、何度お見合いのお席を設けても逃げてしまって」

一人で相づちを打つ仕草は、まるで、自分の中にいる誰かと会話しているかのようだ。

目の焦点も若干おかしい気がする。

——そ、それは、お断りの常套句《じょうとうく》……では……

里沙の脳裏に、必死にお世辞をひねり出しつつ、縁談をお断りする光太郎の姿が浮かんだ。

だが、もちろん麗子には言わない。とにかくこの場をやり過ごさなければ。

「光太郎さんたら、私に遠慮して、使用人を利用して婚約発表までなさって。だけどもう大丈夫よ。光太郎さんは、貴方《あなた》みたいな付きまとい女と無理に結婚などする必要はないの。ええ、ええ、そうよ、それで正しいはず……そうよね……周吾」

麗子に話を振られた九藤が、明るい声で答えた。

「そうだよ。麗子姉さんが正しいよ。身分もスペックも、里沙ちゃんと光太郎君じゃ釣り合わなすぎるもんね。山凪家の次期総帥で、国内のトップクラスの大学を首席卒業した御曹司だよ？　麗子姉さんが一番ふさわしいって」

調子のいい周吾の返事に安心したのか、麗子がこくりと頷いた。

息を呑む里沙の前で、麗子が小さなブランドバッグを手に立ち上がる。

「とにかく貴方《あなた》は、身の程をわきまえて、早く光太郎さんの側から下がって。彼は遠慮しているだけなのよ。貴方《あなた》みたいななんの取り柄も財産もない娘、そもそも山凪家の妻に選ばれるはずがないのだし……里沙さんも勘違いしちゃったわよね、ごめんなさいね。でも光太郎さんのことは心配しないで。あの婚約発表も上手く取り消してもらうから……」

里沙は何も言えず、麗子の大きな目を見つめ返した。

「身を引いてくれたら、里沙さんにいくらか包んであげてもよろしくてよ。それで海外にでも行って気分転換してらしたら？　じゃあ、私、母と食事の約束がありますので」

そう言って、麗子が優雅に頭を下げる。

――これは……たしかに話なんて通じないわ。

何も言えず、里沙は上品な足取りで去って行く麗子を見送った。

「ね、うちの従姉《いとこ》は光太郎君にご執心でしょう。里沙ちゃんにどうしても言いたいことがあるって、ここに来てもらったんだ。……何がなんでも里沙ちゃんにご退場願いたいんだって。麗子姉さんてば、光太郎君に縁談を断られすぎて、あんな風に頭おかしくなっちゃったけど、君を排除したい気持ちは本気みたいだよ？」

里沙は、九藤の声で我に返った。

「麗子様の問題は、私は関知しかねますが」

素っ気ない里沙の言葉に、九藤があざ笑うような声を上げる。

「里沙ちゃんも、あの人のこと頭おかしい女だって思ってるんだろう？　正直俺もそう思う。だけど、あんな女でも、君よりは『上流階級』から歓迎される。君と麗子姉さんが並んだら、光太郎君の奥様にふさわしいのは麗子姉さんの方だって誰もが言うよ」

ヘラヘラした態度から一転、突然まっすぐな悪意を向けられて、里沙は歯を食いしばった。

「麗子姉さんは、九藤一族の筆頭分家の長女。莫大な資産を持つ名家のお嬢様だ。君なんかよりはるかに山凪家の役に立つし、バックグラウンドも光太郎君の妻にふさわしい。そのくらいはいくら『使用人』の君にも分かるよね？」

里沙は何も答えない。そのとおりだからだ。客観的に見れば、光太郎にふさわしいのは彼女である。だけど、あんな風に人の話を聞かない女性の側で、光太郎は幸せそうに笑えるのだろうか……。到底そうは思えないから、素直に頷くことなどできない。

「……にしても、光太郎君ってひどいよね」

意味ありげな九藤の言葉に、里沙は眉をひそめた。

「なんの話ですか？」

「君と婚約した経緯だよ。光太郎君は、昔からの使用人の娘である里沙ちゃんに、ずっと手を出し続けてたんでしょ？」

――え……？

九藤の話が突拍子もなさすぎて、絶句してしまう。

「光太郎君って、ああ見えてめちゃくちゃだらしないんだね。何度も里沙ちゃんを妊娠させて、そのたびに始末させてたんでしょ？　で、里沙ちゃんの親族に怒鳴《どな》り込まれて、マスコミにねじ込むって脅されて、仕方なく君を妻に迎えることにしたって。そう聞いたよ」

驚きのあまり何も言えない里沙に、九藤が続ける。

「うちの親戚は、皆呆れてるよ。光太郎君って緩《ゆる》いなぁって」

なんとか立ち直り、里沙は腹に力を入れた。この男の挑発に乗ってはだめだ。

「だけど、同時に納得もしてたなぁ……。そういう理由がなかったら、君みたいななんの取り柄《え》もなく、山凪グループに利益ももたらさない女を妻に迎えるはずがないもんね」

里沙はじっと九藤を見据えた。

――たしかに、私は光太郎様の利益になっていないわ。その件は置いておくとしても……下手すれば名誉毀損《めいよきそん》になるような嘘をよくもまあペラペラと。……もしかして、これだけ中傷を口にしても大丈夫な、何か自分に有利になるものをお持ちなのかしら。

先ほどの麗子の件といい事実とはまるで違う言いがかりといい……冷静に振る舞ってはいるが、里沙はあまりの悔しさに、膝の上で拳《こぶし》を震わせた。

――何にせよ、光太郎様を侮辱されるのは耐えがたいわ。

里沙の感情の揺らぎを見て取ったのか、九藤が楽しそうに笑った。

「この前も産婦人科行ってたじゃん、クズだねえ。……里沙ちゃんも、綺麗な顔して最悪。脚開いてれば光太郎君をゲットできるとでも思ってたの？」

光太郎は、里沙があまりにお腹が痛くて実家に帰った翌日、昼休みに専門病院に付き添ってくれた。山凪家の資本がかなり入ったクリニックらしく、急な診療だったがある程度スムーズに対応してくれた。

『本当は割り込みはよくないんだけど……。初診だからと、対応してもらったんだ。この先何かあれば、改めてちゃんと予約して診《み》てもらおう』

そんな、光太郎が厚意でしてくれたことを、九藤はなぜか知っていて、下卑《げび》た事実に仕立てようとしている。その悪意が、信じられないほど腹立たしい。

「事実と違いますね」

低い声で里沙は答えた。

光太郎をこれ以上、薄汚い声と言葉で汚さないでほしい。

爪《つめ》がくいこみ、掌《てのひら》に血がにじむほど拳《こぶし》を握りしめた里沙に、九藤は余裕の笑みを向ける。

「事実なんてどうでもいいんだよ？　俺らが納得できる理由なら。この理由には世間は納得するし、とても憤慨《ふんがい》する。君はビッチだし、光太郎君は下半身が緩《ゆる》すぎるって」

何が狙いなのだろう。

そして、この話を光太郎ではなく里沙に聞かせたのはなぜなのか。

「つまり、世間にこの話が流されたら、皆信じるってことだよ」

里沙の顔の前にスマートフォンを突き出し、九藤は楽しそうに言った。

目に映ったのは、この前連れて行ってもらった病院の看板だ。里沙と、里沙の肩を抱く光太郎の姿が遠目に映り込んでいる。

「ほら、二人で病院に入っていく写真もある。めちゃくちゃ信憑性《しんぴょうせい》が増すよね？　世間にとって、光太郎君はクズ男で、君はとんでもない毒婦に決定だ。……今の時代さ、どれだけセックススキャンダルが嫌われるか知ってる？」

「私の方からはお答えいたしかねることばかりなので、失礼します」

これ以上話しても無駄だ。下手に妙な交渉を持ちかけられたら厄介なことになる。

立ち上がった里沙に、九藤が気味が悪いほど優しい声で言った。

「あのさ、早めに麗子姉さんの言うとおりにした方がいいよ。……俺の方の手札は今話したとおり。……だから、光太郎君から離れた方がいいって教えてあげたのにさ」

「どうして、麗子様に肩入れなさるのですか？」

里沙の問いに、九藤がすっと目をそらす。

しばらく何か考えたあと、彼は再び薄く笑った。

「とにかく、君が身を引けば、俺の方は万事解決なんだ。身の程を知って、光太郎君と一緒になるのは諦めてくれないかな。それが、俺からのお願い。そうじゃなかったら……」

九藤が、胸の前でぱっと両手を開く真似をした。

噂をばらまく、という意味のジェスチャーだろう。

ご機嫌な笑顔の九藤に、里沙はさっと背を向けた。

「里沙ちゃんが光太郎君の側にいる限り、ずっとこういう醜聞《しゅうぶん》はつきまとうからね。君といる限り、彼は中傷を受け続ける。君が身の程をわきまえないと、光太郎君が困るんだよ」

——最低、スキャンダルを捏造《ねつぞう》するなんて。光太郎様はそんな人じゃないのに！

はらわたが煮えくり返るというのは、このことか。

自分が侮辱されたこと以上に、光太郎を汚されたことに腹が立って仕方がない。

だがもし、現実にあんな内容が面白おかしく世間に出回ったら、一体どうなるか。皆、鵜呑みにするだろうか。……信じてしまうかもしれない。

使用人の娘が、山凪光太郎の婚約者として迎えられるなんて、やはり不自然だから……。

——兄さんに、この話を報告しなくては。

そう思うと、心が萎《な》えた。

雄一がこんな話を知ったら、どれほど不快な思いをするだろう。

――最悪だ。

涙で目の前が霞《かす》む。

里沙はビルを飛び出し、地下鉄の駅には入らずに足早に歩き出した。

歩いているうちに、少し頭が冷えてくる。

どう思われるにせよ、まずは兄に報告するのが第一だろう。

――多分、有無を言わさず光太郎様と引き離されるだろうな。光太郎様をお守りすることが大事だもの。私が側にいることで光太郎様に不利益が生じるなら、回避しなければならないし。

怒りで煮えたぎった頭でも、そのくらいは分かる。とにかく光太郎に迷惑を及ぼさないこと。それが第一だ。

にじんだ涙を拭《ぬぐ》い、里沙はスマートフォンのメールを立ち上げた。

先ほど九藤に言われた話を簡潔にまとめ、最後に『判断をお願いします』と書き添えて、兄に送信する。

ついため息がこぼれた。

虚無感が押し寄せ、目から涙の雫《しずく》が転がり落ちる。

やはり、光太郎と一緒にいられるというのは、ひとときの夢だったのかもしれない。

相手が名家のご令嬢だったら、こんなスキャンダルが捏造《ねつぞう》されることなどなかったはずなのに。

先ほどの麗子の自分勝手な言葉が思い出され、悔しくて、悲しかった。

「……っ……う……」

泣き声を押し殺して歩く姿に、何人かのサラリーマンが振り返る。里沙は、好奇の視線から逃れるように足を速めた。

しばらく歩いていると、兄から返事が来た。

『想定の範囲内だ。そのままいつもどおりに過ごせ』

余計なことの書かれていない、シンプルな内容だ。

そういえば最近、兄から釘を刺されたことがあった。

『お前自身の判断で、勝手にお側を離れたりするなよ』

蘇《よみがえ》った雄一の言葉に、煮えたぎった頭がだんだんと冷えていく。

――これが、想定の、範囲内……？

もしかして今、自分は『須郷の人間』として、なんらかの役割を担わされているのではないか。そのことに、遅まきながら気付いた。

事前になんの説明もなかったが、兄は九藤からなんらかの反応を引き出すために、里沙を囮《おとり》にしたのかもしれない。

里沙は雄一ほどに腹芸が得意ではない。囮《おとり》になるにも、事前情報があると行動が不自然になって、相手が罠《わな》にかからない可能性は十分あった。

『この件も仕事の一環として対処ですか？』

メールで尋ねると、すぐに返事がきた。

『当たり前だ』

里沙は唇を噛みしめ、姿勢を正す。

おそらく兄は、理由が分からなくても騒ぐなと言っている。須郷家の人間として振る舞えと。

須郷家は、権謀術数《けんぼうじゅっすう》うずまく『上流階級』で、山凪家の威光を陰からずっと守ってきた。

里沙も幼い頃から『軽挙妄動《けいきょもうどう》をせず、山凪家の利益を一番に考えて動け』と徹底して叩き込まれてきたのだ。

雄一の意地悪なくらい冷たい対応のお陰で、頭が冷えて動揺が静まった。

──私、ちゃんと、光太郎様の不利益にならないように振る舞わなくては。

自分でも驚くほどの強い気持ちが、胸にこみ上げる。

物心ついた頃から、光太郎のことがずっと好きだった。彼の側にいたかった。そして、役に立ちたかった。

その想いは、忠誠心でもあり、恋心でもある。里沙の中では渾然一体《こんぜんいったい》で、分かつことができない気持ちだ。

——まず、私が浮き足だって、光太郎様に迷惑をおかけしないこと。お父さんや兄さんのように活躍はできなくても、せめて足を引っ張らないようにすること。

『分かりました。普段どおりに生活します。私の存在が光太郎様のご迷惑になるようであれば、婚約の件は保留にしていただき、すぐに実家に戻ります。引き続き指示をください』

里沙は雄一に、承諾のメールを返した。

おそらくその内容に満足したのだろう。兄からの返事は、もう返ってこなかった。

里沙は改めてハンカチで涙を拭き、早足で歩き出す。

九藤は、里沙が側にいる限り、光太郎が不愉快な中傷に晒《さら》され続けると言っていた。

——そんなことさせない……。光太郎様は守ってみせる。

〜光太郎　Ⅴ〜

醜聞《しゅうぶん》記事は見慣れているが、里沙を悪く言われるのは想像以上に腹が立つものだった。

「えぐい記事だな」

光太郎は机の上に置かれた記事見本を一瞥《いちべつ》し、吐き捨てるように言った。

この状況だというのに、雄一がなぜか楽しげな笑みを浮かべる。

「父は、里沙を側に置くのであれば、この方向性で刺してくる可能性もあるだろう、と言っていました。こんなスキャンダルを流されるなんて、光太郎様も大人になられましたね」

「あのな……」

雄一が珍しく冗談を言ったのは、光太郎の怒りを鎮《しず》めるためだろう。『落ち着いてから行動しろ、さもなくば何もするな』と、光太郎は昔から雄一に叩き込まれている。今がそのときだ。

光太郎は、心を鎮《しず》めるべく腕組みをした。

大きく息を吐き、週刊誌のコピーを手に取る。

山凪グループ御曹司の電撃婚約、というタイトルの記事だ。この内容で雑誌に掲載される予定らしい。

この週刊誌は、国内でも有数の発行部数を誇るゴシップ誌だ。

何事も面白がってすっぱ抜くことを信条としている雑誌だが、そこの編集者が『山凪光太郎氏の記事が出ます』と、雄一の父宛に密告してくれたそうだ。

里沙と雄一の父、須郷氏は、一見すると真面目で目立たない印象の男性だ。しかし彼は、長年光太郎の父に重用《ちょうよう》されてきたし、祖父からも厚い信頼を寄せられている。
そんな人物が、見た目どおりの人であるはずがない。
彼には、様々な業界や他家の使用人などに知り合いが多数いるという。そしてその人々から須郷氏のもとに、日々様々な『噂話』が持ち込まれるらしい。

——世が世なら結構な凄腕スパイなんだよな、須郷さんは。全然そうは見えないのに……

光太郎の脳裏《のうり》に浮かぶ須郷氏の面影は、いつも真面目なお堅い人だ。そこに最近は、里沙を嫁にやりたくないと拗《す》ねている顔も加わった。
本当に、お堅い平凡なおじさんにしか見えないのである。
人は見かけによらない、の最たる例だ。

——にしても、この記事はひどい。なんで里沙をこんな風にひどく書くんだ……

記事の内容は、光太郎が長年にわたり、知人の娘に性的関係を強要し続け、複数回にわたって中絶手術を強《し》い、彼女の両親に訴えられそうになって慌てて婚約した、というものだ。

——よく思い付くな、ここまでゲスな話を。

説得力を増すためか、この間、里沙をレディースクリニックに連れて行ったときの隠し撮りまで添えてある。

——そもそもそんな最低男が、女性の通院に付き添うわけないだろうが。阿呆《あほう》なのか？

光太郎はその紙を机上に放り出す。

編集者は、事前にコピーを須郷氏に送ってきたらしい。

さすがに事実無根《じじつむこん》にもほどがあると感じたのだろう。

当然だが、こんな事実とはほど遠いことを書いているのだから、証拠は何もないそうだ。

——よかった。以前『悲劇の事故死を遂げた山凪グループ前社長に、長年の愛人が』って記事を本気で潰しておいて。アレで懲りたんだろう。

数年前に、この雑誌に、亡くなった父のことで不快な記事を書かれたことがあった。穴埋め用の一ページほどの記事で、父の事故死の悲劇性を大げさに書き立てた適当なものだった。

今までも、何度か『それっぽいスキャンダル』は流されたことがある。けれどそれらは相手にすることもないと、見逃してきた。

だが、あの記事だけは我慢できなかった。だから光太郎は、腕のいい弁護士を雇って、本気で争ったのだ。

出版社側は以降、光太郎を『面倒なヤツ』と認識したらしく、裏取りができない、マズそうな内容の記事は打診してくるようになった。

とはいえ、ちょっとでも真実が含まれていれば、そのまま掲載されるのだが……

「一応版元には、訴えたらうちが百パーセント勝てる内容なので、裁判になってもよろしければ好きに掲載してください、とお答えしておきました」

雄一が飄々《ひょうひょう》と言う。

「俺に対して張り込みまでするとは。まるで芸能人扱いだな」

光太郎は、メディアへの露出はほぼしていない。

過去、どこぞのテレビ局から『イケメン御曹司特集に出てほしい』と言われたときも『それは私の仕事ではないので』とにべもなく断った。

無意味に目立つのは嫌だ。

だから、光太郎の存在は一般にはたいして知られていない。本来であれば、スクープの対象になどならないはずだ。

それをわざわざクリニックまで追ってくるなんて、一体どういうことなのか。

「記事の出所が周吾様ですからねぇ」

ため息をつきつつ発した雄一に、光太郎は動きを止めた。

「今、なんて?」

光太郎の問いに、雄一がにっこりと笑う。

「裏取りができました。周吾様は、里沙と光太郎様の婚約話をぶち壊したいご様子で」

「周吾……？　総務で預かってる周吾君のことか？」

「ええ。光太郎様は、周吾様のことは、これっぽっちも意識されていなかったかと思いますが、あちらはそうではないようです」

「いや、少しは意識してたぞ。『仕事ができないから九藤家に返品しろ』って、総務部長に何度か突き上げを食らってるから。だけど周吾君には、俺の結婚話なんてなんの関係もないだろう？」

同じ会社にいるとはいえ、周吾とは一緒に働いたこともなければ、ほぼ口もきいたことがない。

強《し》いて言うなら、勤務態度の件で心証が悪いのと、麗子の従弟《いとこ》ということで、好きになれないくらいだ。つまり、光太郎が悪感情を抱くならまだしも、あちらから嫌がらせされる理由はないはずなのだ。

「周吾様にはなくても、麗子様にはあったのでしょう」

不意に雄一の声音が変わる。眉根を寄せた光太郎に、彼は続けて言った。

「麗子様は、どうやら周吾様に何百万円かの用立てをなさっておいでのようで……。家の居間で口論されていることが多かったようですね。『暴力団関係者に一度お金を払ったら、永遠に脅され続けるのに』と、そのようなことを麗子様は大声で周吾様に言っていらしたとか」

光太郎はますます顔をしかめた。

周吾の素行《そこう》がろくでもないのは知っていたが、一体どこまでだめなのかと改めて思う。

「そこで周吾様が持ち出されたのが、里沙を光太郎様から引き離す話だったようです。それができたら、もっとお金を貸してほしいと。その話を、麗子様は了承されたそうです。『これで最後だ』と念を押されて」

ぎょっとなる光太郎に、雄一が薄い唇の端を吊り上げてみせる。

「里沙を排除しようとしているのは、麗子様のご意向だったようですね。光太郎様のご結婚話なんて、本当に、周吾様にはなんの関係もないことですから」

麗子が尋常でなく自分に執着しているのは知っていたが、まさか、そんな事態になっていたとは。

そしてもう一つの驚きは、雄一の情報収集力だ。

「ところでなんでお前がそんなことを知ってるんだ？」

「しばらく前に、父が麗子様のご実家の家政婦さんから、転職先を探しているという相談を受けました。それ以来、家政婦さんから定期的に連絡がきているらしく……。今回のことも、あくまで内緒のお話として聞いたそうです」

さすが、亡き父が重用《ちょうよう》してきた須郷氏だ。

「お嬢様と従弟《いとこ》の方が暴力団がどうとか騒いでて、なんだか怖いって。このままでは、勤め先の九藤家もだめになるのではないかと考え、沈みゆく船から逃げたいと深刻にお悩みだそうです。元から使用人の扱いもいまいちで、家政婦さんの給与も低かったようですね」

光太郎は腕組みをする。

「九藤さんに頼まれたとはいえ、彼を雇い続けるのはさすがにまずいな」

「私もそう思います。ですので、半年前から、光太郎様の身の回りの『お掃除』を水面下で進めておりました」

雄一の怜悧《れいり》な顔には、どんな感情も浮かんでいない。

「掃除？」

光太郎の鼓動が速くなる。

雄一は今、半年前からこの計画を進めてきたと言った。

光太郎が里沙へのプロポーズを決意し、雄一に相談したのはそれより更に前だ。

あのときから雄一は、妹を巻き込んで麗子と周吾を排除しようと考えていたのだろうか。

「まさかお前、俺が里沙にプロポーズするのを認めたのは……」

光太郎の問いに、雄一はあっさり頷いた。

「ええ、周吾様が里沙に接触を図ってくるだろうと思いまして。言葉は悪いですが、周吾様と麗子様を食いつかせる囮《おとり》には、『山凪光太郎の婚約者』が最適です。私の目的は、周吾様と麗子様を、光太郎様の身の回りから排除することですから、丁度良い機会になるかと」

一瞬、時間が止まったように感じた。

まさかとは思っていたが、実の兄が、妹を囮《おとり》にしたというのか。

——いや、落ち着け。怒る前に話を聞け。雄一は、俺のためを思って動いていたはずだ。

息を呑み、心を落ち着かせる。

「……里沙を巻き込むなら先に言ってくれ」

雄一が首を振った。

「そう仰《おっしゃ》るかと思って、光太郎様には今日まで計画を伏せておりました。怒った貴方《あなた》に大暴れされても困りますからね」

揶揄《やゆ》するような口調に、光太郎は眉をひそめる。

雄一は、光太郎が一人で九藤家に乗り込み、いい加減にしろと啖呵《たんか》を切りかねないとでも思ったのだろうか。

かすかな頭痛を覚え、光太郎はこめかみを指先で押した。

――俺が短気だったのは新卒の頃までだ。今は一応大人になったし、怒鳴《どな》り込む代わりに、裏から手を回すことを覚えた……と思うけどな。

光太郎はもともと結構短気で、雄一には迷惑を掛けてきた。

大学時代、セクハラで女子学生の身体を触っていた中年教授をとっ捕まえて大学の事務局に突き出したり、同級生がカツアゲされている現場に乗り込んで、最終的には警察沙汰になって雄一が呼び出されたり……

雄一に掛けた迷惑を思い出せば、控えめに反論するしかない。

「今は大丈夫だ、感情にまかせて正義の味方のような真似はしない」

「そうあってほしいものですね」

嫌味な口調にも、何も言い返せない。

「とにかく里沙は須郷の人間です。光太郎様のお役に立つよう幼い頃からしつけております。里沙から、周吾様と麗子様から接触されたと報告が入りました。そのお陰で情報収集は終えましたので、続きは弁護士に委託します。お騒がせしました」

言葉を失った光太郎の前で、雄一がため息をつく。

「私は今から来客がありますので、これで失礼いたします」

雄一に何か言おうと思ったのだが、うまく言葉が出てこない。納得できなかったからだ。里沙を危険な人間の前に突き出して、情報を得ようとするなんて。

だが、それを責める権利は光太郎にはない。

こうした須郷家の『献身』のお陰で、若輩者《じゃくはいもの》の光太郎の地位は支えられてきたのだ。

——俺が今までなんとかやってこられたのは、須郷さんや雄一が陰日向になって支えてくれたからで……里沙も、俺の役に立つためにと、必死に頑張ってくれていて……

だが、その『助力』を享受することで、光太郎は里沙を危険に晒《さら》した。

里沙を愛している。何に代えても守ろうと思っていた。それが男として当たり前なのだと。だが……

——ああ、これはかなりショックだ……

光太郎は、里沙を無理矢理婚約者に据えた。

だから、嫉妬《しっと》や中傷から里沙を守らねばと気を張っていたつもりだ。家を屋敷ではなく、別のマンションにしたのも、落ち着くまでは、来客の好奇の目から里沙を庇《かば》うためだった。

しかし、それは光太郎の自己満足でしかなかったのだ。

重いため息と同時に手で顔を覆う。

いつの間にか、里沙は自分の泣きどころになっていた。彼女を攻撃されるのだけは、どうしてもだめだ。里沙に何かされたらと思うと心が騒いで仕方がない。

里沙は光太郎の心の中で、平穏と愛情の象徴のような存在なのだ。だから、傷一つ付けたくない。

『私は光太郎様のお役に立ちたいのです！』

里沙の口癖を思い出す。

平和なときであれば、微笑ましく受け入れられるその言葉。

だが、こんな状況で聞きたい言葉ではない。

光太郎の口から、深いため息が漏れた。


なんとか気分を変えようと、二時間ほどジムで運動をすることにした。空手はやめたけれど、ジムには自由に蹴れるサンドバッグがあるため、そこでひたすらキックの練習をする。長年かけて身体にたたき込んだ技を、忘れたくはない。

身体を動かしたおかげで、大分頭が冷えた。

家に帰ると、いつものように里沙が飛び出してきて迎えてくれた。部屋の奥からは、魚の焼けるいい匂いがする。

「お帰りなさいませ、光太郎様」

初めて髪を巻いた日に光太郎が喜んだからか、里沙は最近毎日、毛先を綺麗に巻いている。

「ただいま」

怖いくらい綺麗だ、と甘い気持ちになりながら、光太郎は身をかがめて里沙の唇にキスをした。

大きな目を伏せ、白い頬を染めて、里沙がキスを受け止める。

――里沙はいつもどおり可愛いけど、だめだ、やっぱりもやもやする……

光太郎は里沙から唇を離し、彼女の目をじっと見つめた。

キラキラした大きな目は澄んでいて、何か不安を抱えているようには見えない。

もっと頼って甘えて、寄りかかってほしい。

だが、里沙の根本的な思考は『光太郎に快適で平穏な生活を』が最優先されている。

里沙がそうしたいなら尊重すべきだと、頭では分かる。彼女は彼女で、須郷家の人間として能力を発揮できるよう、これまでずっと勉強や空手を頑張ってきたのだから。

けれど光太郎は、里沙に自分の妻として、甘えてもらいたいし、頼ってほしいと思った。

「あの、里沙……」

何か困っていないか、と聞こうとして、躊躇《ためら》う。

光太郎を見上げる里沙が、あまりにもいつもと変わりない、落ち着いた目をしているからだ。

「どうなさいましたか？」

ふっくらした唇に笑みを湛《たた》え、里沙が優しい声で尋ねる。

「いや」

光太郎は小さく首を振り、もう一度里沙に口づけた。里沙の細い指が、光太郎のジャケットの襟の辺りをぎゅっと握る。

いつもなら蕩《とろ》けそうになるくらいに嬉しい反応だが、やはり、心が弾まない。

——このまま何もなかったことにして流すのは、やはり性に合わない。はっきりしよう。

「里沙、俺に報告することはないか？　会社で嫌な目に遭《あ》ったとか」

光太郎の質問に、里沙がハッと身体を強ばらせる。

——やっぱり、雄一に口止めされて俺に何も言わなかったんだな……

光太郎は里沙の髪を撫でながら、できるだけ穏やかな口調で言った。

「誰かに妙な話をされなかったか？　俺との結婚に関して、変なことを」

やはり、腹に収めていられなかった。堰《せき》を切ったように尋ねる光太郎の腕の中で、里沙が身じろぎする。

「いいえ、何も」

それはとても、小さな声だった。

——え……？　なぜ、嘘を？

凍り付く光太郎の腕から、里沙が身を起こす。

長い髪を耳に掛け、光太郎の目を見ずに里沙は続けた。

「……夕飯の準備をして参りますので、お着替えなさってください」

そして、慌てたように居間へ駆け込む。

——なんでだ、里沙……嘘が下手なくせに隠しごとなんか……

きっと兄から、今回の件に関して、勝手に光太郎と話をしないよう指示されているのだろう。『内々の処理をスムーズに済ませる』ためにだ。

自分のために、『須郷』の人間がした判断だ。ぶち壊すことはできないのは分かっている。

それに、そもそもこの件で光太郎が周吾や麗子に文句を言ったりしたら、家同士を巻き込んだ大事になる。光太郎は、最後の最後まで動いてはいけないのだ。可能な限り雄一に任せ、自分は涼しげな顔をしていなくては……

大きなため息が出た。

『里沙になんでも話してほしい』という願いは『須郷家が山凪家を助ける』という関係性がある限り、叶《かな》わないのだろうか。

二人の間に、見えない壁がある気がした。

翌日、いつもどおり出勤した光太郎は、事務の女性からの内線電話を受け、顔をしかめた。

「……九藤麗子？　九藤グループの令嬢と名乗って帰らない？」

困り果てた受付の女性の声に、光太郎はため息をつく。

──非常識な。会社にまで来るなんて。

ちょうどタイミング悪く、雄一は打ち合わせに出ている。里沙も雄一に何か指示されたらしく会社を休んでいるので、対応に困ったようだ。

『無理にお引き取りいただいたらトラブルになるかと思って』と謝る女性をなだめ、光太郎は言った。

「分かりました。私が対応しますので大丈夫です、ありがとう」

まさか本当に麗子が来たのか、それともいつもの『タカリ』目的の奴らが、麗子を名乗っているだけなのか。

──顔だけ見て、心当たりがなかったら警備員に追い返すよう頼もう。

光太郎はパソコンをロックし、急いで応接スペースへ向かった。

立っていた人物を見て、腹の底からため息が出そうになる。まさか本物の麗子だとは……赤の他人であればたたき出せたものを。

「光太郎さん、お久しぶりです。最近連絡しても全然お返事いただけないから、どうなさったのかと思って参りましたの」

胃痛と頭痛が同時に起き、しかめ面をしたくなった。

麗子と周吾が『暴力団に払うお金が云々』と揉めていたという話を思い出す。

今の麗子は光太郎にとって、もはや『親族に紹介されたお見合い相手のご令嬢』ではなく『排除すべき相手』だ。申し訳ないが、これからは麗子の立場を尊重などしない。

辛辣《しんらつ》なことを思いつつ、光太郎は冷たい声で言った。

「もうお返事することは何もありません。申し訳ないが仕事の途中なので」

光太郎の拒絶の態度に怯《ひる》むことなく、麗子は明るい声で続ける。

「もう……いつになったら素直になってくださるの？　わざわざ使用人の娘なんて側に置かなくても大丈夫ですよ。私は光太郎さんと結婚します。何もご心配なさらないで」

——何を言っている？　結婚話以前の問題なんだが。

光太郎は眉をひそめる。だが麗子は薄笑いを浮かべたままだ。

「ねえ、光太郎さん。少しくらいの冗談なら見逃して差し上げてもいいのです。光太郎さんの妻になるのは、私だと発表し直してくださるなら」

「……縁談はお断りしたはずですが。それ以前に色々とトラブルの噂もお聞きしました。はっきり申し上げますが、今後こちらには出入りしないでいただきたい」

光太郎の冷たい言葉に、不意に麗子の顔から笑顔が消えた。

上品だった口調が、不意にすごみを帯びる。

「……では、私の方からもはっきり言わせていただきます。使用人の娘と婚約会見をなさったというのはなんの茶番ですか？　冗談にもほどがあります。あんな女が山凪グループの総帥夫人として振る舞うなんてあり得ません。御家の名前が汚れましてよ！」

麗子の視線が、射るような強さで光太郎を貫《つらぬ》いていた。麗子の強い怒りが伝わってくる。光太郎の口から、深いため息が出た。お前になんの関係がある、と言おうとしてギリギリで呑み込む。

「俺にとっては大切な未来の妻なので、悪く言わないでいただけますか」

光太郎の低い声に、麗子が眉をひそめた。

「何を言っているの。あれは使用人、下僕としての教育しか受けていない女です。目を覚ましてください。貴方《あなた》は結婚すべき相手を間違えています！」

「おかしくて結構。俺の妻は彼女だけです。貴方《あなた》は赤の他人だ。どうかお引き取りを」

「あ……かの……他人……っ？」

麗子が引きつるような声を出す。光太郎は斟酌《しんしゃく》せず、話を続けた。

「俺が誰と結婚しようが貴方《あなた》には関係ありません。九藤グループを通して圧力を掛けたいのであればどうぞ。うちとしては取引をなくす方向でも構いませんので」

「今の話、お父様に言いますからね！」

「どうぞご自由に」

にべもない光太郎の答えに、麗子がさっと青ざめる。

本気で、告げ口でもなんでもしてくれて構わないのだ。麗子はそもそも九藤グループの経営には一切関与していない。そんな『お嬢様』の言葉を真に受けるようなら、その会社に未来はないだろう。

それに、今の彼女の言動は常軌を逸している。親や周囲の人たちは、気付いて放置しているだけに違いない。

——うちの親戚の手前甘い顔をしてきたが、今日で終わりだ。もう俺の側をうろつくな。

光太郎は酷薄な気分で、震える麗子を見下ろす。

「……っ、あんな女……っ、いつか私たちの階級から叩き出してやるから……っ……」

「俺の妻に何かしたら、その時点で貴方《あなた》を山凪グループの敵と見做《みな》します」

これまでにない冷たい声で光太郎は、麗子にそう釘を刺す。

「どうして……妻じゃないでしょう？　妻のわけない！　あんな女を庇《かば》うなんておかしい、どうして？　使用人の娘にそんな価値は」

光太郎は愛想笑いを浮かべ、蒼白になった麗子の言葉を遮った。

「どうぞ、お引き取りください。もう一度言いますが、貴方《あなた》が巻き込まれている周吾君絡みのトラブルに、私は今後一切関わりたくありません。これからは出入りの方もご遠慮ください。お引き取りを。なんなら警備員にエスコートさせましょうか？」

「光太郎さん……」

震える麗子に、光太郎はもう一度冷たく告げた。

「お引き取り下さい。仕事の途中ですので」

麗子がふらつく足取りで後ずさり、無言で背を向ける。

光太郎は何も言わずに、その着飾った背中を見送った。

第七章

麗子に会い、周吾にスキャンダル捏造《ねつぞう》記事について聞かされた日の翌日。

平日だというのに、里沙は朝からずっと家にいた。

兄から『しばらく会社は休め。周吾様の件は今後こちらで引き受ける』と一方的に通告されたのだ。

会社には『風邪を引いた』と連絡している。

兄からのメールに『お前に何かあって、光太郎様に大暴れされては困るので』と書き添えられていたのは、皮肉だろうか。

そういえば昔、正義感の強い光太郎はしょっちゅう、友達を庇《かば》って理不尽な権威に食ってかかっていた。兄の心の中では、光太郎はやんちゃで向こう見ずな少年のままなのかもしれない。

――うん……でも、兄さんの言うとおりかも。光太郎様、私が脅されたなんて知ったら、女性に卑劣《ひれつ》な真似をするなって激怒して、本人に直接言いそう。

兄からのメールを見返していた里沙は、重いため息をついてスマートフォンを置いた。

――私、落ち込んでるな……。光太郎様のために頑張ろうと思ってたけど、もうそんな機会、こないのかも。

昨夜と今朝の重たい空気を思い出し、里沙はしょんぼりとうなだれた。

今朝光太郎は、玄関のドアを開けながら『食事会で遅くなるから』と言って出ていった。

――そっけなかったよね、いつもよりずっと。

喧嘩《けんか》をしたわけではないけれど、光太郎との間の空気が重い。

昨夜光太郎に問われたときに、周吾や麗子の件を告げなかったのが原因だろう。それは分かっている。

――もういいじゃない。光太郎様のお役に立てたなら、私はそれで……

自分に言い聞かせるが、落ち込みは止まらない。

光太郎は里沙に隠しごとをされ、がっかりしているのだ。スムーズに解決するためだったとはいえ、彼を落胆させたことに変わりはない。

どんよりした気持ちのまま、テレビのスイッチを切った。

何を見ても、明るい気分にならない。

一日中、暗い気分でたまった家事を片付けていた。気付けばもう夕方だ。そろそろ夕飯にしなくてはいけない時間だ。

――どうなるんだろうな、これから。あんな嫌がらせが続くのなら、九藤様の仰《おっしゃ》るとおり、私は光太郎様のお側にいない方がいいのかもしれない。光太郎様はスキャンダルを起こすような人じゃないのに、あんなの許せない。

そのとき、スマートフォンが鳴った。

『食事会が中止になったから、今から帰ります。あと十五分くらいで家に着きます。よかったら、二人で夕食食べに出ようか？』

光太郎からのメッセージだ。今朝はそっけない態度だったが、いつもどおりの優しい内容だ。フォローを欠かさない彼の態度に胸がせつなくなる。

きっと光太郎は、朝の気まずさを反省し、悪くなった雰囲気を改善しようとしてくれたのだ。

――私も謝ろう。兄さんには何も言うなって言われたけど……光太郎様に隠しごとをして、申し訳なかったって。

ようやく勇気が出てきた。でも光太郎にフォローしてもらって、やっと話し合う勇気が持てるなんて、我ながらよくないと反省する。

食事に行く準備を始めようとしたところで、チャイムが鳴った。

――あれ、もうお帰りなのかな？

インターフォンのディスプレイを見ると、真面目な表情の綺麗な女性が映っている。

このマンションのコンシェルジュの一人だ。

「山凪様の奥様に、お客様がお見えなのですが」

この家に来客は珍しい。初日の大旦那様以来だ。

光太郎の客は、実家の屋敷に来る。彼はそこで人と会っていて、ここには誰も招かなかった。

おそらく里沙が落ち着くまではと気を使ってくれたのだろう。

そういえば、光太郎は来客があっても無断で通さないでほしいと、コンシェルジュにオーダーしていた。自分と里沙以外は、誰であっても全員受付を介してくれ、と。

「九藤周吾様と仰《おっしゃ》る男性のお客様です」

——九藤様？　一体、何をしに？

意外すぎる名前に、トラブルに慣れた里沙も当惑して尋ねた。

「どのようなご用件ですか？」

「奥様のお知り合いで、話があると……」

スマートフォン型の応答端末を持っているらしいコンシェルジュが、ディスプレイ用のカメラの前から姿を消した。だが音声は続いている。

「アポをいただいておりません。お帰りいただいた方がよろしいでしょうか」

どうやら彼女は、九藤の目をはばかり、場所を移したようだ。

里沙はしばし考え、すぐに対応を決めた。

このマンションには、住人専用の応接スペースがある。

そこは、コンシェルジュに解錠してもらわないと入れない部屋だ。そこで会って、まずは話だけ聞こう。ただし、時間を短く区切る。

彼が光太郎に難癖を付けに来たのであれば、自分のところでせき止めなくては。

「応接スペースを十分ほど借りられますか？」

「はい。本日は誰も使用されておりませんので、大丈夫ですが……」

「そこで会いますので、貸してください。十分して出てこなかったら、声を掛けにきてもらえますか？」

里沙の意図を、コンシェルジュは正しく理解したようだ。

「……十分後ですね、はい、かしこまりました。必ずお声掛けいたします。では『応接室B』を用意しますので、フロントまでお越しください」

里沙は急いでスマートフォンを手にし、兄にメールを送る。

『九藤様がいらっしゃったので、光太郎様のマンションの応接スペースBでお話をうかがいます』

家から出ようとして、足が止まる。

――光太郎様に言わなくていいの？

もちろん言わなくていい。光太郎には安全な場所にいてもらわなくては。

そう思いかけ、手を止めた。

――ううん、やっぱり言うだけ言おう。九藤様と会っているけれど、来ないでくださいって……

隠しごとをしていると気付かれたときの悲しそうな顔が、どうしても頭を離れない。

危険がありそうだと思ったら、彼は感情的にならず、ちゃんと回避してくれるだろう。

里沙は歩きながら、光太郎にメールを送った。

『九藤様がいらっしゃったので、マンションの応接スペースBで会います。面会時間は今から十分間です。私が対応しますので家でお待ちください』

送信して、里沙はエレベーターに乗り込んだ。階下に下りると、フロントの前に佇《たたず》む九藤の姿が見える。

里沙はスマートフォンを握りしめたまま、九藤に頭を下げた。

「こんばんは、九藤様」

「急にきてごめんね」

どこか空虚な感じの声で、彼は言った。

品もいいし外見も悪くないのに、どうしてこんなに薄暗い人なのだろう。

里沙は表情を変えず、もう一度一礼した。

「応接用のお部屋を借りたのでご案内します」

コンシェルジュに目くばせをし、エレベーターで応接フロアのある階へ向かう。

里沙は居住者用のカードキーを、エレベーターのパネルにかざした。

「へー、こんな仕組みなんだ。今から行く場所、外から誰も入ってこないんだね」

ただ言っているだけなのか、何かたくらんでいるのか、彼の表情だけでは分からない。

だが里沙は平静な態度を崩さず素知らぬ顔で頷いてみせる。

「はい。住人のみが利用できるみたいです」

エレベーターが動き始める。

九藤はそれ以上、何も言わなかった。エレベーターが止まり、里沙は九藤を先導して歩き出す。

Bと書かれた扉脇のパネルにカードキーをかざすと、軽い音と共に解錠された。

中は美しいインテリアで飾られた、北欧風のスペースだ。窓の外には夜景が広がっている。

里沙はあまり広くない机を挟んで、九藤と向かい合った。

「……それで、どのようなご用件でしょうか」

「すごいマンションだね、君、いつ出ていくの？」

穏やかな声だ。

だが、目は笑っていない。

蛇のような目に、一瞬身体がすくんだ。

――気圧《けお》されちゃだめ。何をしにきたのか探らなくては。

「出ていく予定はありません」

里沙の答えに、九藤が口元に笑みを浮かべた。

「出てけって言ってるんだけど。君が別れ話切り出せば済む話でしょ？　使用人の娘のくせに目障《めざわ》りなんだよ。俺の周囲は皆言ってるよ、あの使用人の娘は身の程知らずだって」

「そうなんですか……」

怯《ひる》んではだめだ。九藤程度の相手であれば、自分一人で対応しなくては。

自身にそう言い聞かせつつ、里沙は曖昧《あいまい》に頷いた。

「光太郎君はさ、莫大な金を掛けてもらって、贅沢《ぜいたく》になんでもかんでも与えられて育ったでしょ。その理由をちゃんと考えてみなよ。彼は山凪家の発展を背負わなきゃいけない立場だから、特別待遇で生きてきたんだ。そうでしょ？　光太郎君に自由なんかないよね？」

たしかに、そうかもしれない。

そして光太郎自身も、そのことをよく知っている。

だから彼は、何にでも挑戦できる優秀な頭脳と身体を持っていながら、いろいろなことを諦めて、山凪グループのために働いているのだ。

好奇心とチャレンジ精神が旺盛な光太郎にとって、自分を押し込めるのは辛いことに違いない。

けれど彼は、周囲のためだと自分を律している。

そして里沙は、そんな彼をずっと側で見てきた。

どんなに努力して難関を乗り越え、輝かしい成果を挙げても、全部家の繁栄のために吸い取られてしまう光太郎のことを、使用人として見ているしかできなかった。

光太郎のことを思い、里沙の目にかすかに涙がにじむ。

それを怯《おび》えと取ったのか、九藤の態度に余裕が生まれた。

「一応言質《げんち》取って帰らないとだめなんだよね。だから、さ。いつ出て行くのか教えてくれる？」

「予定は特に……」

話を引き延ばし、得られるだけの情報を得ようと里沙は考える。

――今の私にできるのは、最低限の情報集め。

里沙は、困ったフリをして俯《うつむ》いた。

「ごめんね、こんなこと聞かれても困るよね。俺はいろんな利害関係で、光太郎君には別の人と結婚してもらいたいと思ってるだけなんだけどさぁ」

――光太郎様が誰と結婚しようと、親戚でもなんでもない九藤様には本来は関係ないはずよね？

光太郎と結婚してもらいたい相手というのは、間違いなく従姉《いとこ》の麗子だろう。けれど、彼女が光太郎と結婚することが、九藤になんのメリットをもたらすのか。

里沙は必死に思考を巡らせる。そのとき、膝の上においていたスマートフォンが鳴った。

――光太郎様……

里沙は慌てて通話切断ボタンを押し、着信を止める。

「失礼いたしました」

「……今日、光太郎君は食事会だよね？」

「はい……なぜご存じなのですか？」

里沙はとっさに嘘をつき、頷いた。だが九藤は気付かなかったようで、ニヤニヤ笑いながら脚を組み替える。

「じゃあゆっくり話せるね。君がうんって言うまで。この部屋は？　ずっと借りられるの？」

「他の予約がない限りは……」

誤魔化すと、九藤の気味の悪い笑みがますます強くなる。

「……今日の食事会って確か、東都《とうと》第一銀行のお偉いさんとだよね。お相手は稲崎《いなざき》副頭取……酒好きで長っ尻《ちり》で有名な人だ」

おそらく九藤は、総務部員の立場を利用し、システム上のスケジュールデータを覗き見たのだろう。それは役員向けに閲覧制限がされており、本来ならば九藤に見る権限はないものだ。

――光太郎様の不在を狙ってくるなんて、悪質だな。

「ゆっくりお話と仰《おっしゃ》いましたが、なんの件でしょうか」

「だからさ、君がいつ出てくのか話し合おう、って」

九藤が目の前にスマートフォンを差し出す。

映っているのは、雑誌のページのような画像だ。書かれた内容は字が小さくてよく分からないが、光太郎と里沙が寄り添うあの写真が掲載されているところを見るに、先日の九藤が言っていたスキャンダル記事なのだろう。

「雑誌か何かの記事ですか？」

「そう。もう記事ができてるから、掲載も確定。もう遅いって」

本当だろうか……

九藤の話は、雄一に伝えてある。兄は、すぐに手を回しただろう。となると、中傷記事がそのまま流れるなんて考えられないのだが。

おそらく九藤は、里沙を怯《おび》えさせるために嘘を言っている……

「いいですよ、載せて」

予想外の答えだったのだろう。九藤の表情が凍り付く。

「え？　それってどういう……」

うっすら笑みを浮かべる里沙に、九藤は明らかな動揺を見せた。

動揺した人間は、余計なことを喋る。このまま九藤に、余計なことを喋らせたい。

少しでも情報がほしい。

「どうぞ、その記事を掲載なさってくださいませ」

里沙のことをよく知らない彼は、里沙を気弱な小娘としか思っていなかったのだろう。

おそらく『脅せば泣いて引っ込む』としか考えていなかったはず。

しばらく沈黙が続いた。

「――あのさ、俺の話聞いてない？　今後延々と、こういう記事が出るよ。君は身体で男をものにした股の緩《ゆる》い女で、光太郎君は身分をたてにセクハラする最低男、って。山凪グループの評判、めちゃくちゃ下がるよ……分かってる？」

九藤の声に苛立ちがにじんだ。

里沙ははっきりと頷き、笑みを浮かべる。

「はい、ご自由に。問題はありませんので」

先日だけでなく、こうやって再度脅しをかけてくるということは……おそらく九藤は、なんらかの理由で焦っている。それも、なりふり構わないくらいに。

――この記事は事実無根。兄さんの方から手がまわされていれば、まず載ることはありえないわ。九藤様には言いたいように言わせておこう。

里沙は笑顔のまま首をかしげてみせた。

「お話はこれで終わりでしょうか。私、そろそろ家に戻らないといけないので……」

そう言って軽く頭を下げる。

「待てよ」

九藤の声ががらりと変わる。恫喝《どうかつ》するような声音だ。

「私の方から申し上げることはもうありませんが?」

「俺の言うことを聞きなって。無事に外を歩けなくなるかもよ?」

――どういう意味?

里沙は眉をひそめた。

もうすぐ約束の十分が経つ。

九藤がいよいよ焦った様子で続けた。

「本気で、君も家族も、大事な大事な光太郎様も、無事じゃ済まなくなるからね。俺の背後にいる人たちが黙っちゃいないんだって。……なんのことか分かるでしょ？」

九藤の額《ひたい》には、うっすら汗が浮いている。

彼は焦り、怯《おび》えている。

――九藤様、誰かに脅されている？　何がなんでも私を光太郎様のお側から追い払わないと、自分の身が危なくなる、とか？

もしそうであれば合点がいく。

『背後にいる人たち』とやらが、おそらく九藤を脅しているのだ。きっとそれは、ろくでもない『知り合い』。

山凪家にも頻繁《ひんぱん》に、その筋の人が一方的に脅してきたり、絡んできたりする。けれど彼らには『関わってはいけない』のだ。少なくとも、里沙はそう教えられ、対処法もたたき込まれている。

そんな相手に、九藤は関わってしまったのだろう。

里沙は何も気付いていない表情を心がける。

「背後、ですか？　……すみません、よく分からないんです。九藤家のご両親とか、ご親戚とか、その辺りの方ですか？」

頭の悪い、とぼけた回答をする。その瞬間、九藤が立ち上がった。

「本気で分からないの？」

里沙も身軽に立ち上がる。

今がチャンスだ。ここで九藤から、更に何かを引き出せれば……

里沙は低い声で言った。

「……ええ。九藤様のことは全く分かりません。だって貴方《あなた》って……あまりに光太郎様と違いすぎて。想像もつかないわ」

後半は、意識的に軽蔑をにじませた。里沙の言葉と態度は、九藤のコンプレックスを正確に刺激したようだ。

「ふざけんなよ」

テーブル越しに手を伸ばし、里沙のブラウスの胸元を乱暴に引き寄せて、九藤は言った。

「……あ、そうだ。今から光太郎君に会えない身体にしてあげよっか。汚れちゃった身体なんて、大事なお坊ちゃまには差し出せないでしょ？」

脅しと分かっていても、品がなく耐えがたい言葉だった。

「やめてください」

里沙は反撃のタイミングをうかがいながら、怯《おび》えた声を出す。どちらにせよあと数分で、コンシェルジュが声を掛けに来てくれるはずだ。

返事がなければ、ドアを開けてこの部屋を覗くはず。

――うん、大丈夫。

里沙は表情を消し、九藤の様子に目を走らせる。

相手が絶対反撃しないと思っているのだろう。隙だらけだ。里沙の視界の端に、洒落《しゃれ》たデザインのガラスの花瓶が映った。夜間清掃が入ったあとだからか、花は飾られていない。

「放してください！」

声を上げると、ますます怒ったように胸ぐらを引き寄せられた。

里沙はテーブルの上に右膝をつき、左脚で踏んばって自分の姿勢を固定した。

九藤の目には弱い女に映っているのだろう。でも、幼稚園の頃から十五年以上道場に通っていたのだ。絶対に、簡単にやられてなんかやらない。

「俺のことはゴミみたいな目で見るくせに、光太郎君のことは大事なんだね。なんでだろう。俺たちは似たような家に生まれて、似たような年なのに……アイツだって親の七光りで生きてるのに」

自嘲的な口調で、九藤が言う。だがその内容を聞き流すことはできなかった。

――光太郎様が、七光りですって？　違う。こんな人と光太郎様は全然違う。少なくとも、人を陥《おとし》れるために卑怯な真似なんか絶対にしない。

「貴方《あなた》と光太郎様を一緒にしないで。ぜんっぜん、似ていませんから！」

思わず、きつい口調で言い返していた。

「……可愛くないね。前は結構美人だと思ってたけど……こうやってよく見ると、可愛くない。光太郎君はなんでこんなブスがいいんだろう？」

九藤が不機嫌な口調で言い、里沙のブラウスを更に乱暴に引っ張った。

胸の辺りのボタンが一つはじけ飛ぶ。

「放して！」

——ちょうどいい。暴行の証拠が残った。

そう思いつつ、里沙はわざと怯《おび》えた声を出し、身体を揺らして抵抗する。

もう少し油断させようと思ったからだ。

「うるせえ！」

バシッと音がして、頬を叩かれた。

手の動きはきちんと見えていたので、とっさに歯を食いしばった。口の中は切れていない。

——今だ！

ブラウスを掴んでいた九藤の手を払い、里沙はガラスの花瓶に手を伸ばす。掴んだそれを、有無を言わさず九藤の頭部にたたきつけた。

「が……ッ！」

ちゃんと加減したので、それほどのダメージではないはずだ。だが、不意打ちだった九藤には効果てきめんだったらしい。うめき声と共に、彼が大きく体勢を崩す。

里沙はテーブルについた方の膝を軸に、もう片方の脚を上げて、九藤の顎《あご》を蹴り上げた。

殴られ慣れていないのだろう。九藤が、よろよろとテーブルにへたり込む。

「この……クソアマ……」

間髪を容れず、里沙は乱れた服装のままドアに走った。扉を開け、エレベーターへ全力で走る。この階にエレベーターが来るまで時間がかかるはずだ。空手の心得があるとはいえ、必死になっている成人男性とやり合うのは厳しい。手足の長さが違いすぎる。

「待て、この野郎」

ふらつく足取りで、九藤が応接室を飛び出してくる。

あと十メートルほどでエレベーターに着く、という辺りで、軽やかなベルの音と共にエレベーターの扉が開いた。何人かの人たちが降りてくる。

「山凪様！」

女性コンシェルジュと警備員が二名、それに……

「里沙！」

彼らの後ろから、光太郎が顔を出す。

髪と服がぐしゃぐしゃの里沙にぎょっとしたのか、他の人を押しのけるようにして走ってきた。

里沙はとっさに振り返る。九藤は、先ほど里沙が使った花瓶を持っている。アレを振り回して暴れるつもりらしい。

九藤に気付いた光太郎が足を止める。

――これだけ人がいれば、九藤様も諦めるはず。私を人質にされるのが一番まずい！

里沙は九藤に捕まらないよう、光太郎と警備員の脇を駆け抜けた。

だが、九藤は他の人間には目もくれず、里沙を追ってこようとする。

錯乱《さくらん》状態なのかもしれない。

危ないかも、と思った刹那《せつな》、光太郎が脇をすり抜けようとした九藤の腕を捕まえた。

「何してる！　やめろ」

「うるさい……ッ！　俺もコイツも、変わらないだろうが！　何が違うんだよ！」

悲鳴のような声を上げ、九藤が光太郎の腕を振りほどいた。

九藤は花瓶を振りかぶり、光太郎に殴りかかろうとする。

一瞬二人の動きが止まって見えた。

光太郎が鞄を投げ捨て、同時に凄まじい速度で足を振り上げる。

里沙はこれまでいろいろな師範《しはん》に空手を習ってきたけれど、その里沙が見ても、誰にも劣らない見事なフォームだ。

「ぐ……」

光太郎の蹴りが、吸い込まれるようにみぞおちに入った。

低いうめき声が上がる。

立ち尽くす里沙の前で、九藤は吹っ飛んで床にたたきつけられた。

綺麗に一撃が決まったらしく、仰向けに倒れたままぴくりともしない。

床は分厚い絨毯《じゅうたん》敷きだし、光太郎は手加減したはずなので、無事だと思うのだが……

警備員もコンシェルジュも、唖然とした表情で吹っ飛んでいった九藤を見つめている。

花瓶がごろごろ転がり、里沙の足下で止まった。

一瞬後、我に返った警備員二人が九藤を押さえ付け、コンシェルジュの女性と一緒にどこかへ連絡を始めた。

「侵入者です、至急応援を……それから警察に……」

――さすが光太郎様。高校の国体に出られた頃と、技のキレが変わってない。

光太郎は、遅く帰った日も毎日家でトレーニングをしている。

空手はやめたとはいえ、週に一、二回通っているジムで格闘技スタイルのトレーニングを受けているとも聞いていた。

未だに、動きが素人《しろうと》ではない。

――兄さんが『光太郎様に暴れさせるな』って言う理由が分かったかも……

「里沙！　大丈夫か！」

久しぶりに光太郎の見事な蹴りを目にし、状況も忘れて見とれていた里沙は、その声で我に返った。

光太郎が慌てて自分のジャケットを脱いで、里沙に着せかける。

「どうした、その顔」

そう言って、光太郎が凍り付いたように動きを止めた。

そういえば、九藤に叩かれていた。

少し痛む頬を指先で押さえ、里沙は首を横に振る。

「九藤様に。ですが、それほどの傷では……」

男の力で殴られたわりには、ひどい怪我ではない。服も、あえて暴行の証拠を残させようとぐしゃぐしゃにさせたものだ。けれどそれが、大げさに見えたかもしれない。

――いくら九藤様に非があることを証明するためとはいえ、やりすぎたかしら。

笑おうとした里沙を、光太郎が人目もはばからず抱きしめた。

「……っ！　ひ、人前ですっ！」

慌てて離れようとしたが、もう一度抱きしめられ慌てる。

「あ、あのっ、光太郎様……っ」

離れようとしたとき、異様に速い鼓動が里沙の耳に届いた。

光太郎の身体が震えている。

緊急事態を切り抜けたせいで興奮状態だった里沙は、遅まきながら理解した。

光太郎の震えの原因は、里沙があられもない姿をして、顔を腫《は》らしているからだということを。

抱きしめられたまま、小さな声で言う。

「ごめんなさい、無事です。私、されたことの証拠を残そうとして、わざと服を傷めさせました。それに九藤様はあまり腕力もなかったので……」

光太郎がふぅ、とため息をつき、腕を緩《ゆる》めた。どうやらようやく、周囲に人がいることを思い出したようだ。

「……分かった」

光太郎が姿勢を正し、コンシェルジュの女性に頭を下げる。

「大変お騒がせいたしました。妻が危ないところを気に掛けてくださって、ありがとうございます」

そのとき、階下から、もう一人の警備員が上がってきた。

「もうすぐ警察がきます」

光太郎がその言葉に頷く。

里沙は着せかけられたジャケットの前をかき合わせ、何も言えずに立ち尽くした。

警察での事情聴取を終え帰宅したのは、もう十一時近い時間だった。

九藤の怪我はたいしたことはなく、そのことで光太郎が罪に問われることはなさそうだ。

彼は、光太郎に花瓶で殴りかかったのは、一方的に害意を抱いたからだと警察に言ったようだ。里沙をガセネタで脅迫したが、抵抗されてカッとなった。そして逃げられたのでヤケになった。だから、里沙を迎えに来た光太郎を襲ったのだと……

――九藤様、本当のことを言っているのかな？

タクシーの中でも、家についても、なんとなくお互い黙りこくったままだ。

――とにかく、取り急ぎ光太郎様に何か召し上がるものを……

里沙は、ブラウスだけを着替え、台所へ向かった。

「里沙」

冷蔵庫を開けたタイミングで名前を呼ばれ、びくりと肩を揺らす。

振り返ると、光太郎が真剣な面持ちで佇《たたず》んでいた。

「はい……あの、軽食の準備を……」

「今日は、周吾君に会うことを教えてくれてありがとう」

穏やかな声だった。

隠しごとをしなかったことを、認めてくれたのか。

「あ、あの、あれは、事実だけお伝えすれば、光太郎様ご自身にご判断いただけるかと……」

言い訳がましい言葉が出た。

本当なら、全てを伏せて、光太郎には事後報告だけをすべきなのだ。

だが、彼に隠しごとをするなと言われ、心苦しくて連絡してしまった。

さっきから、須郷の娘としての役目と、光太郎に隠しごとをしてはだめだ、という気持ちに引き裂かれそうだ。

「そうだ。俺にだって、ちゃんと判断できる。大丈夫だ。里沙がそんなに必死に庇《かば》ってくれなくたって……大丈夫なんだ」

再び、朝と同じ悲しげな顔になる。

どうしていいのか分からなくて、里沙は俯《うつむ》いた。

「ごめんなさい、光太郎様……」

光太郎が歩み寄り、里沙の首まわりの傷をそっと撫でる。九藤にブラウスの襟元を締め上げられたとき、擦《す》れてできた傷だ。

「里沙が見かけよりずっと強くてしっかり者なのは知ってる。だけどもっと俺に頼れ。

俺がいいと言ってるからいいんだ」

「でも……でも……っ」

光太郎がため息をついて、里沙を抱きしめた。

「里沙、分かった。じゃあこうしよう」

光太郎の声が真摯《しんし》な響きを帯びる。

なんだろう、と里沙の身体が硬くなる。

「里沙は今のままでいい。……その代わり、これからは、俺の奥さんを守ってくれ」

――え……？

言われたことの意味が分からず、里沙は瞬《まばた》きをした。

やがて、ゆっくりと彼の言葉の意味を理解する。

――光太郎様の奥様を……

同時に、すーっと身体中の力が抜けていった。

――ああ、そうか。もう、終わっちゃったんだ……

里沙にはもう『婚約者』は無理だと思われたのだ。

それはそうだ。里沙は最後まで、光太郎の望む対等なパートナーではなく、あくまでお仕えする立場であることを捨てられなかったのだから。

けれど里沙には、そうするしかできなかった。何もかも光太郎に頼りきるなんて無理だし、九藤の件でも、何もせずに逃げるのは嫌だった。

——でも、光太郎様が家柄のいいお嬢様を娶《めと》って、私がその方をお守りすれば全てうまくいく。あるべきところに収まったって、皆納得する……

里沙の目から、ボロボロと涙がこぼれ落ちる。

——やっぱり、私じゃだめだったんだ。……当たり前だ。

何も言わない里沙を不審に思ったのか、光太郎が身体を離してひょいと覗き込んできた。

「これならいいだろう？　里沙も……里沙？」

光太郎がぎょっとしたような顔になる。

「なっ、なんで泣いてるんだ？」

里沙は慌てて涙を拭《ぬぐ》い、表情を隠すように、光太郎から顔を背《そむ》けた。

「申し訳ありま……せ……」

たしかに、こんなに泣いたら光太郎を困らせてしまう。焦りながら、里沙は必死に気持ちを鎮《しず》めようとした。

けれど涙は止まらない。

「あっ……待て、奥さんて、里沙のことだからな！」

大声で光太郎が叫ぶ。

驚いてびくりと身体を揺らした里沙の手首を握りしめ、彼は焦ったように付け加えた。

「えっと、ごめん、言い直す。将来結婚したら、奥さんは俺にとって世界一大事な人になるんだ。だから里沙も、俺の奥さんになった自分を大事にしてくれ。『奥さん』が困ってたら俺に報告して、『奥さん』が危ないことをしたら止めてくれ。俺が悲しい思いをしないように。分かるか？」

あふれた涙が止まる。

固まる里沙に、光太郎が微笑みかけた。

「どうだ、これなら納得できるだろう？ 今までは俺の提案方法が悪かった。遠慮するなとか、隠しごとするなとかじゃなくて、里沙には、俺の大事な人になった自分を守ってほしいんだ」

何か言おうとするが、言葉が出ない。

頭の中が真っ白で、ただただ、光太郎の美しい瞳に見入るばかりだ。

「ごめん、なんかさっきのは、俺が他の嫁さんもらうみたいな言い方だったよな。けど、そんなわけないだろ？ 他の女となんて、結婚するわけがない。お前がいい、お前が好きなんだ」

光太郎が、スラックスのポケットからハンカチを取り出し、里沙の涙を拭いてくれた。

「……俺の言ってること、伝わった？」

里沙の目から、再び涙があふれ出す。

ずっと光太郎が好きだった。

身分差を気にせず、里沙を『婚約者』という場所に引っ張り上げてくれたのは、光太郎だ。

彼はいつも里沙の手を取って、自分の側に引っ張り上げてくれる。

きっと、何があっても、たとえ里沙と一緒に自分も落ちるとしても、彼は手を放さずに……

頭では分かったつもりでいたことが、ようやく腑《ふ》に落ちた。

里沙は光太郎に、安全な場所で幸せにしていてほしいとずっと思ってきた。

昔から光太郎を支え、守るように言われて育ってきたので、それを使命と思っていたのだ。そこに、恋心を入れてはいけないと思ってきた。

けれど……それは光太郎が好きだからだ。

好きだからこそ、光太郎を守りたい。

守れるように、強く賢くなりたい。

――私は、光太郎様を守りたかった。その中には、光太郎様の大切なものを守る、ということも入っていたはず。そして、光太郎様にとって私は……大切なものだったんだ。

だったら、私は私をちゃんと大切にしなきゃ。

そう思いながら、里沙は口を開く。

「はい。ちゃんと、理解しました……今日は、私、暴走しました。ごめんなさい、光太郎様……」

光太郎に手渡されたハンカチで目元を押さえ、里沙はしゃくり上げながら言った。

「いや、謝ることは何もない。……泣かせてごめん。ただ俺は里沙が好きだから、未来の奥さんとして、もっと偉そうにっていうか、俺を顎《あご》で使っていいっていうか、いっぱい尻に敷いていいから。だから、泣くな」

聞き捨てならない言葉に、涙がピタリと止まる。

里沙は驚いて顔を上げた。

「お待ちください。私、尻になんて……敷きませんよ？」

光太郎が形のいい唇に、からかうような笑みを浮かべる。

「今はそうだが、将来は間違いなく敷かれる。俺にはなんとなくその予兆が見えるぞ？」

「そんなことありませんっ！」

光太郎が急に妙なことを口走るから、笑ってしまったではないか。

どうして光太郎は普段は格好いいのに、肝心なときに妙に可愛らしいのだろう。

「私は光太郎様をこれからも大事にして、優しくしたいです。光太郎様が私を大事にしてくださるように」

里沙が言い終えると、光太郎が切れ長の美しい目を大きく見開いた。

薄い色合いの瞳に、泣き腫《は》らした顔で笑う里沙が映っている。

無言のまましばらく見つめ合っていると、光太郎が整った顔をくしゃくしゃにして笑った。

「……そっか、ありがとう。あ、そうだ」

何かを思い出したように、光太郎がジャケットの懐《ふところ》に手を入れる。出てきたのは小さなアクセサリーケースだ。

「里沙にもう一回プロポーズしようと思ってさ。昼休みに買ってきたんだ」

そう言って取り出したのは、一粒ダイヤのネックレスだった。

「急に買いに走ったから、指輪のサイズが分からなかった、ごめん」

光太郎が里沙の後ろに回り、ネックレスの金具を留める。

「ん……よし」

光太郎が笑顔で里沙の身体を反転させた。

「似合うな」

嬉しそうな笑みに後押しされ、里沙は震える手で喉元を飾るダイヤに触れた。

忙しい身なのに、アクセサリーの店に行ってくれたのだ。

驚きと嬉しさで、言葉が出ない。

再び目を潤《うる》ませた里沙に、光太郎が楽しげに言った。

「里沙の指輪のサイズが分からなくて悩んでたら、店の人に『指輪はパートナーの方と買いに来てください』って言われて、これをすすめられたんだ。それもいいなと思って、里沙に似合うこれを、今日は買ってきた」

「ありがとう……ございます」

里沙の知る限り、光太郎が女性もののアクセサリー店に行ったことはない。そんな彼が、他ならぬ里沙のためにこれを選んでくれたと思うと、たまらなく嬉しい。

「店員さんは優しくしてくださいましたか？」

「うん。『サイズが分からないから、痩《や》せ型の女性用のサイズをくれ』って言ったら笑われたけどね。でもいろいろ、一緒に探してくれた」

どうやらそれなりに買い物は楽しめたらしい。

里沙は光太郎に微笑みかけた。

「それならようございました」

明るい笑みを浮かべると、光太郎が身をかがめてキスをした。

「そんなに年中、俺の心配ばっかりしなくて平気だぞ、大丈夫。若干抜けてるだけだから」

光太郎の言葉に、里沙は首を振る。

「抜けてないです！　光太郎様は優しいだけなんです。優しいからそんな、普段行かれないお店に行って、私にプレゼントを選んでくださったり……すごく……嬉しい……」

里沙の顔が赤くなる。

我ながら何を言っているのだろうと思いつつ、言葉を続けた。

「話がまとまっていなくてごめんなさい。だけど嬉しすぎて、どうしていいのか……っ、きゃっ」

言い終える前に、里沙の身体がふわっと抱き上げられた。

「そんな可愛いこと言ったら……俺に食べられるぞ」

澄んだ色合いの瞳に、優しいけれど絡み付くような熱が宿っている。

里沙の身体が火照《ほて》り、顔がますます熱くなる。

「だ……だめです……お食事は今から別に用意を……」

「いや、こっちをいただきます」

相変わらず里沙一人などものともしない逞《たくま》しい腕にとらわれ、里沙は真っ赤な顔で抗議した。

「わ、私ではなくて、お食事を召し上がってくださ……」

「嫌だ。だって今日から里沙は、俺と一緒に俺の『奥さん』を大事にしてくれるんだろう。嬉しすぎて我慢できないね」

唇が、光太郎のそれで塞《ふさ》がれる。

里沙はもう抵抗せずその唇を受け止め、彼の首筋に縋《すが》り付く腕に力を込めた。

こうやって寝室に軽々と運ばれるのは何度目だろう。

里沙の身体をベッドに横たえ、光太郎が性急に覆い被さってくる。

最近は少し余裕があって、焦《じ》らされることが多かったのに……久しぶりにこんな風に激しく求められて戸惑う。

熱を帯びた舌が、里沙の口腔をまさぐった。

舌先が粘膜に触れるたびに、里沙の身体はピクピクと反応する。

光太郎の吐息を、匂いを、体温を感じるだけで、胸のときめきが止まらなくなる。

力強い腕が、里沙の右手首を押さえた。

空いた左手を、そっと光太郎の背中に回す。厚い胸が激しく上下していて、光太郎の興奮が伝わってくる。

舌先は更に執拗《しつよう》に、里沙の薄い舌を絡め取ろうとする。

「う……く……っ」

唇を奪われ、生々しい音を立てながら、里沙は光太郎のキスに身を委《ゆだ》ねた。

ぐちゅぐちゅという音が恥ずかしい。なのに、このままずっと、この淫《みだ》らなキスを続けたい。

もう一度舌先が、里沙の舌に絡み付こうとする。たまらなくなって、里沙は身をよじった。

腿《もも》の辺りに硬く昂《たかぶ》ったものの存在を感じ、里沙は息を呑む。

「……勃《た》った。挿《い》れたい、里沙に」

スラックス越しにも分かるほど、その部分が熱くなっている。

押し付けられたそれが、互いの服越しに熱を伝え、じりじりと里沙の肌を焼く。

思わず頬を赤らめた里沙に、光太郎がかすれた声で囁《ささや》きかける。

「入りたい、入らせて……抱きたくておかしくなりそうだ」

色香のにじむ声に、里沙の身体の奥がずくんと疼《うず》く。

「……は……はい……」

羞恥《しゅうち》に目を潤《うる》ませながら、里沙は頷く。

光太郎が身体を起こし、まとっていたジャケットとワイシャツ、アンダーシャツをかなぐり捨てた。

滑《なめ》らかな胸には汗が浮いている。

光太郎が、不意に里沙のブラウスをたくし上げた。

「あぁっ！」

ブラジャーがむき出しになり、思わず身体をくねらせる。だが、里沙の右手首は再び繋ぎ止められ、身動きできなくなった。

光太郎の指が、胸を覆うブラジャーをずらす。中途半端に下乳がさらけ出され、胸がブラジャーの圧迫で潰されて歪《ゆが》む。

「ひぁっ」

乳房のアンダーに沿って、光太郎が舌を這わせた。彼の鼻が胸の先端に触れ、里沙は思わず声を漏らす。

「いやぁ……舐めないでっ、あ、あ……やぁ、だめぇっ」

ブラジャーを更にずらされて、硬く凝《しこ》った乳嘴《にゅうし》が露《あら》わになる。

光太郎の舌が、今度はそこをぺろりと舐め上げた。舌で触れられるだけで、身体中が反応する。

「あ、あ、だめ、舐めるのだめ……っ……ひっ」

つんつんと舌先が当たるたび、脚の間が熱くなる。

「だめじゃないだろう、そんな可愛い声出してるくせに。美味《おい》しいよ、里沙の身体」

光太郎の手が、ブラジャーを更にずり上げて、両の乳房を露《あら》わにした。

夜気に晒《さら》された胸の先端が、どんどん尖る。

ふるりと揺れた柔肉に、光太郎が甘く歯を立てた。

「や、あぁ、ん……」

乳房に吐息を感じて、里沙は思わず声を上げた。くすぐったさと快感がないまぜになり、里沙の肌を粟立たせる。

脚の間に入り込んでいた光太郎が、スカートの中に手を伸ばした。

今日の里沙は、腿《もも》の辺りまでの長さの、靴下タイプのストッキングしか履いていない。

無防備に晒《さら》されている下着に、光太郎の指が掛かる。

「濡れてるな、里沙。下着の上からでも分かる」

光太郎が里沙の耳に唇を近づけ、そう囁《ささや》きかける。

低い声に、身体の芯がきゅんと疼《うず》いた。

「や、やだ、違……」

ショーツの横から、光太郎の指が忍び込む。

蜜を湛《たた》え始めた花園に指が触れ、里沙の花芯がひくひくと震える。

「どこもかしこも可愛すぎて、苦しい」

指先が、湿った秘裂をツッとなぞった。

「あああああっ！」

思わず腰を浮かせたが、右手首を縫い止められ、のし掛かられた姿勢では、光太郎の指から逃れられない。

「やぁっ、だめ、あん、あぁっ」

里沙は虚《むな》しく脚をばたつかせ、シーツを蹴った。けれど里沙がもがけばもがくほど、指先は執拗《しつよう》に花びらを嬲《なぶ》る。

「まだ分からないか？　そんな声出されたらもっとしたくなるんだってことに」

光太郎の頭が、里沙の顔の脇から離れた。そのまま、彼の唇がちゅっと音を立てて、乳嘴《にゅうし》を強く吸い上げる。

「ああんっ！」

鋭い声を上げた里沙の秘裂に、ずぶりと指が沈んだ。

「ひっ……あ……っ」

里沙は快感に抗《あらが》うために、必死に膝頭を合わせようとした。だが、光太郎の身体に阻《はば》まれて、それすらもままならない。

「あ……あぁんっ、指が、指ぃ……っ」

ちゅぷちゅぷと音を立てて、指が泥濘《でいねい》を行き来する。

「はぁん、あんっ、あぁ……っ！」

里沙はそのたびに身体を揺すり、絶頂感を逃そうとした。

快楽のあまり涙がにじむ。

息が、吐き出すたびに熱くなる。

「やぁぁ……っ！」

再び乳嘴《にゅうし》を吸い上げられ、里沙は背を反らせた。呑み込んでいる指を、きゅうっと締め付ける。

彼の指と自分のお尻を伝い、ぬるい雫《しずく》がしたたったのが分かった。

「いけません、光太郎様っ、指、だめ……汚れ……あぁ……」

荒い息の狭間で懸命に訴えると、するりと指は引き抜かれた。

名残惜しげに、蜜口がひくつくのが分かる。

光太郎が身体を起こし、里沙のショーツを脚から取り去る。靴下型のストッキングも丁寧に脱がせ、スカートも下半身から抜き取った。

丸出しになった下半身を隠そうとしたとき、光太郎の両手がブラウスのボタンにかかる。

「上も脱がせたい。見たい、全部」

その言葉に抗《あらが》えず、里沙は震える指を光太郎の手に添えた。

光太郎の動きを助けるように身体を起こしてブラウスを脱ぎ捨て、中途半端にずらされたブラジャーも外す。

一糸まとわぬ姿になった里沙の身体を、光太郎が再び組み敷いた。

裸の胸に、逞《たくま》しい胸板が触れる。

日に日に馴染《なじ》んでくる愛しい男の感触に反応し、里沙の肌がぱっと桃色に染まった。

光太郎が我慢できないとばかりに、スラックスと下着を脱ぎ、床に投げ捨てる。

「なんでこんなにいい匂いがするんだろう」

里沙の首筋に顔を埋《うず》め、幸せそうに光太郎が言う。

「い、いい匂いなんてしませんっ」

里沙は恥ずかしさのあまり、光太郎の身体を押しのけようとした。お風呂がまだなのに、どうしてそんなことを言うのだろう。

「やぁ、だめっ、嗅がないで……あぁ……っ……」

首筋に優しいキスをされただけで、身体が震える。

もっと全部、身体中触れてほしい。

里沙の身体から見えない無数の手が伸びて、光太郎に絡み付いていくようだ。

「いい匂いだよ……すごく、俺のことを誘ってる。早く抱けって……満足させろって……」

うわごとのような言葉に、里沙の恥じらいは頂点に達した。

「だめだ、本当に我慢できない」

光太郎が身体を起こし、傍《かたわ》らのチェストから取り出した避妊具を装着する。投げ出された里沙の脚を曲げて開かせ、濡れそぼった蜜口に、昂《たかぶ》る切っ先を押しあてた。

肉槍の質量に、里沙は思わず目を瞑《つむ》る。

こんなに硬くて大きかっただろうか。

戸惑う里沙の柔らかな肉襞を、長大な塊《かたまり》が押し開く。

「あ……あ……なんで……今日……あ……」

里沙は、足の指でシーツを掴んだ。

大きすぎて苦しいくらいだ。

怯《おび》えて身体を硬くした里沙に、光太郎が覆い被さる。

「大丈夫だ、ごめん、俺がすごく興奮してるから……そんなに締め付けないで」

言いながら、光太郎はより奥深くまで押し入ってくる。

「ん、くぅ……っ……」

硬い肉に身体を暴《あば》かれ、里沙の目尻に涙がにじんだ。

――どうして……初めてじゃないのに……

里沙の息がますます熱く弾む。

興奮しているからだろうか。いつもと違って苦しい。けれど、彼を呑み込んだ部分から、今まで感じたことのない、激しい熱も感じる。その熱が耐えがたい甘いさざ波になって、里沙の身体に緩《ゆる》やかに広がっていく。

「もっと奥まで入りたい」

額《ひたい》に汗をにじませた光太郎が、情欲にかすれた声で言った。

「ああ、里沙の中、すごく温かい」

片脚を肩の上に抱え上げられた。

「はぁん……あぁ……っ！」

結合部がより密着する。ざりざりと下生えが擦《こす》れあう感触がした。

咥《くわ》え込んでいてもはっきりと形が分かるほどに、光太郎のものが強ばる。

ぐいぐいと突き上げる力が増し、蜜口から幾筋も蜜がしたたり落ちた。

「あん……っ、あ、あぁ……光太郎様ぁ……っ」

「コウ君だろ？　お前は恋人を様付けで呼ぶの？」

息を弾ませ、光太郎がわざと意地悪に言う。

その間にも、質量を増した熱杭が、ぐずぐずに濡れてほころびた襞《ひだ》のあわいを行き来した。

「あっ、あ……んっ、呼べな……っ、あぁ……ッ！」

熱い塊《かたまり》が動くたびに、耐えがたい快感におそわれ、身もだえする。

光太郎の息づかいが、汗の匂いが、里沙の身体を情欲の炎で炙《あぶ》る。

「やぁ、あっ、ああん……っ」

里沙は無我夢中《むがむちゅう》で光太郎の腕に指を掛ける。

快感に下腹部が波打ち、突き上げられるたびにゆさゆさと身体が揺れた。

「ひぃっ、だめ、あぁんっ、やぁん……っ！」

「何がだめ？」

かすかに笑って、光太郎がますます強く奥を押し上げる。

目の前が一瞬白くなるほどの刺激に、里沙は背を反らせた。

「ああ……ッ！」

熱く火照《ほて》った頰に、幾筋も涙が流れる。

光太郎はそれを唇ですくい取りながら、再びぐりぐりと恥骨を擦《こす》り合わせる。

「あぁっ、だめ、これぇ……あぁ……あ……」

身体に力が入らず、肉竿を受け入れた蜜窟が収縮を繰り返す。

かすかな喘《あえ》ぎ声を漏らしながら、里沙は担がれた片足の指先をびくびくと震わせた。

「イっちゃった？」

力が入らない里沙の脚を肩から下ろし、光太郎が里沙の身体に覆い被さる。

胸をぴったりと合わせ、自《みずか》らの身体中で里沙の肌を味わうように、満ち足りた吐息を漏らす。

「本当に……なんて綺麗な肌だ」

里沙を貫《つらぬ》くものは、未《いま》だ硬さを保ったままだ。

光太郎がゆっくり身体を起こし、里沙の胸の先端に口づける。

果てたはずの身体が、再びびくんと反応した。

弛緩《しかん》していたはずの器官が、お腹の中でぞわぞわと蠢《うごめ》き出す。

——あ、いや……嘘……

一度達した身体に、再び官能の火が灯された。

里沙の身体が、かすかに震え出す。

光太郎の唇が、硬さを帯びた乳嘴《にゅうし》に繰り返しキスをした。

「はぁ……ん……っ」

唇が鋭敏《えいびん》な乳嘴《にゅうし》に触れるたびに、蜜口がきゅうっと収縮する。

「あ……あ……」

ぬるぬるになった秘裂に、更なる蜜があふれ出す。襞《ひだ》が意思とは裏腹にひくついて、光太郎のものを締め上げる。

「……っ、里沙……」

乳房を愛撫していた光太郎が、苦しげなため息をついて、唇を離した。

「ごめん、こっちが欲しかった?」

大きな手が、里沙の腰をがっしりと掴む。

「ひ……っ、あ、違……あぁぁ……っ」

焦《じ》らすようにゆっくりりと、光太郎が肉杭を動かし始める。

じゅぷじゅぷという音が耳に届き、里沙の下腹部が耐えがたい熱を帯びた。

じわじわと襞《ひだ》が擦《こす》られ、あまりの快感に里沙は思わず腰を浮かせる。

開いた脚が、ガクガクと震え出す。

「あ……ゆっくり……だめ……」

反射的にお腹に力を入れ、受け取る快感を少しでも減らそうとした。

逞《たくま》しい杭が、意地悪なくらいゆっくりと、先端ギリギリまで引き抜かれる。

行かないで、と言わんばかりに、里沙の蜜口がはくはくと開閉した。

「ここは入り口なのに、すごく締め付けてくる。俺のを抜いたら嫌なのか？」

光太郎が、熱に浮かされたような口調で呟いた。秀麗な彼の額《ひたい》に、一筋の汗が流れる。

「い……いや……抜かな……ああんっ！」

答える間もなく、長大なものがずぶりと一気に里沙を貫《つらぬ》く。

「ああぁっ！」

鋭い声を上げ、里沙は必死に光太郎にしがみついた。

引き締まった腰に無我夢中《むがむちゅう》で脚を絡め、光太郎の頬に頭を擦《こす》り付ける。

「だめ……だめ……もう無理……気持ちいいの、無理……っ……」

「こんなにがっちり咥《くわ》え込まれて、無理なんて言われてもな」

甘く優しい声が、里沙の耳に囁《ささや》きかける。

「だって、こんなの……ひぃ……っ」

言い返そうとした瞬間、再びゆっくりと杭が引き抜かれる。

ぬるい雫《しずく》がますますあふれ出し、シーツにゆっくりとしみを広げる。

蜜の器《うつわ》が震えて、とめどない快感が身体中に広がる。

もう限界だ。

光太郎が身動きするたびに絶頂感を味わわされて、なのにこうして焦《じ》らされて。

「動いて……っ……」

涙を流して懇願《こんがん》しても、光太郎はそうしてくれない。

「あ……あぁ……おねがい……動いて……あぁ……っ」

焦《じ》らされすぎてどうにかなりそうだ。

里沙は恥じらいをかなぐり捨て、自《みず》らぎこちなく腰を動かした。

もっと激しく貫《つらぬ》いてほしいとねだるように。けれど、光太郎のものは先端近くまで引き抜かれて、止まったままだ。

「お願い、欲しい……光太郎……さま……っ……」

押さえ付けられた腰を揺らし、里沙は泣き声で続きを懇願《こんがん》する。

欲しくて欲しくてたまらないのに、目の前でお預けにされて息が苦しい。

「里沙の身体は、ゆっくりされた方がいいって言ってるのに。……ほら、こんなに濡らして。可愛いな」

そう言ってからかう光太郎の息も、苦しげに乱れていた。

彼は不意に身を起こすと、己《おのれ》のものの先端を呑み込む、里沙の花びらに指で触れた。

大きく開かれた陰唇の上部にある粒をぎゅっと押される。耐えがたい刺激に、里沙の身体が跳ね上がった。

「あああっ！」

「すごい、こんなに綺麗に染まって、膨らんで」

蜜をまとってぬるぬるになったそこに、光太郎は躊躇《ためら》わずに触れる。

「あっ、ああっ、や……やぁ……っ！」

里沙は身をくねらせて、激しすぎる快感から逃れようとした。

収縮を繰り返す蜜口から、更に熱いものがしたたる。

「可愛い、こんなにぴくぴく動いて」

ようやく鋭敏《えいびん》な花芽を弄《もてあそ》ぶ手が離れた。

里沙は、はぁはぁと大きな息を繰り返し、終わらない絶頂感に涙を流す。繰り返し繰り返し刺激を与えられ、官能は強まる一方だ。

こんな風に攻められ続けたら、おかしくなってしまう。

「っ、もう、ほんとうに……苦しい……っ……光太郎様……」

「ごめんな、里沙」

言いながら、光太郎が身体を倒す。

里沙の顔を覗き込み、彼は言った。

「身体中可愛いから、意地悪したくなった。我慢できなくて……」

ぬれそぼった秘裂が、ずぶずぶと音を立て光太郎を呑み込む。

「んう、くぅ……っ」

里沙の中が彼をぎゅうぎゅうと引き絞る。待ちわびた快感に何も考えられなくなった。

「ああ、里沙、好きだ、めちゃくちゃ好き……」

緩《ゆる》やかな抽送を再開しながら、光太郎が呟く。

滑《なめ》らかな肌が汗に濡れ、寝室の淡い灯りに照らし出されている。

自分ではどうにもできない快楽の嵐に揺さぶられながら、里沙は世界で一番愛する人の姿を目に焼き付ける。

「里沙」

完璧すぎるほどに整った顔を、光太郎が苦しげにしかめた。

「気持ちいい?」

「……っ……あ……」

里沙は頷いて、光太郎に手を伸ばす。

のし掛かる彼の身体を抱きしめ、絹のような艶《つや》やかな髪に頬を寄せた。

隙間なく合わさった肌越しに、激しい鼓動と光太郎の興奮が伝わってくる。

光太郎の汗が里沙の肌を濡らす。

ぐちゅぐちゅと淫《みだ》らな音を立てて肉杭が行き来し、身体の深いところが暴《あば》かれる。

里沙を汗だくの腕で抱きすくめ、突き上げながら、光太郎が荒い呼吸を繰り返した。

「俺も、気持ちいい。里沙……可愛い……っ」

必死で縋《すが》り付く里沙を鋼《はがね》のような腕でかき抱き、光太郎が更なる力で、深い柔らかな場所をぐっと突き上げた。

「や……あ……」

興奮が身体中を巡っているせいで、身体が震え、声が出ない。

懸命に呼吸する里沙に引き締まった身体を擦《こす》り付けながら、光太郎が低い声で言った。

「だめだ、もう里沙に搾《しぼ》り取られる」

抽送がたたきつけるような速さに変わる。

抱きすくめられた身体が激しい獣欲に揺さぶられ、息もできないほどの絶頂感が襲いかかってきた。

「はぁっ……あぁ……っ……」

肉槍を、根元まで全て呑み込んだ身体が、どうしようもなく痙攣《けいれん》する。

里沙を貫《つらぬ》く熱塊が質量を増す。それは蜜窟の中で硬く反り返り、中でびくんと大きく震えた。

一度達したためにひどく敏感になった濡壁が、臨界に達した怒張に愛おしげに絡み付く。

「里沙に全部あげる、俺のこと、全部……」

光太郎のかすかなうめき声と共に、焼けるように熱い肉杭が大きく震えた。それはびくびくとのたうつように動きながら、皮膜の中に白濁を吐き尽くした。

――好き……私も……心も身体も全部……貴方《あなた》に……

繰り返し味わわされた絶頂に、里沙の身体が弛緩《しかん》していく。

里沙は光太郎に縋《すが》り付いたまま、誰より愛しい男に乱される幸せを噛みしめた。

～光太郎　Ⅵ～

「週末、里沙のよそいきの服を探しに行って、いろいろうるさく言ってくるおじいさまに『結婚を決めました』と宣言しに行く。文句は言わせない」

「さようでございますか」

熱心に語り続ける光太郎の様子に、雄一がかすかに喉《のど》を鳴らす。

相変わらず余裕の『お兄さん面』だが、この関係は幼少期の……光太郎がおむつをしている頃からのものなので、今更変えようがないのだ。

光太郎は気にせず話を続ける。

「それと来週一緒に水族館に行くんだけど、喜ぶかな……水族館。俺はレジャー施設がよく分からないんだが、お前、デートで行く場所とか詳しいか？」

「詳しいわけないでしょう」

ばっさり切り捨てられた。けれどさすがにそれでは可哀相《かわいそう》と思ったのか、雄一が付け加える。

「光太郎様に連れて行っていただければ、どこでも喜ぶんじゃないでしょうか？　里沙は素直ですから」

雄一の淡々とした返答に、光太郎は深く頷いた。

「そっか。ならいい……で、なんの話だっけ」

どうやら惚気《のろけ》話に熱中していたようだ。

襟元を正した光太郎を、雄一は怜悧《れいり》な目で見据える。

「周吾様の件です。周吾様のご両親からは『光太郎様の過剰防衛の責を問わない代わりに、里沙への暴行の件をなかったことにしてほしい』と打診がございました」

「断る。不満なら、訴訟でもなんでも起こしてくれと伝えておけ」

光太郎はにべもなく返した。

周吾の怪我はたいしたことはなかった。

そもそも先に襲いかかったのは周吾だし、光太郎は手加減している。

親が訴えるのなんのと言い出したところで、悪いのは周吾というのは明白だ。証人は、マンション管理会社の警備員とコンシェルジュ、それに襲われた里沙の四人いる。

「かしこまりました。九藤様にはそのようにお伝えします」

まあ、その答えが妥当だろうと言わんばかりに、雄一も頷く。無表情だが、可愛い妹を危ない目に遭《あ》わされ、彼も怒っているのだろう、多分……。

「周吾様は、どうやらご実家の財力のせいで、その筋の人間に目を付けられたようですね。九藤様ご夫妻は、周吾様にお小遣いをあげすぎたんでしょう」

雄一の皮肉な口調に、光太郎は噴き出しそうになったが、なんとか堪《こら》える。

光太郎の両親は、金銭には厳しかった。そしてその両親の亡きあとは『お小遣いをもらって云々』なんて、お子様な気分ではいられなかった。

唯一残された肉親である祖父は闘病中で、むしろ光太郎が、祖父や山凪家で働く人たちを守らねばならない立場だったのだ。

家ごと潰《つい》えるか、立て直せる器《うつわ》であることを示すかの二択しかない日々。その生活は、かなり辛く厳しいものだった。

周吾の話を聞くと、少し羨《うらや》ましくさえ思う。

光太郎だって、両親が健在だったら人生は変わっていたはずだ。

後継者になる前に、きっと様々な社会経験を積めたはず。

いや、もしかしたら時代と共に状況が変わり、光太郎は自分で生きたい道を選べていたかもしれない。

今でも『気が変わったら一緒に働こう』と声を掛けてくれるインターン時代のＣＥＯや、光太郎の経済学の論文を読んで、そのまま大学へ残り勉強することを勧めてくれた教授のことを思い出す。

光太郎は十八の年から今まで、いろいろな可能性を諦めてきた。

どれも、本当は挑戦したかった人生だ。やってみたかった選択だ。

それゆえ、自身と違いなんの責任も負わない人生を送ってきた周吾を、恵まれているなと思う。

「羨《うらや》ましいことだ。何もしなくても親が金を振り込んでくれるなんて」

光太郎の皮肉に、雄一が少しだけ笑った。

「まあ、周吾様は、悪い遊びに誘われたあとに食い物にされるという、上流階級のドラ息子らしい綺麗な転落ぶりだったようですね。ドラッグパーティで身柄を拘束された辺りから、どんどん道を踏み外していかれたようです。さすがに多少の知恵はあるのか、ご本人は薬には手を出していなかったようですが。脇が甘いんでしょう。ずいぶん溺愛された末っ子らしいので」

ため息をつく光太郎に、雄一が続けた。

「警察沙汰になったあと、さすがにご両親が、周吾様の『お小遣い』を減らしたらしいのです。そして遊びの金が足りなくなって、いつの間にか悪いお友だちに借金して、と」

「……脅されて命の危険を感じるようになったんだな」

そうして、反社会勢力に追われてお金が必要だった周吾と、光太郎と結婚したい麗子の利害が一致した、ということだ。

反社会勢力と関係を持った周吾を、彼の父親は今でも庇《かば》おうとしている。

だが、本家の跡継ぎである長兄、そして、その下の三人の兄たちは別のようだ。

弟が九藤家に多大なる不利益をもたらそうとしていることに、激怒しているらしい。

二度と自分たちの足を引っ張らないように『離島に隔離して、生涯監視下に置く』と息巻いているそうだ。

隔離先は、九藤グループが所有する、絶海の孤島のリゾートホテル。

定期便は船が一日に一本。許可のない乗船は不可で、島から勝手に出る方法はない。

周吾をそこで働かせ、反社会勢力と切り離しつつ、社会とも隔絶させる。

それが、末の弟に対して兄たちが出した結論だったそうだ。父親とはまだ揉めているようだが、おそらくは、グループ内で力を増している兄たちの意見が通るだろう。

周吾はこれまでの恵まれた生活から切り離され、リゾートホテルの一従業員として勤務することになる。帰ってこられるかは、分からない。兄たちの裁量次第だろう。だが、一度も九藤家の利益に貢献していない弟を、兄たちが受け入れるかは未知数だ。

――一生島暮らしか。なんの自由もなく監視され……

もちろん光太郎がひと言『そこまでしなくても……』と言えば、周吾への制裁が緩和される可能性はある。

しかし光太郎にそうする義理などない。

「そういえば、九藤麗子の方は？」

「……風の噂ですけど、『私が周吾のお金の出所であることを、反社会勢力に知られたかもしれない』と、お父様に泣きついたらしいですよ。夜の十一時過ぎだというのに、居間からお父様の怒鳴《どな》り声が聞こえて、家中の雰囲気が最悪だったとか。一族の恥扱いされている馬鹿従弟《いとこ》に金を貸したせいで大トラブルに巻き込まれて、と。……光太郎様を追い回している場合じゃなくなりましたね。麗子様は、どこかの後妻にでも送り込まれるんじゃないですか？」

「その風の噂の出所は、須郷さんか？」

「ええ、父が寝言で言ってました」

すました顔で雄一が言い、テーブルの上の書類を整えて立ち上がる。

「では私は、総務の打ち合わせに行って参ります」

「ああ、うん。俺もそろそろ会議だな」

光太郎が頷くと、去り際の雄一が不意に明るい笑みを浮かべた。

ここ数年見たこともないような、晴れやかな笑顔だ。

何が起きたのかとあっけにとられる光太郎に、雄一は別人のような優しい声で言った。

「これで里沙も後顧《こうこ》の憂《うれ》いなく貴方《あなた》に嫁げます。安心いたしました……では」

「どういう意味だ？」

目を丸くして尋ねた光太郎に、雄一がうっすら笑って告げる。

「あのままでは、いくら見合いをさせようと、里沙は貴方《あなた》を思って一生独り身だったでしょうから。兄として、そんな妹を見たくはなかったんです。かといって、周辺がうるさい貴方《あなた》に嫁がせるのも苦労が多いですから、手放しでは喜べませんでしたので」

すたすたと出て行く雄一の背中を、光太郎は絶句して見送る。

しばらく思考が停止していたが、やがてじわじわと嬉しさがこみ上げてきた。

雄一が、里沙との仲を後押しするようなことを言うとは。

——九藤家への対処と妹の結婚……。二兎《にと》を追って、どっちも捕まえたのか。なんとも雄一らしいな。

思えば雄一は、いつも『里沙には、危ないことに巻き込まれた際の対処法を教えている』と言っていた。

冷静に顧《かえり》みれば、里沙は自分でちゃんと考えて動いている。

マンションの共有応接室で九藤と会ったときも、事前にコンシェルジュに対応を依頼していた。

周吾が発言を録音していることを推察し、余計なことも一切喋らなかったようだ。事実、周吾は会話を録音していたが、警察が押収したそれも『里沙に非はない』という証拠になっただけだった。

里沙は強い。

見た目は儚《はかな》げで綺麗なのに、なぜあれほど賢く強いのだろう。

ますます惚れ直してしまうではないか……

妙にドキドキいい始めた心臓をスーツの上から押さえ、軽く息をつく。

——俺の女を見る目は最高だったな。

そう思い、光太郎は口元をほころばせた。

エピローグ

結局、おかしな雑誌記事の掲載は見送られたらしい。

証拠がないこと、光太郎に他にスキャンダルがないこと、などを考え、山凪グループを敵に回してまで掲載するものではないと判断されたからだと、兄が教えてくれた。

——光太郎様が私を散々弄《もてあそ》んでいたとか……そんな真似するわけないじゃない。ああ、思い出すと腹立つ……

里沙としては、光太郎を悪く書かれた事実そのものに憤慨《ふんがい》してしまうが、とにかく、もうスキャンダルは出回らないとのことで、ほっとした。

光太郎はというと、早速意識を『里沙との結婚準備を進める』方に切り替えたようだ。

里沙の両親も『里沙が幸せなら』と、結婚に進むことを許してくれた。

父は『あんなに断ったのに……』と泣いていたが、母が『光太郎様がちゃんと里沙を守ってくださるから』と取りなしてくれた。

——問題は大旦那様なのだけど……。使用人の娘である私との結婚を、お許しくださるのかな……

里沙は、傍《かたわ》らを歩く光太郎をちらりと見上げた。

今日は、光太郎と一緒に山凪家のお屋敷へ向かっている。

二人の気持ちを、隆太郎に報告に行くことにしたのだ。

果たして『ちゃんとした夫婦』になれると、隆太郎に思っていただけるだろうか。

里沙はため息をつく。

期限として提示された『半年』はまだまだ先だ。それなのに、今日突然行って大丈夫か心配だ。

不安な顔をする里沙を、光太郎が不思議そうに覗き込む。

「どうした？　怖い顔して」

「お屋敷にうかがうのがちょっと不安で……」

「大丈夫だ、里沙は世界一綺麗だから」

一瞬えっ、という顔をしてしまった。

光太郎が笑い出し、繋いでいた里沙の手をぎゅっと握る。

「今日の格好もすごく可愛い。また一緒に服を見に行こう」

幸せそうな光太郎の横顔に、里沙は微笑みかけた。

「ありがとうございます」

光太郎に買ってもらった薄水色のワンピースを見下ろす。

捨てたと思っていたあの変な雑誌にのっていた、『女子の憧れブランド』のワンピースだ。彼に誘われて店舗に一緒に行き、プレゼントしてもらった。

いつの間にか光太郎は、あの雑誌の中身をすっかりチェックしていたらしい。

今着ているワンピースだけではなく、店員さんにすすめられたスカートやニット、他のワンピースにドレスと、山のようにプレゼントされた。

持ち帰れずに、自宅に送ってもらったほどだ。

いずれも高価な品でとても申し訳なかったのだが、親戚や取引先への挨拶《あいさつ》回りに最低限の装《よそお》いは必要だと言われ、押しきられた。

更には『俺が着飾ってもつまらない。里沙がいろいろ着てくれた方が、里沙は更に可愛くなるし、何より俺が喜ぶ。な？　双方にとって利益しかないだろう？』と言われてしまい……

心苦しいが、華やかな場にふさわしい服をあまり持っていないので、助かるのも事実だ。

だから、光太郎にプレゼントされた服は、大事に扱ってたくさん着ることにした。そうすれば、光太郎も喜んでくれるだろう。

今日のこのワンピースは、光太郎がひときわ気に入っているものだ。

仕立てはひかえ目だが品質は極上で、着心地はすこぶるいい。

花びらのようなシルク素材で、いかにも深窓の令嬢風だ。

胸の辺りに入った何本もの細いタックも、白い真珠貝のボタンも、品よくプリーツの入ったスカート部分も、自分には可愛らしすぎてくらくらする。

髪は光太郎が好きだというので、コテで毛先を軽く巻いていた。

――こんなにお洒落《しゃれ》したの、親戚の結婚式以来かも。……緊張する。

こんな華やかな格好で、山凪家のお屋敷に顔を出して大丈夫だろうか。昔から里沙を知っている人はどう思うだろう。

「俺が里沙を好きだったことは、昔から屋敷の皆にバレバレだったから、多分俺はからかわれる。だけどそれだけだ。今まで親のこととか、見合いを断りまくってることで皆に心配をかけたけど、やっと落ち着くって喜んでくれると思う」

――えっ……私を好きだったことが周囲にばれてる、ってどういう意味ですか……？

光太郎の赤面の意味を理解し、里沙の顔まで熱くなった。

ますます恥ずかしくなった里沙の手をぐいと引き、光太郎が短く言う。

「ほら、行こう」

言葉を失った里沙は、真っ赤な顔のまま、光太郎に手を引かれて歩き出した。

「お帰りなさいませ、光太郎様、それに里沙ちゃんも」

山凪家の屋敷に着くと、昔から顔を知っている家政婦さんが笑顔で出迎えてくれた。運転手さんや他の家政婦さんも次々に顔を出す。

土曜日だから人は少ないかと思っていたが、光太郎が里沙を連れてくるというので、皆待ちかまえていたようだ。

里沙は真っ赤になって、蚊の鳴くような声で挨拶《あいさつ》を返した。

「お久しぶりです……」

「大旦那様は居間でお待ちですから」

「ああ、ありがとう。里沙、行こう」

光太郎が里沙の肩を抱いて歩き出す。

一体今日は、隆太郎になんと言われるのだろう。そればかりが気になって、心臓が苦しいくらいに高鳴る。

光太郎が紫檀《したん》の扉をノックすると、隆太郎の声が返ってきた。

「どうぞ」

身体を強ばらせる里沙に気付いたのか、光太郎が優しく囁《ささや》く。

「大丈夫だ。何を言われても俺が言い返すから」

「そ、それは……ますます喧嘩《けんか》になるのでは」

光太郎が肩をすくめ、もう一度里沙の耳元に唇を寄せた。

「そうなったら、フォロー頼む」

クスッと喉《のど》を鳴らし、光太郎が扉を開けた。

失礼します、と言いながら部屋に入った里沙は、部屋中に広げられた美しい反物《たんもの》に目を見張った。

──何かご用事の最中だったのかしら。

優雅で美しい浴衣《ゆかた》用の反物《たんもの》だ。隆太郎や光太郎のものではないだろう。女性的な、繊細な花が描かれた、爽《さわ》やかな色合いの生地がいくつも並んでいる。

「光太郎か。なんの用できた」

妻であった佳世子が仕立てたジャケット姿の隆太郎が、顔も上げずに言う。

「里沙との結婚の報告に」

反物《たんもの》の一つを眺めていた隆太郎が、笑みのない険しい顔で、光太郎を見上げた。

「で、お前らは本当の夫婦になれそうなのか？」

そう言って、隆太郎は里沙の方を見た。

「里沙はどうなんだ」

まさか自分に話が振られるとは思っていなかった。一歩引いた場所で控えていた里沙は、慌てて前に踏み出す。

「あ、あの、光太郎様にこれからもお尽くししたいと……」

言いかけた里沙は、隆太郎の厳しい顔つきに言葉を失う。

おそらく今の答えではだめだったのだ。身体を硬くした里沙に、隆太郎が言う。

「尽くすだけか」

「は、はい、私は光太郎様に、これからもきちんと……」

隆太郎がなんだか残念そうに首を振った。

その反応に、里沙は泣きそうになる。

「本当の夫婦とはなんなのだ？　話し合ったから来たんだろう？」

問われて里沙はハッと我に返った。

隆太郎に出された条件は一つだけ。

『半年後、お前たちが本当の夫婦となっていたら、今回の話を認めてやろう』

里沙は唇を噛み、深々と頭を下げた。

「申し訳ありません！」

やはり、これから頑張ります、光太郎に尽くしますという言葉程度では、この人に認めてもらうことはできなかったのだ。だから、正直に謝るしかない。

頭を上げると、慌てたように光太郎が手を差し出してくる。

「もういい、里沙、帰ろう。お前に嫌な思いをさせるなら、おじいさまの許可なんていらない」

「光太郎は黙っておれ」

「黙りません！　里沙の何がだめなんですか！」

「里沙は何も悪くない、悪いのはお前だ馬鹿者！」

鋭い視線を交わし合う二人に、里沙は勇気を持って割って入った。

「あの、大旦那様、お願いします。これから考えさせてください」

隆太郎が無言で里沙に視線を向ける。

これから言おうとしていることは、隆太郎の不興を買うかもしれない。

そう思いつつも、里沙は声を振り絞った。

「私たちが大旦那様に認めていただけるような、本当の夫婦になれるか、今は分からないです。これから光太郎様……光太郎さんと一緒に考えさせていただけませんか」

目に涙がにじんで、慌ててハンカチで押さえる。その瞬間、光太郎ががばっと里沙を抱き寄せた。

「なんなんですか、おじいさま。里沙を泣かせないでください」

里沙を庇《かば》うように抱いたまま、光太郎がとても不機嫌な声を上げた。

「馬鹿者！　お前がそうやって、里沙に何も言わせずに一方的だから、私は心配しとったんだ！　里沙みたいな気の優しい娘はな、お前みたいな声のでかい馬鹿者に『結婚してくれ』と懇願《こんがん》されたら、気の毒がって断れんのだ！　……うちのばあさんみたいになな」

最後の方は、妙に小さな声だった。

予想外の隆太郎の言葉に里沙は目を丸くする。

光太郎の祖母は、再婚で、しかも妹の相手にと予定されていた隆太郎の妻になった。

そのせいで、いろいろな気苦労があったと聞いている。

戸惑う里沙の前で、隆太郎が悩ましげに腕組みをする。

「私が強引に結婚したいと申し入れたせいで、ばあさんには苦労を掛けた。私も若い頃は阿呆《あほう》でな、ばあさんの実家の玄関で、どうしても嫁にくれと土下座までして。あれはな、本当に優しくて……優しいから、阿呆《あほう》な私に恥をかかせまいと、気を使って嫁いできてくれたんだ。お前も同じだ、光太郎。婚約発表なんぞ唐突にしおって！　須郷は、事前に話もなくて腰を抜かしたと言っておったぞ。お前の強引さは、昔の私に似ていて気に入らん」

そこまで言って、隆太郎は再び光太郎をにらみつけた。

光太郎が隣で絶句している。土下座云々というところに驚いているのかもしれない。

里沙はにらみ合う二人をおろおろと見守った。隆太郎が、光太郎をねめつけたまま、怖い声で続ける。

「ばあさんは『出戻りの年増が山凪の御曹司をたぶらかした』やら、『子ができなくて離縁されたくせに、妹の婚約者をかすめ取るなんて図々しい』やら、散々に陰口をたたかれたんだ。嫁にもらった当初は、毎晩私に隠れて泣いていたそうだ。まあそんな噂は全部嘘だと、私が身をもって証明したが。光太郎、今のままでは、お前は私と同じ轍《てつ》を踏む。お前の気持ちを優しい女に押し付けて、泣かす羽目になりかねん」

それは違う。

たしかに光太郎は強引だけれど、里沙は嫌だと思っていない。むしろ、彼の強引さには感謝しているくらいだ。

光太郎が一方的に叱られている状況に我慢ならなくなり、里沙は二人の間に割って入った。

「あのっ、私、多分、これからもたくさん泣きます……！」

いつも大人しい里沙が大声で割り込んだので、にらみ合っていた二人が驚いたように視線を向ける。

「ずっとニコニコしているのは無理です。怒ったら泣きますし、嫌なことがあったら、光太郎様……光太郎さんに告げ口して、八つ当たりもして、泣きます。……それじゃ、だめですか？」

無言の二人の視線を浴びて怯《ひる》みつつ、続ける。

「大奥様だって、好きな人のところに、覚悟を決めて、自分の意思でお嫁に来たんだと思います。プロポーズされて嬉しかったんだと思うんです！　私だって同じです。あ、の……それではだめ、ですか……」

言ったあとで、とんでもないことを口走った、と後悔する。でも、ここまで言ったのだからもう止められない。

「だめなら、何度でも光太郎さんと話し合います。ですからどうだめなのか、教えてください」

気付けば里沙は、光太郎を背に庇《かば》うようにして、隆太郎と彼との間に割り込んでいた。

涙ぐむ里沙に、隆太郎がじっと視線を向ける。

光太郎によく似た、薄い色の瞳だ。

小さく唇を噛んで見つめ返すと、不意に隆太郎が破顔した。

「ふん……里沙は、ばあさんと同じなのか、なるほどな。……なら構わんか」

何かを思い出すような、噛みしめるような、しみじみとした声だった。

あっけにとられた里沙を、隆太郎が手招きする。

「今度別荘の庭で、蛍《ほたる》の鑑賞会をする。身近な人を招いた気楽な席だ。女性陣にはぜひ浴衣《ゆかた》で涼を添えてほしいと声を掛けた。里沙はこれを着て、光太郎と挨拶《あいさつ》に出なさい」

隆太郎が、広げた反物《たんもの》の中から一枚を取り上げて、満足げに目を細める。

生成《きな》りの地に、美しい濃紺で菖蒲《しょうぶ》の花が描かれている。光の軌跡のような曲線は、蛍《ほたる》だろうか。

「おじいさま、里沙の浴衣《ゆかた》、用意して待っていらしたんですか？」

光太郎の問いを無視し、隆太郎が濃紺の桔梗《ききょう》柄も手に取って、里沙の前にあてがった。

「夏の夜だからな、白っぽい方がいいかな……。そうだな、やはりこの菖蒲《しょうぶ》がいい」

びっくりしていた里沙の胸に、じわじわと喜びが広がる。

隆太郎は里沙の答えを受け入れ、認めてくれたのだ。再びにじみ出した涙を拭いて、里沙は隆太郎の足下に膝をついた。

「里沙、その馬鹿の分も選んでくれ」

隆太郎が、傍《かたわ》らに置いてあった男物の生地を二つ手に取る。

「この二つどっちがいい？　アイツは顔が派手だから地味なものにしようか」

「どうして俺のは、二つだけしか用意してないんです」

部屋中に置かれた女性ものの反物《たんもの》を見回し、光太郎が抗議する。

隆太郎は無言で、麻のちぢみの反物《たんもの》を光太郎の方に掲げた。一見地味な布地だが、里沙にも分かるくらいの素晴らしい品だ。

「これでいいか。お前は本当に柄物が似合わんな……その派手な顔をどうにかしろ」

理不尽な祖父の言葉に、光太郎が不機嫌な口調で言い返す。

「俺は、産まれたときから『おじいさまにそっくり』と言われているんですが？」

同じ。

隆太郎は、表情一つ変えずにきっぱりと言いきった。

「私の方がいい男だ。寝ぼけていないで鏡を見てこい」

二人のやり取りに、里沙は思わず声を上げて笑った。

隆太郎が選んだものは、光太郎にあつらえたようにぴったりだ。もう片方の生地も

同じ。

きっと、すでに熟考して選び抜いておいたに違いない。

――お互いに対して素直じゃないところもそっくり……

里沙は笑顔で、光太郎を振り返った。

「こちらにいらして、生地を顔の下に当ててみてください」

光太郎は、里沙の言葉に素直に従い、傍《かたわ》らに大きな身体をかがめる。

「グレーの縞《しま》ですよ、素敵。光太郎さんの髪の色にしっくりきます」

顔の側に生地を近づけてそう勧めると、光太郎は面映《おもは》ゆそうな表情になった。

「そっか。里沙のおすすめなら、それにしようかな」

まんざらでもなさそうな光太郎を、隆太郎が優しい目で見つめて、笑った。

「お前たちの言い分は分かった。お互いを支え合って仲良くやりなさい。周りに何を言われても、私とばあさんのように末永く仲良くな」

立ち上がりながら言い、反物《たんもの》を置いたまま、隆太郎が部屋を出て行く。

「おじいさま、どちらへ」

「早速式の次第を検討せんと。今回ばかりは人に任せておけん。災難続きだった我が家の、久しぶりの慶事だからな、私まで生き返るような気持ちになった。お前たちはとりあえず、気に入った浴衣《ゆかた》を選んでおくように」

気が早い隆太郎は、早速孫の結婚式の準備に入りたくなったようだ。思い立ったら即行動、そんなところまで光太郎と似ている。

ぱたん、とドアの閉まる音がして、隆太郎は出て行ってしまった。

「里沙……あの……」

途端、傍《かたわ》らの光太郎がそわそわし始める。

里沙の方を向いてはいないが、形のいい耳はほんのり赤く染まっている。

「様付け、やめてくれてありがとう。……ものすごく嬉しい」

まっすぐ前を向いたまま、光太郎が言う。

照れた様子の光太郎に里沙も恥ずかしくなり、負けないくらい頬を染めた。

「え、えっと……はい……やめてみようかなって……貴方《あなた》は、私の、恋人……なので……」

光太郎がゆっくりと里沙を振り向き、手を伸ばして肩を引き寄せた。

床に膝をついていた里沙はバランスを崩して、光太郎の胸に倒れ込む。長いしなやかな腕が、里沙の身体をぎゅっと抱きしめた。

「そうだよ。やっと認めたか、可愛いヤツ。俺は里沙の恋人だ。……もうすぐ夫になるけどな」

冗談めかした口調に、途方もない愛情がにじんでいる。

光太郎の愛情はずっとずっと、里沙だけのものだったのだ。

生後間もない紅葉のような手を、幼い光太郎に握ってもらった日から、赤い糸は自分たちを結んでいたのかもしれない。その糸を切ってしまわなくて、本当によかった。

里沙は姿勢を直し、光太郎の胸に改めてもたれかかった。

「はい、認めました。愛しています……光太郎さん」

幸せな気持ちで里沙は告げた。

里沙はずっと、自分の立場に縛られて動けなかった。

そんな、いつか引き離されるであろう未来に怯《おび》えていた里沙を、光太郎が力ずくで変えてくれたのだ。

光太郎は里沙を閉じ込めていた壁を壊し、『立場の差』にすくんでいる里沙を助け出した。

身も心も愛される自信をくれたのは、光太郎のまっすぐで揺るぎない気持ちだ。

愛されたら愛し返していい。

そんな単純で、でも一番大事なことを、光太郎は全身で教えてくれた。
近づいてくる光太郎の顔を、里沙はうっとりと見つめる。
――ああ、なんて綺麗な人なんだろう……
隆太郎が、彼の名前に『光』の文字を入れた理由が分かる気がする。
この人は、光のようだ。
少なくとも里沙にとっては、人生を照らし出し、導いてくれた光そのものだ。
そう思いながら、里沙は光太郎のキスを静かに受け止めた。

書き下ろし番外編

サプライズ・プレゼント。

山凪晴仁《はるひと》、八歳。

今日は父と母の、十回目の結婚記念日だそうだ。

晴仁の名前は、母と父が話し合って付けてくれたという。

結婚式の日が素晴らしい晴天で、空の果てまでも見えそうなくらい美しい青空が広がっていたから。

まるで神様が祝福してくれたかのような、最高の日和《ひより》だったからだそうだ。

だが今日の山凪家のお天気は曇りだ。

なぜならば、サプライズ大好きな父が、今日も母へのサプライズを仕込んでいるからだ。

晴仁はハラハラして仕方がない。

これまでに父が頑張ったサプライズを思い出すと、心配になる。

父のがっかりした顔、しゅんとした顔を見たくない。どうすればいいのだろう。

「みんないいか？　パパはここにプレゼントとブーケを隠した』

父が真面目な顔で、玄関脇のクロゼットを指さした。

声はとても小さい。台所で夕飯の支度をしている母に聞こえないよう潜めているのだろう。

父はとても焦っている様子だった。

家族全員がリビングを不在にしたら、母が不思議に思って探しにくるからだ。

――上手く行くかな。パパ、早くしないとママが来ちゃうよ。

ドキドキしている晴仁の傍《かたわ》らで、弟が腕組みをした。

六歳の弟の雅志《まさし》は、雄一伯父さんそっくりの顔で、『なるほど、それで？』とばかりにじっと父を見つめている。

訳が分からずキョロキョロしているのは、末の妹、三歳の那々花《ななか》だ。まだ幼く、父の説明が理解出来ないらしい。

父の計画では、可愛い那々花の頭に花飾りをつけて、ブーケを運ばせ、その後ろで晴仁か雅志がプレゼントの箱を持って付いていくことになっている。

しかし那々花は、何度頭に花を付けても外してしまう。

どうやら父の付け方が上手くなくて、チクチクするらしい。

無理もない。父は那々花の髪の毛を調《ととの》えたことがないからだ。

那々花はいつも、母以外の人に髪を触らせようとしない。

ママ結んで、ママがやって、の一点張りだ。

母が髪を結んであげなければ保育園にも行こうとしない。

「パパがリビングに入ったら、お前と那々花は、十数えて、お花とプレゼントを持ってきてくれよ」

——パパのサプライズ、今日こそ成功しますように。

そう思いつつ、晴仁は頷いた。

凝《こ》った『サプライズプレゼント』はこれで三回目だ。昔、晴仁が生まれる前や、赤ちゃんの頃もしていたらしいが、子供が増えて一旦中断していたらしい。

だが、落ち着いたのでまた再開すると決めたらしいのだ。

——僕もママが喜ぶのは嬉しい、けど、でも……

前々回のサプライズプレゼントの時、父は母の枕の下にプレゼントを隠していた。

母はネックレスに何日も気付かず、枕カバーを換えるときに見つけて、びっくりしていた。

『何これ！　誰のネックレス？』

ネックレスを見つけた母は、なぜかとても怒って、父を問い詰め始めた。

『どうして女性のネックレスがあんなところにあるの？　昨日子供たちを連れて、実家で一息入れてきた間に何かあったのかしら？　パパは絶対に変なことはしないと思うけど、誰かが勝手に入ってきて置いていった可能性はあるわよね？』

晴仁には母の言い分がよく分からなかったが、重大な問題が起きていることは理解できた。固唾《かたず》を呑む晴仁の前で、母は、怖い声で父を問い詰めた。

『相変わらず、一方的に熱烈に片思いされていて、パパだけが全然気付いていないいんじゃないの？』

『いや、違う！』

『三回も前科があるのに信じられません』

『そんなことは……いや、結婚前もママには迷惑を掛けたしな……』

二人の言い争いを聞いていた晴仁は、昔、まだ那々花が生まれていない頃の『事件』を思い出した。

綺麗なお姉さんが、マンションのセキュリティを突破して、父に『プロポーズ』しに来たのだ。

おまわりさんが来て『私が山凪専務と結婚します！』と暴れるお姉さんを捕まえてくれたけれど、ご近所さんが皆出てきて、騒ぎになって大変だった。

母は晴仁と雅志を連れて、ご近所に『先日はご迷惑をおかけしてすみません』と謝って回っていた。

――パパ、モテモテなんだって……。本人が気付いてないから駄目なんだって、ママが怒ってた。大人になってモテモテになったら、あんなふうに怖いお姉さんが家に押しかけて来るんだ。僕、モテモテになりたくない。

そう思いつつも、晴仁は『モテモテ』という哀れな存在になってしまった父を助けたかった。だから勇気を出して、父母の話に割り込んだのだ。

『違うよママ、それはパパが隠したんだよ。ママにプレゼントだって。箱に入れて枕の下に置いたらら、ママが頭乗せたとき、すぐ気付いちゃうでしょ？　だから箱から出して、枕の下に入れたの』

晴仁の言葉に、母はようやく怒りの矛先《ほこさき》を収めてくれた。

『まあ……そうだったの』

だが、そのあとも、母の目はやや厳しいままだった。

『紛《まぎ》らわしいことしないで下さいな！　昔から変わった仕掛けが好きなのは知っているけれど！』

『ごめん……』

父はとてもしゅんとして謝っていた。

——パパ……すごくがっかりしてた。ああ、モテモテにさえならなければ、あんな顔せずに済んだのに。

前々回の反省を生かしてか、前回は母の鏡台の引出しに指輪の箱を隠していた。ところが箱は、ずっと気付いてもらえなかった。

『リボンも何もないから、化粧品のストックと間違えていたわ……』

母は困ったようにそう言っていた。

——パパは、サプライズが下手だよね。でも、ママをびっくりさせて、わぁ嬉しいって言われたいんだ。

晴仁は父の様子を横目で見てこっそりため息を吐く。

——どうしよう今日も失敗しそうな気がする……ううん、今から諦めてどうするの。僕はお兄ちゃんなんだ、僕がパパを助けなきゃ。

今日の父は、これまでの失敗を生かし、新しい方法を考えたようだ。

妹の那々花にお花を持たせ、可愛らしく登場させようと計画しているらしい。

だが……三歳になったばかりの那々花に上手く出来るだろうか。否《いな》、無理なような気がする。

頭に着けられた花をむしり取った那々花はご機嫌斜めだ。

晴仁は心配になって那々花の様子を見つめた。試しにそっと取り上げた花飾りを頭に乗せてみたが「ヤー！」と振り払われてしまった。

　那々花には無理なのでは……という気がしてくる。今も、無理矢理玄関に連れてこられて気難しい顔になっているのに。

「那々花、パパがママのところに行ったら、十数えてお花とプレゼントを持って来て」

　父の言葉に、那々花が答えた。

「イヤ」

　父の『早く居間に戻らねば』という焦りが伝わっているのか、那々花が頑《がん》として首を横に振る。

「お花とプレゼントを持ってくればいいだけだから」

「ヤダ！」

　父は困った顔で、かがみ込んで那々花に言った。

「お願い、お花とプレゼントを持ってきてママに渡して？」

「ヤーだ！」

　不穏な気配に敏感な那々花が、断固として父の指示を拒《こば》んだその時だった。

「どうしたの？」

　那々花のぐずる声を聞きつけたのか、リビングのほうから母の声が聞こえた。

「パパ、しっぱいだよ、このさくせんは」

雅志の冷たい言葉に、晴仁は慌てた。

弟は皮肉屋で、いつも父への風当たりがきつい。

しゃべり方も伯父の雄一にそっくりで、晴仁は見ていて『パパ怒らないかな』とドキドキしてしまう。

「こら、パパにそんなことを言うな、頑張ってるんだから……！」

晴仁が思わず弟をたしなめたとき、リビングから廊下に続くドアが開く音が聞こえた。

「どうしたの？　皆、玄関で何してるの？」

母の声だ。どうやら、このおかしな気配に気付いてしまったようだ。

「なんでもないよママ、すぐ戻る」

嘘の下手な父が、不自然に明るい口調で言う。

「那々花、いいな、十数えたらお兄ちゃんたちにお花とプレゼントをもらっ……」

「イヤー！　ママー！」

那々花が父の傍《かたわ》らをすり抜け、ちょこちょこと母の方へ走っていく。

晴仁は慌てて、床に落ちた花飾りを拾い上げた。

「パパも戻って！　あとは僕たちがやるから！」

小さな声で父に告げると、父は慌てたように頷いて、母めがけて一直線に走る那々花の後を追って行った。

残されたのは晴仁と、弟の雅志だけだ。

「ねえ、雅志、あのさ……」

「おれは、花なんて、ヤダ！」

頼む前から拒絶された。

雅志にお花の飾りを付けてもらって、プレゼントを運ばせようと思ったのに……

「兄ちゃんがやるより、雅志がやったほうが可愛いだろ？」

雅志は母に似て、目がぱっちりしていて可愛い。父にそっくりの晴仁よりお花が似合うはずなのに。

「おれは、おんなのこみたいなカッコはイヤだ！」

弟はなぜこんなに頑固なのか……

晴仁は天を仰ぎ、ため息を吐く。

そして意を決して、自分の短い髪に無理矢理ピンクの花飾りを着けた。付け方が下手で、垂直に花が刺さったかのような状態になってしまった。

脇の鏡に映る自分の姿の間抜けさに絶望する。

——これじゃ頭に花が生えた人みたいだ。でも仕方ない！

「じゃあお兄ちゃんが花束持つから、雅志はその箱を持って付いてきて」

「いいよ」

不承不承頷く弟の頭を撫で、頭に花を生やした晴仁は、弟と一緒に足早に居間に向かった。そして扉を開け、大きな声で言った。

「ママ、結婚記念日おめでとうございます！」

那々花を抱っこしてあやしていた母が、頭に花を生やした晴仁を見て、ぷっと噴き出す。

「はいママ、おめでとう」

雅志がそっけなく言い、母の手に無理矢理プレゼントの小箱を押し付けた。

だが母は箱を開けずに、晴仁の頓珍漢《とんちんかん》な姿を見て笑い続けている。

「やだ……ハル君……どうしたのその頭……」

確かに笑われても仕方がない。

なぜこんなに触覚のように花が直立してしまうのか……何をどう付け間違えたらこんなことになるのか。

「パパが那々花に付けようとしたんだけど、嫌がったから僕が代わりに付けたよ」

恥ずかしくなって小さな声で言い、晴仁は那々花を床に下ろした母の手に、花束を渡した。

そして花飾りを抜こうとしたが、取れない。何が起きているのか。髪が引きちぎれそうだ。

「取れなくなった……本当に僕の頭に生えたのかもしれない」

そう言うと、母は笑いながら、なぜか晴仁をぎゅっと抱きしめてくれた。

「ハル君、いつもパパに付き合ってくれてありがとうね」

「どういう意味かな……?」

父の残念そうな呟きに母がますます笑い、絡みついた花飾りをすっと外してくれた。

「ハル君が、パパにそっくりで、ママ嬉しいな」

晴仁を覗き込む母の笑顔は、いつにも増して優しかった。

「えええ……嫌だよ！　僕、怖いからモテモテになりたくない。嫌だ！」

全力で拒絶する晴仁を見て、父が寂しそうな顔になる。晴仁は慌てて口を閉ざした。

「ううん、違う違う、可愛いところと優しいところがパパそっくりで嬉しいって意味なの。マー君にもナナちゃんにもいいお兄ちゃんで、誰かのために一生懸命で、お口様みたいな所がパパの血なんだなって思うと、ママは幸せな気分になるの」

晴仁は、母に褒められてとても照れくさい気持ちになった。

——モテモテになるわけじゃないんだ、良かった！

ほっとした晴仁の頭を撫で、母は嬉しそうに言った。

「じゃ、ご飯にしましょうか。パパ、お花とプレゼントありがとう。でも、これからは普通に下さいな」

母の言葉に、父は照れくさそうに頷き「そうする」と答えた。

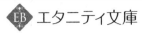

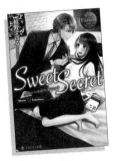

〜大人のための恋愛小説レーベル〜

エタニティブックス

ETERNITY

じれキュン♥純愛譚

ETERNITY Rouge

エタニティブックス・赤

財界貴公子と身代わりシンデレラ

栢野《かやの》すばる

装丁イラスト／八千代ハル

四六判　定価：本体1200円+税

亡き従姉の身代わりとして斎川《さいかわ》グループの御曹司・孝夫《たかお》と政略結婚したゆり子。愛などないものと覚悟して始めた夫婦生活だけれど、彼はとても優しく、ドキドキしてしまうほどの色香を無自覚に四六時中放っている。予想外に大切に扱われて戸惑いながらもゆり子は彼に惹かれていって――？

※エタニティブックスは大人の女性のための恋愛小説レーベルです。ロゴマークの色で性描写の有無を判断することができます（赤・一定以上の性描写あり、ロゼ・性描写あり、白・性描写なし）。

詳しくは公式サイトにてご確認ください。
https://eternity.alphapolis.co.jp

携帯サイトはこちらから！

～大人のための恋愛小説レーベル～

ETERNITY
エタニティブックス

エタニティブックス・赤

エロティック下剋上ラブ

贖罪婚《しょくざいこん》

それは、甘く歪んだ純愛

栢野《かやの》すばる

四六判　定価：本体1200円+税

装丁イラスト／天路ゆうつづ

家が没落し、屋敷も財産も失った真那《まな》に救いの手を差し伸べた元使用人の息子・時生《ときお》。そんな彼に真那は、あえて酷い言葉を投げつけた。自分のことを憎んで忘れてくれるように——。しかし三年後、彼は真那の前に現れ、非情な契約結婚を持ちかけてきた……これは復讐？それとも——

※エタニティブックスは大人の女性のための恋愛小説レーベルです。ロゴマークの色で性描写の有無を判断することができます（赤・一定以上の性描写あり、ロゼ・性描写あり、白・性描写なし）。

詳しくは公式サイトにてご確認ください。
https://eternity.alphapolis.co.jp

携帯サイトはこちらから！

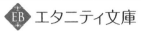

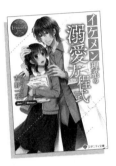